歷 史 天 空

瞧，這些女人！

二

《淑媛》編輯部

三民書局

國家圖書館出版品預行編目資料

瞧，這些女人！／《淑媛》編輯部編.——初版一刷.——臺北市: 三民, 2012
　　冊；　公分.——(歷史天空)

　　ISBN 978–957–14–5505–1　(第一冊:平裝)
　　ISBN 978–957–14–5506–8　(第二冊:平裝)
　　ISBN 978–957–14–5609–6　(第三冊:平裝)

855　　　　　　　　　　　　　　　　100010825

© 瞧，這些女人！(二)

編　　　者	《淑媛》編輯部
責任編輯	吳尚玟
美術設計	李唯綸
發 行 人	劉振強
發 行 所	三民書局股份有限公司
	地址　臺北市復興北路386號
	電話　(02)25006600
	郵撥帳號　0009998–5
門 市 部	(復北店) 臺北市復興北路386號
	(重南店) 臺北市重慶南路一段61號
出版日期	初版一刷　2012年1月
編　　　號	S 630350

行政院新聞局登記證局版臺業字第○二○○號
行政院新聞局局版臺醫字第101317號
有著作權，不准侵害

ISBN　978–957–14–5506–8　(第二冊:平裝)

http://www.sanmin.com.tw　三民網路書店
※本書如有缺頁、破損或裝訂錯誤，請寄回本公司更換。

出版說明

　　十九世紀末以來，長久被壓抑、埋沒的女性意識開始慢慢覺醒，女人們試著掙脫社會加諸的束縛鐐銬，與男人一樣追求自我及夢想的實現，開拓自己的道路與人生。於是我們可以看到越來越多女性自信美麗的身影，出現在精彩斑斕的歷史彩頁中。

　　《瞧，這些女人！》原由廣西師範大學出版社所出版，為《淑媛》雜誌「女人地理」專欄的集結，一系列共有三集。本局為饗廣大臺灣讀者，特別刊行繁體中文版。因兩岸語言習慣略有不同，在編輯過程中，除了將特殊用語、翻譯名詞調整為臺灣的習慣用語與通用譯名外，我們盡量維持原書的面貌。配圖方面則置換品質更清晰鮮麗的圖片，期望能讓讀者擁有最佳的閱讀享受。

瞧，這些女人！（二）

目 次

舞后們則在臺上臺下演繹著不同的人生悲喜。百年來，風車在
不停地轉動，各色人間景象也在輪流登場。

的耕耘和貢獻為新聞史加入了一抹絢麗的玫瑰紅，造就了一個高貴的群體——無冕之后。

◆抗辯的權利／

——女律師的成長之路

從 1960 年女性只占律師總數的 3.5%，到今日的 30%，鐫刻著的是女性半個世紀以來維護自身權益的抗辯之路，照耀著的是女性為爭取從事律師職業而作出的百年抗爭。

◆重塑世界／

——女間諜的蹤跡追尋

從古至今，沒有一個職業像「間諜」一樣賦予女性如此多的神祕色彩，也沒有一個職業能像它一樣最大限度地彰顯女性的膽識和睿智。

◆賈桂琳是如何造就的？／

她聰明、幽默、老練，富有層次的談吐、卓越不群的氣質和勇敢堅定的意志為她掃除一切障礙，先後征服了美國最有地位的男人和富可敵國的希臘船王。

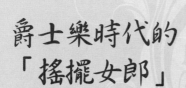

爵士樂時代的 「搖擺女郎」

　　如果說現在的時尚「夜店動物」是芭莉絲‧希爾頓和琳賽‧蘿涵之流，那麼時光撥回到 1920 年代，流連爵士樂夜店的她們留著男孩般的鮑伯短髮，平胸，身著及膝裙，打扮時髦。吸菸，喝酒，約會頻繁。她們夜夜笙歌，在舞場上輕舞飛揚。她們是爵士樂時代的「搖擺女郎」。

兩個搖擺女郎在大樓的樓頂跳著輕快的「Charleston 舞」（圖片出處／Corbis）

何謂「搖擺女郎」?

　　「搖擺女郎」這個詞的英文 "Flapper" 原義是「剛剛學會飛的小鳥」，最早出現在 1920 年代的美國，指的是這一群深深影響著後世，特立獨行的女性。

　　超短鮑伯頭，身著及膝裙，胸前掛著長串珠鍊，這是搖擺女郎們的標準造型。她們抽菸，慵懶地喝著琴酒，和舞池中的男人跳舞或者和藍調樂手調情，混跡於燈紅酒綠之間。她們享受著在爵士樂酒吧裡聲色犬馬的每個夜晚。個性獨立，嘲弄傳統，她們是委靡聲色的爵士樂時代的頑皮縮影，與爵士樂一起成為 1920 年代的時尚標誌。

　　在第一次世界大戰中元氣未傷的美國人賺取了不少財富，所謂「柯立芝繁榮」正是指的此時，及時行樂的放任樂觀情緒成為時代書頁下邊的注腳。鄉下的暴發戶們顛覆著東海岸文化精英的傳統審美，爵士樂幾乎是挾著南方佬們進入紐約，開始流淌在大都會裡的每個角落。

　　於是以路易·阿姆斯壯 (Louis Armstrong)、約瑟夫·奧利弗 (Joseph Oliver) 為首的一群黑人樂手帶著他們的小號、爵士鼓、薩克斯風和一把低迷的嗓音姍姍來到，展開了 1920 年代的頹靡序曲。鈍感樂質的音符、隨性而為的腔調令人甘心在音樂中微醉、

1923 年美國街頭的搖擺女郎

搖擺、亢奮、沉淪，與這個歌舞昇平的繁華時代深深共鳴。「杯中物」和「溫柔鄉」便成為了處於戰爭剛過去的 1920 年代男人們享樂生活、放鬆心情的不二法寶。

　　或許被稱為爵士樂時代的「編年史家」和「桂冠詩人」的費茲傑羅 (F. Scott Fitzgerald) 能夠感受到這個繁華時代底下的暗流湧動，爵士樂時代的標誌性作品《大亨小傳》(The Great Gatsby) 從一定程度上勾勒出那個年代的流行價值觀。財富、享樂和性，都比精神與靈魂更能證明自己的存在。戰爭過後男性們的內心脆弱和失意惆悵在他的筆下分毫畢現。而歷史的反諷就在於此，當男人們脆弱的時候，歷史才讓女人們有了一個出頭的空間，開始了一場屬於女人的解放。

搖擺女郎挑戰傳統

後代作家華納・菲比安 (Warner Fabian) 在談到搖擺女郎時說，「她們像男孩一樣，個性痞痞，甚至比男孩們有過之而無不及。」

挑戰傳統，是每一代先鋒們樂此不疲的必修學分。搖擺女郎們所挑戰的禁忌與教條，有一些即便在今天看來，依舊是驚世駭俗的。倘若能拋開那些有色眼鏡，就會發現，從歷史的角度來說，這些搖擺女郎們將女性的活動舞臺推動得更為寬廣。

〈禁酒令〉

似乎政府對這樣樂觀頹靡的時代略有微詞，而在 1920 年 1 月 2 日頒布了一條在當時乃至以後看來都相當可笑的法律──〈禁酒令〉。根據這項法律規定，凡是製造、售賣乃至於運輸酒精含量超過 0.5% 以上的飲料皆屬違法。自己在家裡喝酒不算犯法，但與朋友共飲或舉行酒宴則屬違法，最高可被罰款一千美元及監禁半年。這條禁令的通過據說與家庭婦女組織的推動有巨大關係，也是二十世紀初美國清教徒勢力居於上風的一個證據。然而爵士樂時代風起，私酒行業極為盛行，干預的權力終究要在市場面前退卻。而搖擺女郎們偷偷在襪筒裡藏起酒瓶，享受著與男人一樣偷飲的刺激和樂趣，與嚴肅刻板的家庭婦女形象千差萬別，嘲笑著這個相當不人性的法令。

鮑伯頭

任何帶點革命性質的事件似乎都喜愛從「頭」開始。作為搖

擺女郎標誌性造型的鮑伯頭線條簡單，與傳統的女性髮型有極大的差異。但當年這些追求精神自由的搖擺女郎們卻十分接受。她們配合以不同捲髮、燙髮和染色，將鮑伯頭演繹成時尚先驅的標誌。

　　女歌手瑪麗・戈登曾在一次採訪中說到，「將頭髮理成鮑伯頭是種心情的表達，而不僅僅是一種新的妝扮頭髮的方式。它代表

超短鮑伯頭，身著及膝裙，胸前掛著長串珠鍊，這是搖擺女郎們的標準造型。

著成長、機敏、最尖端的時尚，並且是一種生命活力的表達。」當大銀幕上這些好萊塢性感偶像們，諸如克拉拉・鮑 (Clara Bow) 和露易絲・布魯克 (Louise Brooks)，將鮑伯頭的魅力演繹得無比生動時，所有女人都面臨一個嚴峻的選擇：剪，還是不剪？

即便在 1925 年，圍繞鮑伯頭的爭論依然洶湧。傳教士告誡教區居民：「理鮑伯頭的女性是不優雅的。」很多男人因妻子理了鮑伯頭而與她離婚。甚至一個大商場解雇了所有理鮑伯頭的女性員工。但當時的紐約女人們在理髮店門口排長隊，而店內地板上也坐滿了等待剪髮的女人，每天大概有二千個腦袋要求剪成鮑伯頭。這場關於頭髮的爭論，直到 1927 年才不再是激烈的社會問題，此時女性髮型的傳統已被顛覆。

化　妝

身為一個搖擺女郎就得化妝，而且最時髦的做法是在公共場合化妝。深色眼線、眼影、假睫毛和睫毛膏都是她們用來打造出大得像小鹿一樣眼睛的必備品。再搭配上纖細的、常常化成直的或略微下垂的眉毛，以及彎得像弓一樣的小巧深色嘴唇，一個完美的妝容就出來了。據說這個裝扮最早起源於 1928 年，蜜絲佛陀化妝品公司以當年推出的新系列特意為好萊塢女星克拉拉・鮑而打造的。

跳　舞

搖擺女郎生來就是要跳舞的。她們是永遠的爵士樂捧場客，「爵士樂寶貝」或者可以算是她們的另一個稱呼。而因為爵士樂而發展出來的眼花繚亂的交際舞自然是她們的傍身絕技。其中起

源於美國南卡羅萊納州的 Charleston 市並長途跋涉流傳到北方的「Charleston 舞」徹底贏得了搖擺女郎們的歡心，甚至連好萊塢影星瓊‧克勞馥 (Joan Crawford) 都曾獲得過 Charleston 舞的冠軍。

　　這種黑人舞蹈，既有簡單文雅、彬彬有禮的基本舞步墊底，又在其演進過程中不斷添加些輕鬆適意的小動作——搖擺、提足，甚至還有誇張的半蹲，雙手交叉及膝，不停變換手的舞蹈動作。當年有的舞廳甚至會貼出告示，寫著「跳 Charleston 舞請保持安靜」。不管怎樣，這完全打擊不了搖擺女郎們的熱情，跳舞直到天明就是她們的真實寫照。

當年的雜誌以爵士樂和搖擺女郎為封面

吸　菸

　　整個 1920 年代，是女人吸菸逐漸普及化的時期。一戰中許多女性就已經染上了吸菸的癖好，但社交界還是將此看做非法的行為。1921 年，天鵝絨香菸首次使用了女性代言，一位穿著香奈兒套裝的女士和一位吸菸的男士待在一起，廣告詞是，「我希望我是個男人」。此後，好萊塢女星們在銀幕上手持香菸的鏡頭頻頻出現，展示著她們吞雲吐霧也有增無減的性感和優雅。而後來銷量一度超過「駱駝」的「好彩」牌香菸也在 1920 年代主打女性牌，「用好彩取代甜食」，「點一支好彩，忘記甜品，保持身材」，都是對女性宣揚吸菸可以減肥的廣告口號。搖擺女郎們的反叛情緒經此推波助瀾，吸菸行為自不在話下。

語　言

　　她們發明了屬於自己的一套簡單語言表達。就像現在那些網路上年輕人會發明一些特別的口頭禪來表達一樣，當年的這些搖擺女郎們會稱嘴為「接吻的人」，鼻子為「有嗅覺的人」，「他們」則代稱搖擺女郎們的父母，諸如此類，與傳說中的「黑話」不相上下。女人們的創新精神和語言天賦值得欽佩。

駕駛汽車

　　駕駛汽車不算什麼，畢竟這是在工業高度發達的美國。1920年代，汽車工業每年就直接間接地為三百七十萬人提供就業機會。老牌的汽車品牌福特，早在 1920 年代初期，其流水線就已經可以日產汽車四千輛，每輛價格從九百五十美元降到二百九十美元，

大多數美國人都負擔得起。於是，這些 1920 年代身著及膝裙的女郎們以自己駕駛汽車為榮，甚至願意蹲在路邊親自換輪胎。不過，一個真正的搖擺女郎是以開快車而聞名的。

感情生活

　　一戰前更多的女性還是如小說《純真年代》(The Age of Innocence) 所刻畫的，指望一段婚姻就能託付終身。女性所有的智慧和勇氣被束縛在方寸天地間，所以在捍衛自己的婚姻時，女人大多會顯得老謀深算、處心積慮——怎麼辦呢，誰讓婚姻是女性全部價值之所在？這種局面在一戰後仍餘威尚存，但對這群前衛的搖擺女郎們來說，生活可不全是「婚姻」這樣簡單。

　　戰後開明社會所提倡的婚前友誼被這群搖擺女郎們給合理利用了，頻繁約會成為了她們生活中的家常便飯，婚姻對她們的吸引力明顯減弱，享受單身生活的樂趣才是這些搖擺女郎的信條。但如果確定要步入婚姻，能作為同伴一起生活和提供良好的性的男人成為了「搖擺女郎」們的結婚指標。

向「賢妻良母」生活告別的女郎們

　　或許因為她們的這些大膽行徑，搖擺女郎在英語中一直以放蕩不羈和譁眾取寵而被詬病。自然，女人們的自由是鑽了時代的空子，當男人在強調著服從和秩序的時候，我們只能在家庭雜誌裡看見低眉順眼的賢妻良母，那不是劇院海報上風情萬種的俏佳人。

　　一戰前的古典時代裡，教師和護士是女性獲得就業機會的少數職業。然而戰爭結束後，女性受教育的程度大幅度提高，各個領域開始看見女性的身影。演員、歌手、作家、時裝設計師，女性的職業在這一時代終於多元起來。她們想要的自由不僅僅是服裝，更是身體，乃至前途。作為開拓者，這些女性們大多擁有無比的智慧和勇氣。雖然她們本身身為傳奇卻飽經坎坷，但她們闖出的那條路，卻的的確確成為了女性主義者們最得意的典範。

吉爾達・費茲傑羅——第一個搖擺女郎

　　她是爵士樂時代的象徵人物，是著名的爵士樂時代作家費茲傑羅的妻子，也以「第一個搖擺女郎」而聞名。她的名言是「我不要活著，我要愛，順帶活著」。

　　身為《大亨小傳》的作者 S. F. 費茲傑羅的夫人，世人都認為吉爾達 (Zelda Fitzgerald) 與費茲傑羅才子佳人，佳偶天成，可事實是吉爾達不幸早逝，成為了搖擺女郎中那類稍縱即逝的典範。

　　吉爾達 1900 年出生於阿拉巴馬州一個高級法官家庭，自幼受到良好的教育和藝術薰陶，作為南方姑娘，她自小便活潑愛動。高中時期便已經以喝酒、吸菸和同男孩約會的大膽作風為當地守舊勢力所不齒，她曾經在接受報紙採訪時說「我只關心男孩和游泳」，要不是她身為高院法官的老爸位高權重，她所遭受的就不僅僅是口頭譴責了。吉爾達是明確以搖擺女郎自命的女性，連她的丈夫費茲傑羅都曾經說她就是「美國第一個搖擺女郎」，並且以她為繆思創造了不少與搖擺女郎相關的文學作品。

　　對新鮮事物強烈的好奇、對情感遊戲熱烈的追逐、對文學藝

術天才的實踐使兩個同屬 1920 年代的年輕人一拍即合，儘管兩人有著不同的宗教信仰，而且費茲傑羅身為名士，風流兼酗酒成性，都沒能阻止他們的結合。

　　兩人在 1920 年結婚，此時的費茲傑羅因為《塵世天堂》(*The Side of Paradise*) 的出版而薄有文名，收入不錯，夫妻倆開始在巴黎過著紙醉金迷、夜夜笙歌的生活。吉爾達長於繪畫和寫作，卻一直活在丈夫的才華盛名之下。她寫的自傳小說《為我留下那支華爾茲》(*Save Me the Waltz*) 也充分證明了這一點。然而吉爾達的文學野心被費茲傑羅壓抑為憤怒，她與法國飛行員愛德華之間短暫的羅曼史又遭到了丈夫的粗暴對待，終於導致她不到三十歲就精神失常。1930 年她住進精神病院，最後死於療養院的火災中。

　　當然費茲傑羅自己也一樣，在瘋狂的酗酒下疾病纏身，比吉爾達早八年離開人世。當世界將曠世名利加諸男人身上時，他反而迷失了方向，而吉爾達也一直在尋找出路，卻發現通向終極理想的大門依然緊閉。1920 年代的世界，可供女人表演的舞臺永遠只有那麼一點。不過後世仍然有服裝設計師以

第一個搖擺女郎吉爾達・費茲傑羅和丈夫費茲傑羅的合照。

吉爾達・費茲傑羅的畫作為靈感，勾勒出屬於那個繁華時代的時裝品味。

露易絲・布魯克──不朽的 Lulu

1929 年，露易絲・布魯克出現在無聲電影《潘朵拉的魔盒》(*Pandora's Box*) 中。作為默片時代的女星，她的演藝生涯並不長，但她那厚重瀏海加上齊耳短髮、黑亮如漆的「鋼盔頭」形象卻永遠定格在影像中成為不朽。

《潘朵拉的魔盒》是露易絲・布魯克的代表作，事實上在此之前她不過是在好萊塢混些二三流角色的小演員。也許是命運的推手，《潘朵拉的魔盒》光是選女主角就花費了兩年，德國大導演巴布斯特從千人裡千挑萬選，最後就是相中了不知名的露易絲・布魯克，而露易絲也不負所託，成功演繹了這部尺度大膽的《潘朵拉的魔盒》裡的叛逆女性露露，並且一炮而紅，從此被影迷們暱稱為 Lulu。

《潘朵拉的魔盒》雖然是默片卻仍舊戲劇性十足，講述了舞女露露追逐享樂從奢華到毀滅的一生。這個改編自德國傳奇小說的電影，尺度大膽，也因此在很多國家遭到了禁演的對待，可是越是禁演就越是勾起了人們的好奇心，要一睹電影中露易絲是如何詮釋舞女露露的放縱一生。她的名氣不脛而走，她也因這部影片標誌性的鮑伯頭而成為搖擺女郎中最為閃耀的明星。

銀幕上的露露任性虛榮，一生都在亂搞男女關係。很難說是露易絲演活了露露，還是露露原本就是露易絲。鏡頭上的她雖然身材瘦骨嶙峋，可是在放任的態度之下卻又帶著一臉天真美好的

露易絲・布魯克的厚重瀏海和齊耳短髮成為不朽的經典。

神態，別有一番風情魅力。雖然是默片，卻並不妨礙她在戲中將
對手玩弄於股掌之間，而且居然是男女通吃。

　　露易絲・布魯克是叔本華自毀主義的信徒，據說她後來的星
途坎坷黯淡，是因為不滿自己總是接演尤物或者妓女的角色而與
派拉蒙高層鬧翻。雖然遠走歐洲，卻並沒能取得角色上的突破，
於是她對電影不免灰心。在那個時代的男權想像裡，女性是鴉片，

是毒藥，絕不可能被賦予靈魂。露易絲‧布魯克的遊戲人生，正是身為搖擺女郎們玩世不恭的另一重表現。她們原本希望獲得的東西更多，但是太高貴的理想必然會受打擊，接下來的行為只能算是自我放逐。

當時派拉蒙的攝影師尤金為露易絲‧布魯克拍過一系列的照片，其中最經典的一張就是她穿著黑色洋裝、手拿珍珠項鍊的相片，歐洲人十分中意這個形象。幾年前《艾蜜莉的異想世界》(*Amélie*) 中，有一段仿默片的情節，黑白影像中艾蜜莉在自家看電視，想像自己和南丁格爾一樣到處濟世救人，大大眼睛的奧黛麗‧杜朵 (Audrey Tautou) 與露露還真的有幾分神似；幾乎同時，西班牙導演阿莫多瓦的金球獎作品《悄悄告訴她》(*Talk to Her*) 裡也有一段仿默片的手法，帕茲‧維加 (Paz Vega) 出演該默片女主角，似乎是露易絲的又一次還魂。

1987 年，卡夏爾 (Cacharel) 推出名為 Lulu 的香水，瓶身為藍色玻璃，糖果形紅色瓶蓋。設計靈感來源於 1920、1930 年代的迪考藝術風格，是一種東方調花香型的香水，為的就是紀念鏡頭裡那個永不過時的露露。

約瑟芬‧貝克──搖擺女郎中的瑪丹娜

她有色人種的身分為她帶來了超乎尋常的生命力與令人敬畏的戰鬥力，與露易絲‧布魯克潦倒半生不同，她被海明威、休斯、畢卡索、費茲傑羅這些藝術家們集體稱譽為「黑繆思」。

約瑟芬‧貝克 (Josephine Baker) 與同為演員的露易絲‧布魯克婉約細巧的風格截然不同。如果說露易絲‧布魯克是雪緞上引

人遐思的一朵潮紅的桃花，那麼約瑟芬‧貝克則是猩猩氈上富於侵略性的火紅。

　　約瑟芬‧貝克出生於 1906 年，密蘇里州人。黑人血統賦予了她天生的樂感，少女時期的她便能歌善舞，並且成功地在百老匯登陸。然而約瑟芬‧貝克生性敏感，1920 年代中期她便有感於美國對有色人種的歧視，遂前往歐洲演出。

　　一頭短到露出耳根而且緊貼頭皮的頭髮配上華麗流蘇的演出裝扮，在爵士樂的即興音樂中加上大膽奔放、帶有情色意味的性感舞蹈，奉行享樂的法國人看得如醉如癡。此時最引起熱議的是她的行頭，她將非洲的裝飾特點與舞蹈融合，使她全身上下充滿了異族風情，尤其是那條以人造香蕉圍成的裙子令人咋舌。儘管舉止裝扮大膽誇張，但她高超的舞蹈才華也因此獲得肯定，在今天看來，她模仿動物肢體的性感舞蹈也相當的摩登。

約瑟芬‧貝克被譽為搖擺女郎中的瑪丹娜。

　　身為搖擺女郎的她因為極短的頭髮和惹火裝扮以及誘惑舞姿而成為 1920 年代性解放的標誌性人物。在私生活上，她很少與一位男性相處很長時間，而且最終選擇了獨立生活。從她身上很能看出些現代女性的行事做風。她的性感

表演風格也對後代影響甚深，中期的「黑珍珠」黛安娜‧羅斯 (Diana Ross) 以及新晉小天后碧昂絲 (Beyoncé Knowles)，都以模仿貝克的風格為能事。

　　1925 年，當十九歲的貝克初次登上密蘇里合唱團的舞臺時，她大概已經規劃好了今後要走的路，而她也可以說是搖擺女郎們稚嫩步伐的最後成熟。

海倫‧凱恩──卡通明星 Betty Boop 的真身

　　1928 年海倫‧凱恩 (Helen Kane) 因為在舞臺上演舞劇時加唱了一首即興的爵士樂歌曲 "boop-boop-a-doop" 而令眾人驚豔。

海倫‧凱恩的短髮圓臉和純真大眼睛釋放出一種無辜的吸引力。

四天之後，原本寂寂無名的她登上報紙頭條，薪酬也隨之翻漲。

　　她那如標籤般娃娃一樣可愛嬌嗲的獨特音色，給人留下深刻印象。短髮圓臉和小鹿一般純潔天真的大眼睛釋放出一種無辜的吸引力，搖擺女郎們將她引為偶像。之後大熱的歌曲 "I Wanna Be Loved By You" 更是被 1960 年代的性感偶像瑪麗蓮・夢露 (Marilyn Monroe) 重新演繹。

　　配合獨特的音色，海倫・凱恩的個人造型也偏向於俏皮可愛。1930 年代時插畫家以她的搖擺女郎造型為原型，創造了性感俏皮的卡通人物 Betty Boop。小捲的鮑伯頭配合搖擺女郎們最愛的長睫毛、大眼睛和小巧性感的嘴唇，再加上身著短裙服裝，純真性感，完全就是 1920 年代搖擺女郎們最好的卡通代言人。

搖擺女郎的時尚進化論

　　　爵士樂時代雖然一去不返，時尚界的復古之風卻方興未艾，樂此不疲地向著我們遺忘的那個年代招手。

　　時尚偶像凱特・摩絲 (Kate Moss) 在設計以自己名字命名的 Top Shop 系列服裝時，忍不住搬出 1920 年代風格的裙子來向搖擺女郎們致敬。而與此相稱的則是席捲全球的鮑伯短髮。悉心關注一下 2008 年華語娛樂圈的所有頒獎典禮，幾乎每一場都會有鮑伯頭出現。在代表人物露易絲・布魯克身上，我們幾乎可以找到當今所有流行的元素，同男孩一樣的短髮、圓頂狹邊的鐘形女帽、

設計簡潔直身的衣著。難怪有人會驚呼，The Flapper is back!

　　爵士樂時代的搖擺女郎們自成一派，她們的風格鮮明獨特。作家費茲傑羅曾這樣評價 1920 年代的好萊塢影星瓊‧克勞馥：「她毫無疑問是搖擺女郎的典型範例。是那種你能在最時髦的夜店裡碰到的女孩，穿著得體精緻到極點，會用一種冷淡的、些微嘲諷的姿態玩耍著冰酒杯，跳起舞來卻十分可人，並用她大而無辜的眼神看著你大笑不止。」

　　從髮型、化妝再到時裝，祖母級繁複拖沓的維多利亞風格已經不是搖擺女郎們的心頭所愛，簡潔利落卻也不失優雅的設計在這個時期被發揚光大。

　　剪個鮑伯頭僅僅是邁出搖擺女郎的第一步，衣著的變化和肌膚的暴露面積成為了搖擺女郎們徹底與祖母們劃清界限的標誌。先是維多利亞時代繁複的裙裾被拋棄，寬鬆的棉質胸罩取代了鯨骨束身內衣。胸部大小不再重要，自然最美，而平胸在這個時候甚至成為美德，也許是因為從視覺上，平胸更適合搖擺女郎那一身 H 字型的簡潔裙裝。

　　衣服也開始由長袖慢慢演變為無袖，越來越多的肌膚開始暴露於外。儘管大家對於搖擺女郎們擺脫掉維多利亞時期的拖地長裙、身著及膝裙的形象印象深刻，可是裙子長度的演變其實也是一個漸進的過程，需要很多時間來建立信心，女人才敢踏出秀出她們小腿的步子。

　　從 1918 年裙子長度到小腿，再到 1925 年，搖擺女郎們終於敢讓自己的裙襬剛剛在膝蓋下面或是正好在膝蓋處。長筒絲襪開始大範圍地使用，女人的下半身衣裙進一步縮水，以前的曳地長裙開始向大腿方向退潮。女性變得越來越能隨著時尚的變化而挑

搖擺女郎身著一身 H 字型的簡潔裙裝。

戰自我，而外在的解放正暗合了當時年輕女性嚮往自由的心態。
大片肌膚活色生香地跳上老爺車橫行的街道，難免會讓傳統守舊
派看不入眼。

　　因為拋棄了束身內衣而刻意下移的腰線，讓衣服整體流露出
簡潔的直線條風格，卻不顯呆板，反而透出散漫與雅致。再配上
長串的珠鍊，頭上緊緊扣上的鐘型呢帽或是羽毛裝飾的髮帶，一
個 1920 年代的搖擺女郎打扮便大功告成，可以隨時伴著爵士音樂
跳上一段「Charleston 舞」。

　　一本 1920 年代的著名時尚雜誌這樣建議當年的女性保持身
材：「最理想的體型，從時尚的角度來說，應該是如同雜技演員那
樣苗條的體型。一個真正柔軟和強健的年輕身體沒有多餘的肉，
既非瘦得像塊木板，也不是壯得五大三粗。有個平坦的小腹是最

連狗狗都逃脫不掉搖擺女郎的時尚復古風潮。（圖片出處／ Getty ）

確實的保障，無論是對健康生活還是穿衣而言。如果你有，你將
生活得很好，而且穿衣服漂亮，如果沒有，那就趕快辦到。臀部
也是一樣，不用再掩飾它們自身的曲線，服裝設計師們需要它們。」

　　既然被時尚雜誌宣揚得要去擁有苗條、健美的體態，於是那
些健身俱樂部在 1920 年代十分流行，而美黑在當年也開始慢慢成
為潮流……。

　　多年之後，電影《芝加哥》(Chicago) 再次重現了這一段屬於
這群大膽奔放的搖擺女郎的歷史，但是畢竟時代已過去，正如保
羅・奧斯特 (Paul Auster) 在《幻影書》(*The Book of Illusions*) 中寫
到的——「電影現在會說話了，默片裡那種閃爍不定的無聲表演
已成為過去。不再有什麼小丑，不再有什麼啞劇，不再有漂亮的
輕佻女郎踏著聽不見的樂隊節拍翩翩起舞。」

秦天　愛里司

平安王朝女作家

一千年前的絕代風華

　　日本的平安王朝，才真是一個瞬息京華、清雅如夢
的時代。和繪絢爛、和歌呢噥，女子的風情都留在車外
十二單衣袖的飄曳處，男子的雅趣都藏在寫給美人的詩
句間。這個時代的一切都充斥著日本式的寂美，而從其
中款款走出的紫式部、清少納言以及和泉式部等一大批
宮廷才女又以她們領銜的「王朝女流文學」給她們的時
代留下了最閃耀的一筆！也許在千年之後的今天，當年
的窈窕伊人早已湮沒，當時的櫻花勝景早已零落，但那
些記載在女作家們文字間的山河歲月卻仍在靜吐芳華，
宛如碎鏡之月、奔浪之影……。

《源氏物語》圖卷

平安時代　櫻花王朝

　　西元 794 年，日本桓武天皇把都城從長岡遷到山背國的葛野，改稱平安京（即今天的京都）。從此時開始到鎌倉幕府建立的四百年間，史稱「平安時代」。這是一個唱著和歌、淋著櫻花雨讀物語和散文的時代，也是一個要在那些王朝女作家筆下去尋找的時代。

　　作為普通人，我們也許並不清楚「平安時代」的具體起止時間，但絕不會忘記電影《千年之戀》中那個華美得讓人哭泣的世界。事實上，除了有這樣美不勝收的外表，平安時代也是日本天皇勢力和古代文學發展的頂峰。特別是這一時期出現的以日記、物語和各種散文形式為代表的日本女流文學，更是成為與這個時代交相輝映的瑰寶。而這一大批王朝女作家的湧現又跟當時的社會環境、女性地位和文化風氣有著無可斷絕的聯繫。

　　這時的日本，逐漸從對中國盛唐文化的崇拜與學習中轉變過來，開始了自己獨立的國風文化復興。從九世紀中葉開始，雖然男人在寫文章或公文時仍要使用漢字，但平假名和片假名的使用已經開始普及。其中由漢字草書體形成的平假名成為日本女人的專屬文字，她們用它自由地寫下自己的思想和情感，這便大大促進了日本和歌文化的盛行。那時候，和歌在以女性為中心的聚會中茁壯成長，不少文學才女都在作和歌方面頗有建樹，不經意間

就能吟出叫人口齒嚙香的好句來。而貴族男子為了表現風雅，也在這方面暗下工夫，就連向心上人求婚，也得先獻上自己作的愛之和歌呢！至於繪畫方面，線條柔和、色彩富麗的大和繪逐步占據了統治地位，那些勾畫在屏風上的細膩人物，彷彿都能看出其衣裙上沉澱的金子來。

「精貴」的世界

當然，這樣美得一碰即碎的生活也不是人人都能享有。在平安時代的日本，若想擠進那片瑰麗的櫻花煙雲中去，你還得對著鏡子問一問：「我是貴族嗎？」

在平安京宮廷內，只有大約二十人的公卿和將近百人的「殿上人」（能在天皇日常居住的清涼殿上伺候的人）才算得上是上流貴族階層，官位列一至三品，四、五品官員算中等貴族，六品以下的便是下層貴族了。而號稱「平安王朝三才媛」的紫式部、清

天海祐希曾在電影《千年之戀──源氏物語》中扮演光源氏，她的扮相有一種介於男人與女人之間的美感。
（圖片出處／Reuters）

少納言和和泉式部就都是中下層貴族的女兒，正是這樣的貴族身分，再加上自身耀眼的才華，才使得她們有了入宮服侍皇后的資格。

那時候，平安朝官僚的總數大概一萬人，加上家族人等也不過四萬，在彼時總人口六百萬的日本可謂「稀有品種」。然而即使是貴族之間，為了享有更大的特權，競爭也相當激烈。同時，在服飾、稅金和爵位繼承方面，不同等級貴族的待遇也大相逕庭。對於普通的「平安大眾」來說，只是從交通工具上，都能分辨出車主的身分，而其中最有看頭的又是那些女官搭乘的「出車」，這些養在深宮人未識的女人們總是故意將自己十二單（平安時代貴族女子穿著的正式服裝）的袖口和下襬露在車的垂簾外，讓民眾盡情去猜想那車內的主人到底是怎樣的貴美人，這恰好也是塑造平安女性美的一大法寶。

鍛造平安之美

在世界女性服裝史上跟歐洲大蓬裙和中國唐裝並列前三的日本十二單，剪裁寬鬆又講求重疊，無法展現女性婀娜的身體線條，於是平安美人們就只得在其袖口、下襬和顏色上下工夫，以刺繡、螺鈿和配色等手段來彰顯自己的品味與才氣。對這種「平安美」的描繪也是所有王朝女作家們都樂於施以大筆墨的，就連古板的紫式部也在自己的日記中寫了不少鬥美的橋段。一次典禮上，女官們都想在服裝上爭個高下，費盡心思地在衣服袖口上加些刺繡花邊，而「有的女官把銀箔壓成白綾模樣，塗在扇面上做銀泥，為的是表現出深山積雪明月高懸的意境。結果是扇面閃閃發光，

反而看不清上面的圖案，……竟像是掛了一排鏡子」。

　　再加上平安時代的貴族女人幾乎終身都生活在垂簾、屏風這樣的小空間內，不能輕易讓人看到長相，因此露在牛車外的衣袖或散在屏風外的長髮就等於是女人身體的一部分。所謂酒喝微醺、花看半開、月未滿圓，手持一把小絹扇掩面笑語而來的美人們，才正是那個時代的撩人之處。殊不知，寫得一手絕妙美文的清少納言就因自己一頭稀疏還帶點自然捲的頭髮而自卑了整個青春期呢。

　　那時的貴族階層一邊過著寄生蟲般的生活，一邊也充當著平安文化的薪傳者。可以說，幾乎這個時代所有的文化都滋生於貴族階層，所以平安時代的文化又被稱為「貴族王朝文化」，就連現在的日本老百姓也不得不承認，如果沒有這些貴族，恐怕也就沒有所謂的日本傳統文化了。而在這其中不得不提到的則是攝政全盛時代的代表人物——藤原道長。所謂攝政，即是代替年幼的天皇或女帝執政的官職，藤原道長則將這種權力發展到了前所未有的程度，他的四個女兒全部都嫁到宮中當了皇后，讓道長自己都不自覺地唱道：此世即吾世，如月滿無缺。同時，愛好文學的道長又是一個慧眼獨具且慷慨無邊的伯樂，正是他的支持才使得大批王朝女作家們得以和那個時代相互映照。而用現代的眼光看來，藤原道長就是這些頂級文學女流的「後臺老闆」，大名鼎鼎的紫式部和和泉式部也先後當過道長的大女兒、一条天皇的皇后彰子的女官。至於清少納言，則是一条天皇另一位皇后、道長的姪女定子的女官，她竟還曾因與道長大人傳出緋聞而辭職歸家，也正是在這段時間裡，她寫就了聞名遐邇的《枕草子》。而日本歷史小說鼻祖《榮花物語》的作者赤染衛門，則乾脆直接以道長作為自己故事的男主角了。

平安王朝「三才媛」

　　所謂時代的產物，不是一個一個出現的，而是一波一波出來的，日本平安王朝的才媛作女就是這樣的文化現象。大名鼎鼎的紫式部、開女性日記文學之先河的藤原道綱母、寫就日本隨筆散文鼻祖《枕草子》的清少納言、能作「天下第一和歌」的和泉式部與第一部日本歷史小說的作者赤染衛門，再加上後來的菅原孝標女，都是以筆墨寫真情的女作家。她們以女性特有的細婉與真純造就了「平安女性文學」這塊日本文學史上的瑰寶。而其中最具代表性的便是紫式部、清少納言與和泉式部這三位平安王朝的「三才媛」。

　　紫式部的《源氏物語》、清少納言的《枕草子》與和泉式部的《和泉式部日記》作為日本平安時代的三部女性文學代表作，即使是在千年後的今天仍然是許多東方女性的枕邊書，同時這三部作品也在歷史的長河中被不斷地重譯、出版著。當年周作人先生就對《枕草子》情有獨鍾，而林文月譯本的《和泉式部日記》則是公認的「最美版本」，至於《源氏物語》，作為一本元典性的作品，與《聖經》、《紅樓夢》一樣在世界範圍內擁有無數版本。而進入新世紀之後，由葉渭渠先生主編的「東瀛美文之旅」系列叢書中也再次重譯了這三部經典，是為對那個逝去的華麗時代的致敬！

紫式部《源氏物語》中的光華浮世

　　作為日本史上中古三十六歌仙之一的紫式部並不姓紫，「式部」也僅是因其入宮侍奉皇后藤原彰子，基於彼時宮中女官皆以父兄官銜為名的時尚，「式部」便漸漸替代了她的本名。《源氏物語》誕生後，人們將書中女主角紫姬的「紫」字冠於「式部」之前，至此，「紫式部」這個名字成了日本文學史上一枚不可替代也無法超越的符號。

　　原本出生於中層貴族階級的紫式部，自幼跟從父親藤原為時學習和歌與中國詩文，熟讀包括《白氏文集》（白居易）在內的中國古代典籍，漢學素養深厚。同時擅長樂器和繪畫的她，對服飾和佛學也有一定程度的研究，如此的才名讓年長她二十六歲，並早已妻妾成群的筑前太守藤原宣孝不顧一切地前來求婚。即便在紫式部為逃避世人叵測的議論而毅然隨調職的父親遠走他鄉時，藤原宣孝也依舊緊迫不捨，甚至在給她的情詩中塗上紅色，以示「此乃吾思汝之淚色」。如此執著卻也不乏柔情的舉措終於使紫式部感動，兩人於 998 年成婚並生下女兒賢子。

　　可是好景不常，1001 年夏天，藤原宣孝在一場來勢洶洶的流行疫病中丟掉了性命，紫式部從此芳年守寡，除了絕望和悲哀，她還不曉得前路有什麼在等著她。男女之情之愛，對她而言或許只是一場幻覺，美麗不可抗拒的外表下是巫毒至骨的侵蝕。「我身我心難相應，奈何未達徹悟性」，在她所作的這首和歌裡，沒有對苦難的追問，亦沒有對命運的抗爭，她從此信了一個叫「宿命」的東西。帶著幼小的女兒，遵循幾近神經質的清規戒律，紫式部

開始了她靜定如尼的孀居生活。
對她而言，生命絕非一件樂事，
而是一場永恆孤獨並充滿幻滅
的浩劫，而她只踏著木屐安然端
正地走向它的終點，在那個寂靜
至喧囂的光華浮世裡，像潔淨的
瓷器般，從內部緩慢地、不為人
知地破裂；才華本身也並不足以
彌補現實的殘缺，通過對佛學的
研習，她學會了將悲哀潛伏進身
體內部，破裂亦從靈魂深處滋
生，縱情或者逸樂都是罪惡。在
她生命中最好的時光裡，她以自
身為祭，如履薄冰地供奉著道德
的神明，哪怕孤獨至死，亦要端
正自持地走完自己的一生。

電影《千年之戀——源氏物語》中，
常盤貴子飾演光源氏的髮妻藤子。
（圖片出處／CFP）

　　然而命運之神並不給她古佛枯燈的平靜，隨著藤原道長的長
女藤原彰子冊封為皇后，紫式部也跟著奉召入宮，成為彰子的家
庭教師，為她講解《日本書紀》和白居易詩文。那是 1005 年冬天，
天皇與皇后彰子的賞識並沒有點燃她封印多時的熱情，隨後御賜
的「日本紀局」雅稱除了令她獲得更多禮遇之外，絲毫也排遣不
了她胸中的苦悶。

　　「凝望水鳥池中游，我身在世如浮萍。」深宮寂寞、歲月冗長，
本就失去了生活激情的紫式部在這如海的宮闈中除了寂靜書寫，
只變得越發古板與刻薄。她對周遭才媛也多是尖刻相譏，其中領

教最深的恐怕就是清少納言了。紫式部對她的批評最有名的是關於寫漢字一則：「她那樣自以為是地到處亂寫漢字，其實仔細看來，有很多地方倒未必都是妥善的。像她這種刻意想要凌越別人的人，往往實際並不怎麼好，到頭來難免落得可哀的下場。」這其中的豔羨之意不難發現，在平安時代的風俗中，女人寫物語、記日記是沒關係的，但如果你精通漢學則是對男人領域的入侵。也許在某個輾轉反側的凌晨，紫式部也曾羨慕過清少納言的生命態度，為何她就能這樣無拘無束地寫漢字呢？而紫式部自己卻只因別人一句「以才學自恃」的評價就耿耿於懷，以至於「在自己的侍女面前都儘量不去讀漢文書籍，⋯⋯漢字連一個字也不寫了。每日無學只是發呆。曾經讀過的漢文書籍如今也根本不再過目了。」

　　其實早在 1002 年秋天，紫式部就開始了《源氏物語》的創作，這一寫就是八年。這部早《紅樓夢》七百餘年誕生的著作，是史詩，亦是豔歌。光源氏的一生都似蝴蝶般周旋於眾多美麗女子之間，但尋盡芳華之後卻將這個曾不斷引起他期許、回憶與傷痛的世界徹底拋下或者說被拋下了。紫式部只用短短兩個字「雲隱」就結束了主人公旖旎香豔的一生，而這一生，亦是從她眼睛裡看出去的宮廷人生。這部卷帙浩繁的巨著是日本古典文學的巔峰，在日本文學史上也享有「文化之母、民族之魂」的盛譽，其歷史地位好比《聖經》之於西方世界，《紅樓夢》之於中國。

　　「今生永伴愁和淚，悵望須磨浦上雲。」

　　「君居塵世如晨露，聽到山嵐懸念深。」

　　「杜鵑苦挽行人住，追憶綠窗私語時。」

　　散見於書中各處的漢詩與和歌，配合作者對京都等地的四季景觀描寫，不僅渲染出光源氏淒楚悲涼的心境，也奠定了日本文

學中「物哀」的審美基調，以致平安後期的藤原俊成在他編撰的
《千載和歌集》裡斬釘截鐵地宣稱：「有些歌人居然沒有讀過《源
氏物語》，這真是一個大恥辱。」

　　於天上看見深淵，於一切眼中看見無所有，將美麗的事物磨
破、打碎，終至毀滅，這便是紫式部和她的《源氏物語》留給後
人最動盪亦最華麗的煙火傳奇。

清少納言《枕草子》唱出的人生輕曲

　　與紫式部才名不相上下的清少納言也是三十六歌仙之一，她
的曾祖父和祖父都是著名歌人，父親則是《後撰和歌集》的編撰
者之一。也許是家學淵源的關係，清少納言從小酷愛閱讀中國古
籍，也經常參加一条天皇的妃子定子（後被冊封為皇后）在後宮
舉辦的文學聚會，與當時並稱四納言的藤原公任、藤原齋信、源
俊賢和藤原行成來往唱和。良辰、美景、才華、情趣，清少納言
巾幗不讓鬚眉的學識與修養，男兒般爽朗絮然的性格就像春天裡
抵不住風信盛放的櫻花一樣，被定子牢記於心。

　　恰逢此時清少納言的婚姻生活正不如意，或者說並不如她想
像中如意。她的丈夫橘則光是個連和歌都不懂的庸才，十七歲那
年憑著初生牛犢般的勇氣和不惜殉情的決心打動了少女芳心，兩
人於 982 年結為連理並生下一子，取名則長。這段婚姻只持續了
短短三年，就因彼此文化素養與性格上的巨大落差而破裂。儘管
同樣婚姻不幸，清少納言的思想卻更接近現代女性，她並不認為
真正的貴族女子應該像紫式部認為的「養在深閨人未識」。在她的
傳世名作《枕草子》中，清少納言以飛揚的筆調寫著：「我最看不

起那些沒什麼志向指望，只一味
老實待在家伺候丈夫，便自以為
幸福的女人；其實，身家不錯的
千金小姐，應當出來見見世面，
譬如說做一段時間的宮中內侍
啦什麼的，總要有機會跟人相處
才好。有些男人動不動就說，『仕
宮的女子會變得輕薄』，他們才
真是可惡……。」

周作人譯本的《枕草子》（圖片出處
／中國對外翻譯出版公司）

　　大約二十五歲前後，清少納
言便當真入宮侍奉定子皇后。初
入宮時，她是一隻連走路都小心
翼翼唯恐被人恥笑的「菜鳥」，
夜夜出仕，只曉得躲在定子身旁
的三尺几帳裡頭。有一次適逢大納言之君（定子皇后之兄藤原伊
周）參上，在場女官們和他有說有笑，唯有清少納言紅著臉躲在
一旁，一句不肯言語。大納言之君於是起了玩心，故意要逗她一
逗，一邊問著「躲在那几帳後面的是誰」，一邊走去坐下，還搶走
清少納言用以遮面的扇子，這件趣事後來也被清少納言寫進了《枕
草子》中。

　　西元 996 年，中宮定子的父親藤原道隆在宮廷權力鬥爭中失
敗，定子經歷了幽禁、流放、寄居伯父家等一系列滄海桑田的巨
變，其時宮中好事之人唯恐天下不亂地中傷清少納言，紛紛指摘
她串通外敵，甚至還傳出她與藤原道長的緋聞。清少納言百口莫
辯，憤而辭去官職，幽居在家。直到政爭結束，為了給重返後宮

卻早已憂鬱成疾的定子做伴，她才再次隨侍左右。西元 1000 年，定子皇后去世，清少納言婉拒了新皇后彰子的懇求，徹底自後宮隱退。儘管遭遇許多不幸，但與生活比自己幸福千百倍的藤原道綱母在《蜻蛉日記》中寫出的那般痛苦淒涼相比，清少納言總是像樂觀的向日葵般，朝著太陽的方向撒播幸福！

　　萬事不掛心頭，隨風飄去，流水浮萍一般，是謂浮世。當老無所依的清少納言託身為尼，頭戴斗笠站在四國德島縣翠綠的竹籬邊時，是否記起昔日宮中與定子皇后共處的那一天呢？那一天皇后興致盎然地拿出哥哥送來的上等紙張，殷殷垂詢道：「在這上面寫些什麼才好？」清少納言俏皮地說：「既然皇上是史記，我們就來個枕頭吧。」（在日文中「史記」發音為 “siki”，與鞋底的底同音，所以清少納言才機智地說出了枕頭。）這卷「枕頭」記下了清少納言「心中所感動之事」，似一曲輕歌似的行走在澄淨蔥鬱的日月山川裡。在時移事往的藍紫色幽柔光線中，清少納言展露給世人的是一雙未曾汲汲於俗世名利的眼，只有這樣一雙眼，才可看見「春，曙為最。逐漸轉白的山頂，開始稍露光明，泛紫的細雲輕飄其上。夏則夜，有月的時候自不待言，無月的暗夜，也有群螢交飛。」

　　「櫻花則以花瓣大，色澤美，而開在看來枯細的枝頭為佳。藤花，以花串長，色澤美麗而盛綻者為最可觀。桐花開成紫色，委實好看……。」

　　《枕草子》，三百餘首散文詩定格的浮世光影，正是一卷適合在仲夏清朗月色裡閒讀的枕邊書。在體驗天下四時的清美清趣之時，感受到的也是這位苦中作樂的平安才媛經千年不變的微笑。

和泉式部《和泉式部日記》裡的香豔回憶

　　雖然如今和泉式部的名字是遠不如紫式部與清少納言那樣響亮，但在當時也絕對是與前二者鼎足而三的大才女。她在和歌方面的才華算得上「豔冠群芳」，再加上那頂級的戀愛運，她的人生倒是比文字更豐滿有趣！

　　在那個時代的才女們中間，和泉式部算是比較出眾的一位。這一方面是因為她能自由自在地用詞來作出饒有情致的和歌，另一方面更是因為她出色的容貌與活潑開放的性情。就連古板刻薄的紫式部也在自己的日記中評價道：「當她輕鬆揮毫寫信時，確實展現了她在文章方面的才華，就連隻言片語中都飽有情色。和歌更是雅趣盎然。」這話要紫式部說出來委實不容易，而其中一個關鍵詞即是「飽有情色」，這幾乎可以看成解讀和泉式部的關鍵字。

　　作為中下層貴族大江雅致之女，和泉式部從小是長在書香之家。但與同時期含蓄隱忍的平安女子不同，天生麗質的和泉式部有著一種跟臉蛋兒相匹配的明豔動人的性格。和泉式部在少女時期就曾入宮侍奉冷泉天皇的皇后昌子，後來在父命之下與大自己十七歲的官員橘道真結婚，生有一個女兒，即後來有名的詩人小式部。但貧乏無味的婚姻生活根本捆不住她那顆本就為情而生的心，在丈夫因公職駐守外地之際，她便與年齡相仿的冷泉天皇三皇子為尊親王相戀了。為了這段鬧得沸沸揚揚的戀情，和泉式部不顧父親與她斷絕關係的威脅，堅持與橘道真決裂。但好景不常，三年之後俊美的為尊親王病逝，之後一年，年輕美貌的和泉式部還來不及收拾好自己的悲傷，竟又與為尊親王的弟弟、四皇子敦

道親王陷入了熱戀。不僅如此，
兩人相戀不到八個月，敦道親王
就迫不及待地把和泉式部迎入
宮中，並因此疏遠了正室，氣得
正夫人跑回了娘家。這種頂級的
桃花運和錯綜關係讓周遭對她
議論紛紛，就連對她和歌才華賞
識不已的藤原道長也輕蔑地取
笑她為「輕浮女郎」。對此，和
泉式部從來沒有試圖爭辯或反
駁過什麼，她只是睜大無辜的眼
睛，率直地說：「親王是那麼俊
美，就連談話中我也不由自主地
總是注意到親王的美貌，這讓我

和泉式部畫像，年輕的和泉式部是
平安時代頗為有名的美麗才媛。

怎能不愛他呢?」在那個女人只能凡事等待、凡事忍耐的時代裡，
這樣的愛情理由真是誠實得有些孩子氣的可愛！

　　《和泉式部日記》正是從 1003 年 4 月，她收到敦道親王第一
封情書開始寫作的。在為期僅十個月的日記中，和泉式部將自己
與敦道親王相戀的種種過程及內心曲線描寫得細膩動人。在其中，
她有歡樂也有憂傷，有甜蜜也有焦急，有心存靈犀的欣喜，也有
因誤會而起的鬥氣，種種情狀，真摯動人。與紫式部的克制冷靜
和清少納言的故作情趣相比，《和泉式部日記》中的字字句句都是
熱情奔放、坦白激烈的，彷彿都能看到這位平安美人心中那一把
可以燃盡萬頃荒原的烈火。它記載的是一段姐弟戀，也是一段不
倫之戀，但他們全然不顧世俗議論，一門心思沉浸在愛情當中。

這哪裡是一個後世描述的輕浮女子呢？這分明就是跟每一個陷在戀愛中的女人一樣的傻姑娘啊！

可惜不知是親王們太過福薄，還是愛情之焰太過熱烈，1007年敦道親王也病歿了。突然失去依靠的和泉式部因藤原道長的惜才而再次入宮，服侍一条天皇的皇后彰子，成為紫式部的「同事」。但是對於一生都在追求著「情」和「色」的和泉式部來說，她的人生好像已經走過了頂點。之後她同藤原道長的部下、丹後地區（京都北部的丹後半島）的行政官藤原保昌再婚，不久即隨丈夫前往丹後。婚後生活的無趣與「無情」可以想像，所以分手也是必然結局，和泉式部那顆向愛而生的心靈至此全然平息下來。1025年，女兒小式部先和泉式部而去，在經歷了白髮人送黑髮人的痛苦之後，她於孤寂清冷的歲月中走完了自己的晚年時光。

「朝思暮想，熒光似吾身。魂牽夢縈，點點均吾玉（玉，靈魂之意）。」這是和泉式部有一次到貴船神社參拜時寫下的和歌，也是她最為有名的歌句之一。當時看著貴船川（京都附近景點）漫天螢火蟲發出虛幻亮光的和泉式部，好像看到自己的靈魂飄飛滿夜空一般，這個不經意的場景，也隱約預兆了她不平凡的人生。

平安式戀愛，才女們的愛情世界

　　一個時代能共生這麼多位頂級的才女是時代和後人的幸事，也是這些才女之間的遺憾，因為女人之間的瑜亮之爭必然是酸楚糾結得多。除了才華與成就之外，她們的容貌與情感更是具殺傷力的比較指標，而一個女人

一旦在才華上走到爐火純青的地步，離俗世的幸福也就
遠了，箇中無奈與凄涼，就連心高氣傲如紫式部也無法
逃脫。

　　平安王朝是個戀愛之風相對寬鬆的時代，貴族之間的戀愛也
異常風雅，如果這還是發生在一位宮廷才女身上的情事，那其中
必然少不了那些終身難忘的美麗和纏繞。

　　在清少納言的《枕草子》中就記錄了這樣幾段戀愛情景，現
在讀來真是情趣盎然。「祕密去會見情人的時候，夏天是特別有情
趣。非常短的夜間，真是一下子就亮了，連一睡也沒有睡。……
彼此說著話兒，正這麼坐著，只聽見前面有烏鴉高聲叫著飛了過
去，覺得自己還是清清楚楚地給看了去了，這很有意思。」

　　「黎明的時候忽而看見了男人所忘在枕邊的笛子，也是很有
意思的。等他後來差人來取，包了給他，簡直是同普通的一封信
一樣。」

　　「在月光非常明亮的晚上，極其鮮明的紅色紙上面，只寫道
『並無別事』，叫使者送來，放在廊下，映著月光看時，實在覺得
很有趣味。」

　　除卻與藤原道長間那段虛無縹緲的緋聞，清少納言自己的感
情故事在後世流傳的很少。只是推算起來，她在宮中侍奉皇后定
子的時光正是她從大約二十七歲到三十七歲之間的十年，這也正
是一個女人最豐滿精彩的十年。而那些夏天會情人，坐在涼亭裡
只漫漫聊天、整夜不睡的回憶；那些細細拿紙包了情人的笛子，
像情書一般送了去的場景；那天晚上映著紅紙的月光，……在她

貧老且病的晚年看來，又會是怎樣的心情呢？

　　但有過香豔溫軟的情愛記憶，即使老而無依總也比一生寡淡強過許多。人的一生若果沒有真愛過一次，那就不僅僅是要遺憾，而是該悔恨了。在這方面，才高八斗的紫式部想來是很鬱悶的。這位容貌乏味、性情刻板的大才女向來說話刻薄，對清少納言和和泉式部都有過很不客氣的評價。她明明白白在自己的日記中寫道：「清少納言是那種臉上露著自滿，自以為了不起的人。總是擺出智者才高的樣子，……總是故作風雅的人，即使在清寂無聊的時候，也要裝出感動入微的樣子，這樣的人就在每每不放過任何一件趣事中自然而然地養成了不良的輕浮態度。」這話是否公允當然是見仁見智，但「感動入微的樣子」和「不放過任何一件趣事」的態度確是屬於《枕草子》所有。在通篇中散布的「這是很有意思的」，似乎正是清少納言的口頭禪呢。但在男人眼裡，即使是假裝出來的感動入微也比整天板著一張不好看的長臉要好啊，所以在平安宮廷的戀愛故事中，性情幽默且容貌也要好一些的清少納言自然是更受青睞的一方。所以在兩位大才女的「鬥法」當中，除了女人在才華上的一山不容二虎之外，恐怕女性間天生的醋意也是很難被稀釋的。

　　至於和泉式部這種才貌雙全，還走著頂級桃花運的女人，紫式部則說：「和泉式部，曾與我交往過情趣高雅的書信。可是她也有我難以尊重的一面。」這裡所指的自然是和泉式部與兩位親王之間的戀愛故事，而用現代語言描述起來，和泉式部自然就是一個緋聞纏身難自棄的女主角。在赤染衛門的《榮花物語》中有記載說：為尊親王的死正是因為他不顧當時疾病橫行而堅持在夜間外出訪問和泉式部的緣故。而這在後來敦道親王與和泉式部戀愛的

過程中也得到了間接的印證，在他們一來二往的和歌中，真是不乏親王殿下因看到豔名如織的情人家院外停著的馬車而徘徊良久含恨而歸的幽憤：「夜訪閨宅無人應，可見佳人太薄情。」此時已三十歲的和泉式部對著這位二十三歲的小情人自然是避而不答，只嬌嗔地說：「昨夜獨聽雨打窗，徹夜難寐想親王。」於是敦道親王只得繳械拜倒：「恨卿薄情又戀卿，思卿心亂無休時。」這在旁人看來，兩個人光是在年齡上就屬於不同的戀愛級別，更何況一方還是這樣聰慧的才女。但隨著時間的推移，再聰明的女人也抵擋不過愛情的潮浪，曾經那個勝券在握的和泉式部，已經開始和親王相依相偎、冬日暖心了。在某個大雪的早晨，親王折了一枝沾雪的樹枝，附上和歌「雪中萬樹枝葉白，落霽好似春梅開」，派人送來。和泉式部甜蜜地回覆道：「疑是梅花提前開，枝頭雪片落下來。」之後，不久前還疑慮重重的式部才媛就搖搖曳曳地入了親王府。

　　然而故事自然還有另一個面目，那就是在和泉式部完全依附入敦道親王的懷抱中之後，這位俊美的皇家子弟竟然提出了一個足以令世間所有女子發狂的要求：讓和泉式部為他的另一個情人作一首情歌。男人振振有詞地說：這件事或許有點奇怪，有一位平日與我話很投機的人要出門遠行，我想送一首能夠讓她感嘆不止的和歌。我的心經常被你所寫的和歌打動，所以請你替我代作一首吧。和泉式部在驚愕萬分之餘又不敢使性子，只得無奈提筆寫道：「惜別源中留倩影，不念我心隨秋行。」可是詠罷還是不甘心，又在信紙另一頭幽幽然埋怨說：「倩人棄君何處去，妾身憂世活到底。」親王接信一看，只是得意地笑笑：「遠行之人不掛心，唯有愛卿難相分。」此時的男人已然在愛情的關係中占據了上風，

想必和泉式部當時對於才華這個東西是相當不甘心又無奈何的吧？

　　和泉式部、清少納言、紫式部，這些都是一個比一個才氣高的名媛，在文學成就上一個比一個大，在後人心中的分量一個比一個重；但在她們的現實生活中卻又一個比一個淒寂，一個比一個冷寒。所以才華之於女人恐怕正像一場盛放的櫻雲花事，墜落時綺豔無比、落盡後寂寞難尋，而且可遇而不可求。即使隔了千年，我們彷彿還能窺見那深深庭院中的鬢影衣香、窸窣碎步，能感受到她們清脆的美麗、疼痛與寂寞，還有那直指人心的哀愁。或許曾有過那麼一個夜晚，她們正對著長夏的月光呆呆看那心上人送來的祕密情話，所有正在進行的寫作都放下了，甚至滿身滿袖的才情也都放下了，差一點兒她們就要變成能得到愛的女人，可是這種也許會改變歷史的時刻終究沒有到來，於是才華將她們送到一種必將孤伶伶一個人受崇拜的地方：愛情、人生、夢想，對她們來說都應了紅紙上的那句話——「並無別事」。

蓮澗雨　陳思蒙

奧斯卡影后進化論

　　安妮特·班寧、珍妮佛·勞倫斯、蜜雪兒·威廉絲、妮可·基曼、娜塔莉·波曼，在第 83 屆奧斯卡盛會上，影后爭奪戰的硝煙幾乎搶盡了其他獎項的風光。縱觀整個奧斯卡八十多年的歷史，從未放棄在聲色光影間對女性的關注，以及對那些在大銀幕上有傑出魅力的女演員的嘉獎。那些曾經摘桂的女演員們，各自裝點了奧斯卡的璀璨星空。

費雯麗以《亂世佳人》一片榮獲奧斯卡第 12 屆影后寶座。（圖片出處／
Corbis）

浮光掠影奧斯卡

　　第 83 屆奧斯卡頒獎典禮在 2011 年 2 月 27 日如期而至，已經成為全世界最受矚目的電影頒獎典禮的「奧斯卡」全名是「電影藝術與科學學院獎」，比歐洲三大電影節資深，比日舞影展 (Sundance Film Festival) 商業，八十三歲高齡依然雄踞「電影第一獎」的寶座。1929 年至今，能夠在奧斯卡上笑傲群雄的能有幾人，難怪連見多識廣的詹姆斯・柯麥隆在《鐵達尼號》席捲金像獎十一項大獎時也要張揚地吼出那句「我是世界之王」。

　　奧斯卡獎的評獎規則凸顯了它的權威性，首先是要由學院部門提名，然後再由學院會員投票；為了防止個人偏好影響公正，評委會主席團成員每屆任期一年，在同樣職位連任不超過三屆。獲獎名單的保密功夫更是不得了，所有選票都由普萊斯・沃特豪斯會計事務所封存並統計。選票放在保險箱內，荷槍實彈的警衛人員日夜守護，統計後的用紙則全部燒毀，真正的結果都只能到頒獎當晚才水落石出。

　　實際上這種運作更多是一種造勢，就好像工之僑的琴要做點斷紋古款埋在地下幾年才能價值連城，人們總是會被表面的包裝吸引，不然也不會有買櫝還珠的故事。這些年來，無論奧斯卡如何在自命藝術的同時卻不時買買商業的帳，奧斯卡的評委素質、

評獎程序和懸念設置還是收效顯著，為它樹立了高山仰止的名氣和權威。

影后獎項的確立

這個歷史悠久的獎項並非浪得虛名，八十三年每一個微小的變動都代表著電影界藝術與技術的大革新，而它所頒發的獎項也成為了電影上的至高榮譽。

曾經的默片字幕對白獎被取消，最佳故事獎被分列為最佳原創劇本和最佳改編劇本，當然電影的核心人——編劇、導演、演員永遠不會變。從第一屆就設立的最佳男女演員有一個比導演更王者的稱號——「影帝」、「影后」。

女性投入電影職業，註定將性別優勢發揚光大。八十三年歷史八十四位影后（第 41 屆產生兩位並列），如果剪輯成一段影像，那是怎樣的風華絕代，光彩照人，即便在黑白片時代，我們都能感受到膠片中爆發出來的光芒。女演員們在這裡到達了人生夢想的最高點，享受到了電影所能帶來的最大榮耀。電影就是這樣一種事物，它完全不遵守天道酬勤，卻又沒有世俗其他職業的任何門檻——安·海瑟薇 2009 年憑《瑞秋要出嫁》獲得提名都已經和父母狂喜慶祝，而那些曾經獲得影后稱響而站在領獎臺上、手握小金人的幸運兒，心中一定更加感慨。很多人在發言時語無倫次、泣不成聲，荷莉·貝瑞哭泣的破碎感言被評價為史上三大最 Top 的領獎片段之一（其他兩段是 1994 年的湯姆·漢克斯和 2000 年的羅貝多·貝里尼）。但在外界看來，她們的出身過於卑微，她們的上位過於傳奇，關於影后的標準是美貌還是演技、是蛇蠍還是

大氣的爭論也在每一代每一屆身上發生。

長袖善舞的奧斯卡

儘管評判標準飄忽不定，但奧斯卡絕對屬於長袖善舞的那類——有一個高貴的出身，一段資深的經歷，一種標榜的品味，一派圓滑的作風，不倒翁般左右逢源。

它可以拒絕色情拒絕得很徹底，但又會表彰情色表彰得很曖昧；它可以對彼得・奧圖 (Peter O'Toole) 七次提名金像獎視而不見，卻又頒給人家一個終生成就獎來亂潑狗血。它公正嗎？客觀嗎？代表先進藝術的發展方向嗎？顯然不完全。但大家又都喜歡它，因為它把權力、前途、金錢、癡心都玩弄在股掌之間，找到了一個大眾喜聞樂見的平衡點，一個利益均衡分配的分帳法，為藝術造就了一個走出象牙塔的舞臺，又讓商人們有了圈地拿錢的機會——誰敢不說它的好？

商業，從來就是奧斯卡一個不屑迴避的問題，對於一個運作了八十三年的獎項而言，不與商業結合，又怎麼能長盛不衰？就像奧斯卡之於女人，從獎項設置和獲獎情況來看，男女基本都是平分秋色的；但從商業價值來看，女人們顯然具備更多增效潛力。從 1953 年電視直播奧斯卡頒獎典禮開始，紅地毯風光就此成為每一屆奧斯卡最為熱門的話題之一。衣香鬢影長裙曳地，是金不換的廣告良機。Givenchy 在美國的成功就有賴奧黛麗・赫本數十年如一日的推崇，大牌服裝品牌無不將紅毯上的表現視為一年業績的預言。Giorgio Armani、Gucci、Valentino、Versace、Vera Wang、Ralph Lauren 等紛紛施展手段，近年來，更有新晉設計師憑藉這個

舞臺而獲得時尚界的關注，再加上媒體對於著裝評選的推波助瀾，明星與時尚界互惠互利的關係因此而凝結得更緊密。

最佳女主角進化史

　　電影是少有的男女同時起跑的行業，女性幾乎與男性同時站在了鏡頭前面。電影中的女性角色與當時社會對女性的定義一樣，要麼是純潔無瑕的花朵，要麼是充滿性暗示的尤物。然而大眾化是一個概念，殿堂級則是另一個概念。奧斯卡獎的設立本身，就帶有獎勵先進、樹立標準的用意，表彰藝術與技術上的突破；同時樹大招風，好萊塢也不是世外桃源，作為一個獎項，有時候不免要充當一下時代精神的代言人甚至心靈按摩師。因此經典不過是保守的另一個說法，儘管八十三年來，女演員們遵從各種明暗規則混跡圈中，像露易絲·布魯克那樣雖風情萬種卻街頭風格的女子則是一定不可能登大雅之堂的，看看我們的影后們，除了漂亮、聰明和勤力，有時候，更要生逢其時。

1929～1939　美國甜心

　　事實上奧斯卡獎設立當年，正是 1929～1933 年經濟大恐慌的開年。儘管 1930 年前後電影業一度陷入低谷，但有聲電影的技術

逐漸成熟，真正令電影立體起來，而更重要的是，飽受危機打擊的中低收入者追求平價娛樂，電影業為彌漫悲觀情緒的國家提供了真正可逃避冷酷現實的麻醉劑。

1930 年以前，路易‧梅耶 (Louis Mayer) 率領著米高梅公司一支獨大，又憑藉首推有聲電影而大大獲利。美國電影藝術與科學學院的設立與梅耶、米高梅公司有直接關係，首任院長道格拉斯‧范朋克 (Douglas Fairbanks) 就是米高梅默片時代的愛將，這十年間的影后，幾乎全部出自米高梅帳下。而經濟危機，更無心插柳地擴大了奧斯卡獎的影響，也真正幫助這些影后成為了大眾情人。

但因為最初有聲技術的不成熟，頭兩屆奧斯卡仍是默片的天下。首位影后珍妮‧蓋諾時年只有二十二歲，明眸善睞，正是甜美年華。那一年她有三部片子都入圍最佳女主角的角逐，最終憑藉《七重天》摘桂。這位歷史上的首位奧斯卡影后也成為成年女演員中最年輕的影后，此後隨著奧斯卡聲響日隆，熬資格、挨輩分的事情一再發生。早期電影對女性形象的規定在這十年間的影后角色上得以體現，第一位蟬聯影后的露易絲‧萊納，獲獎的角色分別是《歌舞大王齊格飛》中齊格飛隱忍的妻子，和根據賽珍珠小說改編的《大地》中高眉深目版的受氣媳婦，都是傳統道德標準裡逆來順受的賢妻良母。連後來離經叛道、不流於俗、從不出席奧斯卡頒獎典禮的凱瑟琳‧赫本，在最初登上最高領獎臺的《豔陽天》中扮演的也是位涉世未深的清純舞臺劇演員。

1934 年，浪漫愛情喜劇《一夜風流》風靡全美，克勞黛‧考爾白演繹天真可愛的千金大小姐形象放在今天來看，既無難度也無層次，活脫偶像派，完全不當入學院獎法眼；但當年，她卻成

露易絲‧萊納於 1937 年、
1938 年分別憑藉主演《歌舞大
王齊格飛》、《大地》蟬聯第 9、
10 屆奧斯卡影后。（圖片出
處／ AFP）

奧斯卡影后凱瑟琳‧赫本

為無可爭議的影后，只能說是時勢造英雄。

1940～1949　亂世佳人

　　整個 1940 年代，是以費雯麗的郝思嘉（《亂世佳人》）形象開篇的。這個嬌小玲瓏的女子心中蘊藏著無窮的力量和不懈的韌性，在戰爭摧枯拉朽般的風暴中倖存，並且延續了生命的希望。

　　《亂世佳人》創造了當時的歷史最高票房，充分證明好萊塢的吸金能力,而郝思嘉這個形象更代表了 1940 年代全民作戰的精神，曾經賦予許多在戰後迷惘的人們以信心和勇氣。1941 年第 13 屆奧斯卡頒獎時，民主黨的羅斯福總統出席（民主黨在好萊塢素有人緣），表彰電影界的宣傳機器作用，也證明了電影業已成為美國經濟的支柱產業之一。於是好萊塢乘勝追擊，反映倫敦平民抵抗德軍轟炸的《忠勇之家》堪稱那個年代的主旋律，一手促成了人到中年的葛麗亞‧嘉遜獲得影后，這又是一個時勢造英雄的例子。

　　從郝思嘉延伸下來的女性勵志電影，在大銀幕上為女人們的生活設置了更多障礙，她們沒有逆來順受，無一不在一波三折的人生中尋找屬於自己的位置。歌舞片皇后琴姐‧羅傑斯在《女人萬歲》(1940) 中塑造了一個「孔雀女」在被「鳳凰男」的丈夫拋棄後重新生活並學會寬恕的形象；珍妮弗‧瓊斯的《聖女之歌》(1943) 用有爭議的宗教題材表達了女性對於宗教真義的執著追求；即便是在富有喜劇色彩的《女參議員》(1947) 中，洛麗塔‧楊也創造了一個鄉下姑娘當選眾議員的童話，那個充滿活力和社會責任感的 Kitty 堪稱人見人愛，她穿著襯衫馬褲在一群吃食的雞群中接受男主角求婚的場面，也相當具有美國風情。好萊塢傳

影后葛麗亞‧嘉遜
在奧斯卡最佳電影
《忠勇之家》中的演
出。（圖片出處／
Alamy）

奇女星瓊‧克勞馥終於在四十一歲時捧得夢想中的小金人，《欲海
情魔》中她突破了「漂亮」這個從默片時代起就確立的地位，演
出了一位被親生女兒陷害的苦命母親奮鬥成為商場女強人的傳
奇。《欲海情魔》某種程度上代表了影后影片的一個特色，即影片
本身未必是頂級影片，但演員卻有提升與駕馭全片的氣場──正
是女演員之漂亮各有千秋，但銀幕魅力卻絕對是必需。

　　這一時期還是懸疑劇的發端期，從希區考克御用女主角瓊‧
芳登的《深閨疑雲》(1941) 成功開始，天真無邪的小紅帽碰到道
貌岸然的大灰狼故事就成為奧斯卡鍾愛的題材。巧合的是，英格
麗‧褒曼的《煤氣燈下》(1944) 與奧麗薇婭‧德哈維蘭的《風流

種子》(1946) 也是圍繞著有大筆財產的女繼承人展開，珍・懷曼
（雷根前妻）的《心聲淚影》(1948) 更曲折一些，但也不脫黑色
電影的風貌——謎團重重，影調陰沉，配樂詭祕，女主角們無不
經歷了大起大落、死裡逃生，被人算計也學會了算計別人，不再
唯男性馬首是瞻。

1950～1959　三面夏娃

　　《三面夏娃》(1957) 是第 30 屆奧斯卡影后瓊安・伍華德的獲
獎影片，她在其中將純真少女、放蕩浪女和本分主婦這三種面目
刻畫得入木三分。如果要為這個時期的影后們尋找一種模式的話，
那麼「三面夏娃」無疑是個帶有導向性的流派。

　　這是大牌雲集的十年，真正的王妃葛莉絲・凱麗（《鄉下姑
娘》，1954）、永遠的公主奧黛麗・赫本（《羅馬假期》，1953）、玉
婆依然靚的伊麗莎白・泰勒（《青樓豔妓》，1960），還有二次問鼎
的英格麗・褒曼（《真假公主》，1956）和費雯麗（《欲望街車》，
1951）紛紛登場，她們有的人並非奧斯卡獎的常客，但撇開獎項，
也絲毫不影響她們在國際影壇上的地位。她們各自的人生或許比
電影本身更令人嗟嘆，可以說，她們是真正的銀幕明星。

　　然而絕代佳人也罷，性格美女也罷，相對脫離本色的角色塑
造是最為學院青睞的戲路。從這個時代開始，甜姐兒只有甜到奧
黛麗・赫本那樣才算數，二十六歲的葛莉絲・凱麗如果不是意外
獲得了《鄉下姑娘》的編劇原本為演員妻子量身打造的歷經苦難
的潦倒小女人角色，也許只能繼續玉女下去；伊麗莎白・泰勒都
要走《青樓豔妓》的路線才能拿獎；英格麗・褒曼也是憑藉《真

手持小金人的影后奧黛麗·赫本，在眾位採訪者的包圍中。（圖片出處／
Corbis）

假公主》中近乎瘋魔的演技，在因為婚外情出走歐洲十多年後始贏得了好萊塢的原諒。

　　電影在形式上的突破遠遠不及對於內容和形象的要求那樣迫切，女性角色也都不再是純粹意義上的「被侮辱的與被損害的」無辜者。《絳帳海棠春》(1950) 中，茱迪‧哈樂黛扮演的比莉原本就是一個投機女，卻逐漸萌生了擺脫他人支配的願望；蘇珊‧海華德在《我要活下去》(1958) 中則是一個背景複雜的謀殺嫌疑人；《真假公主》根本就是瞞天過海的野心家在招搖撞騙；《玫瑰夢》(1955) 的安娜‧馬格尼是懷著對出軌亡夫的記恨捲入欲望的寡婦。可憐之人必有可恨之處，這句話或許應當反過來說。罪案劇情電影取代浪漫愛情喜劇成為影后電影的主要類型，這些開始時表情閃爍、身分模糊的女子，各自懷有一段近乎絕望的過往，不過無論如何，影片會告訴你她們的不得已，並且撥雲見日，在近乎窒息的絕境後迎來境遇的改變。女人不再一味賢良純情或堅韌隱忍，她們有自己的欲望和汙點，我們可以說，她們終於豐富了起來，或者，終於複雜化了吧。

1960 年至今　各顯神通

　　從 1960 年代開始，彩色膠片等技術的運用和院線錄像產品的發行使電影成為一種相對成熟的媒體模式，而電視業的崛起也衝擊了電影的收益，更迫使電影在題材與製作上走向深入與壯闊，放棄了旨在討好各年齡層觀眾的合家歡型影片。

　　進入新世紀以來，3D 技術的發展極大地影響了演員和劇情作為電影核心要素的地位。要想透過一部電影同時贏得口碑、票房

和獎項，幾乎成了演員們不可能完成的任務。

　　但仔細觀察一百多年來電影的發展歷史，會發現戲劇層面上男女角色的分工始終存在。無論女性的社會角色如何發展，大多數銀幕女性仍舊是情人與母親，人們衡量一個女性角色，多數著重於其對感情處境的表現。形成對比的是，男性角色的眼中不僅有妻子兒女，更有朋友同僚，甚至是世界和平。對於女演員而言，電影性質的變化放大了這種角色分工，女性的感情特質依然被人念念不忘。從觀眾的心理預期出發，很明顯《澳大利亞》這樣的愛情史詩要比《為愛朗讀》的彆扭畸情更對胃口；不過奧斯卡是另一回事，這就是 2009 年凱特・溫絲蕾獲得提名而妮可・基曼顆粒無收的奧妙。

　　想來一個運作八十多年的獎項，如果不能鼓勵突破，那麼就只能被突破所淘汰，因此奧斯卡情理之中地接納女演員們變著法子地推陳出新。不過奧斯卡並不是歐洲三大電影節，它既不會一把將真正意義上的無名小卒扶正，也不會接納觀點過於超前的改變，它鍾愛循序漸進。

　　能獲得影后的影片總有跡可循，學院派的審美口味與意識形態領域對於女性權利的探討一脈相承，因此像《玫瑰人生》、《黛妃與女皇》、《蘇菲的抉擇》、《妙女郎》這類反映女性奮鬥史的「一個女人的史詩」的作品幾乎百發百中。前數十年間，大銀幕上的女性如現實中一般逐漸成長，堅強、狡黠、硬朗，終於在這個時代修成正果，成為金身。而「殘疾」（《鋼琴師和她的情人》）、「癡呆」（《妳的樣子》獲提名）、「癲狂」（《飛越杜鵑窩》）、「暴力」（《女魔頭》）、「情色」（《柳巷芳草》）的負面形象頻頻成為影后，除了因為奧斯卡一貫偏好脫離本色的演技挖掘，也代表了女性形象拓

展的成功。這種帶有實驗性的作品往往衝擊著觀眾道德與審美的底線，比如大美女莎莉・賽隆演出的那個魁梧齙牙的雙性戀女變態，希拉蕊・史旺兩次榮登影后的角色要麼異裝癖、要麼女拳手雌雄莫辨，和她們在頒獎典禮當日風情萬種的火辣身材反差太大，實在令人無語；但狂飆突進式的角色嘗試恰恰突破多年性別定位的窠臼，讓你可以忘記她們的臉蛋，專注到角色本身要探討的命題中去。

　　當然，有開到荼蘼，必然就有人淡如菊。在影后長廊中，也會出現《溫馨接送情》、《芳心的放縱》這樣一片佛心的溫馨小品，也會有慈祥的老太太（潔西卡・譚迪《溫馨接送情》）和完全憑藉

2011 年獲得奧斯卡影后殊榮的娜塔莉・波曼（圖片出處／達志／AP Images）

表情動作勝出的真正聾啞人士（瑪莉‧麥特琳《無言之愛》）。奧斯卡是主流道德的標榜者，正如有責任感的媒體應當妥善平衡藝術探索與倫理責任，批判還是黑暗、溫情還是犬儒，奧斯卡明察秋毫。不用說它狗血，當人心日漸蒼老，人們已經不容易被磅礴感染、被尖銳觸動，只有返璞歸真才能令所有人重拾童年時對人性本善的信心——上帝創造人類，卻又每每利用洪水與風暴讓人類站在廢墟上反省——她們不用災難，僅僅用最平實的表演讓我們相信「善」，這一點已經足夠。

於是，幾乎所有女演員們的經紀人都在這樣規劃著手下潛力股的星途：做甜姐兒嶄露頭角，在商業片中混個臉熟，在大製作裡贏得聲響，成名之後再孜孜不倦地試水影調深沉的文藝片——如三十歲就功德圓滿的瑞絲‧薇斯朋，童星出身，《誘惑性遊戲》裡還是青春偶像，《金法尤物》是票房高人，在《為你鍾情》中難得深沉了一把，就深沉成了影后。2009 年獲得提名的凱特‧溫絲蕾與安潔莉娜‧裘莉，細細琢磨更能印證這樣一條軌跡：都是年少成名，都具有很強的票房號召力。

關於影后們的詛咒

　　不要以為捧得小金人就能永垂不朽，事實是獎杯只是一個站牌，後面的道路對這些獲獎的影后們來說還長著呢。

詛咒一： 影后就是票房毒藥

　　從最近十年的經歷來看，這幾乎是顛撲不破的規律。1998 年，年輕的葛妮絲・派特洛憑藉愛情題材的《莎翁情史》一舉成名，戰勝了在口碑上更勝一籌的澳洲女演員凱特・布蘭琪（《伊麗莎白》）。但從那以後，葛妮絲・派特洛就一直不走運，幾乎沒有什麼拿得出手的作品問世，與獎項更是無緣。

　　相反，看看屢屢提名奧斯卡卻只拿了個最佳女配角的凱特・布蘭琪，一邊在文藝片中大秀演技，一邊在《魔戒》、《神鬼玩家》、《火線交錯》中賺得盆滿缽滿。同樣，2001 年還促成《紅磨坊》大賣的妮可・基曼，在 2002 年憑藉《時時刻刻》獲得影后之後，《超完美嬌妻》、《雙面翻譯》、《黃金羅盤》等不是輸了票房就是輸了口碑，更是與獎項絕緣，2008 年的《澳大利亞》也無法成為翻身之作。同樣印證詛咒的還有荷莉・貝瑞和茱莉亞・羅勃茲。

　　當然對於已經成名的女星，這種暫時的動盪是可以理解的。因為從前有一條規定穩準的道路，看票房的時候選大片，想拿獎的時候選文藝；然而成功之後選片宗旨不再明確，妮可・基曼最初幾年偏愛小成本，但小成本發行與宣傳能力有限，後來情急投靠大製作，卻又大牌成堆，根本無法出類拔萃；而葛妮絲・派特洛，更是以為自己有資本多方嘗試，選片標準飄忽，於是屢戰屢敗。

詛咒二： 愛情大片難討好

　　1971 年，《愛的故事》取得巨大成功，艾莉・麥克勞形象討

美人妮可‧基曼憑藉一
座奧斯卡獎座證明了自
己的演技。(圖片出處／
達志／東方 IC)

好，演技清新，但還是敗給了對白相當繁複、晦澀的《戀愛中的
女人》中的格蘭達‧傑克遜。1986 年，梅麗‧史翠普如日中天，
《遠離非洲》中與勞伯‧瑞福淒美的愛情與宏大的外景都是野心
之作，但當年卻敗給了名不見經傳的潔拉丁‧佩姬，後者當時年
事已高，輿論都以為是陪榜。

　　同樣，《英倫情人》紅透半邊天的那一年，克莉斯汀‧史考特‧

湯馬斯（2008 年她的《我一直深愛著你》的出局令人遺憾）傾倒無數觀眾，但結果被鬼才柯恩兄弟冷峻的《冰血暴》搶了風頭，影后落入法蘭西絲‧麥朵曼囊中。更不用說大家都知道的《鐵達尼號》，全球十億票房讓奧斯卡評委會不得不頒發了十一個獎給柯麥隆，但是最重要的表演獎他們卻情願頒給了那一年並不強的海倫‧杭特（《愛在心裡口難開》），也許那還可以說是凱特‧溫絲蕾當年太過年輕的原因；不過在票房成功的《BJ 單身日記》和《紅磨坊》的圍剿下，2001 年居然讓荷莉‧貝瑞漁翁得利——當然，《擁抱豔陽天》的確不是個愛情片。

人們或許會提《莎翁情史》，會提《發暈》，但葛妮絲‧派特洛在片中飾演的是莎士比亞的情人，而雪兒則因為跨界藝人的身分而倍受青睞，都是自有原因的。

詛咒三：　並非大牌福地

2009 年被譽為奧斯卡風向球的金球獎揭曉了，凱特‧溫絲蕾憑藉兩部片子同時獲得電影類最佳女主角與女配角。緊接著，奧斯卡提名揭曉，《真愛旅程》被棄，《為愛朗讀》獨身上陣。這就是一直有獨特審美的奧斯卡作出的選擇。

奧斯卡並不因循守舊，不過論資排輩的風氣卻一直存在。或許奧斯卡就是執著地認為，一個女演員要飽經歷練到三十歲之後才能真正成熟，無論此前她的表演多麼有靈氣，都還是再磨鍊為妙——四次奧斯卡獎獲得者梅麗‧史翠普在首次獲得女主角提名（《法國中尉的女人》）前，已經獲得過最佳女配角（《克拉瑪對克拉瑪》），不過作為女主角的新人，迎接她的是一場空歡喜；蘇珊‧

莎蘭登（《越過死亡線》）在獲得奧斯卡獎之前陪榜了四次；號召力大如茱莉亞·羅勃茲者在《永不妥協》之前僅獲過一次提名；安潔莉娜·裘莉在獲得最佳女配角的時候還遠遠沒有今天的名氣，成為商業巨星後倒一次提名都沒有獲得，2009 年的《陌生的孩子》如果不是克林·伊斯威特護航，恐怕她依然只能憑藉《刺客聯盟》在票房排行榜上出出風頭而已。

詛咒四：越需要時它越吝嗇

如果你指望藉奧斯卡來鹹魚翻身、在曾經輕視自己的人面前拿回尊嚴，那麼很抱歉，它一定會讓你失望。1954 年，剛剛復出的茱蒂·嘉蘭憑藉《星海浮沉錄》獲得影后提名，該片取得了巨大的成功，同時也是茱蒂·嘉蘭被米高梅辭退後重新奮起之作，輿論幾乎是一邊倒的樂觀。然而頒獎當晚，出爐的影后卻是葛莉絲·凱麗（《鄉下姑娘》）。正在產房收聽廣播的茱蒂·嘉蘭當時就情緒失控。後來嘉蘭再也沒有能夠站起來，酗酒服藥，四十七歲就英年早逝。欺負孕婦的事情還有 1999 年希拉蕊·史旺與安妮特·班寧的對決。那部反映中產階級中年危機的《美國心玫瑰情》，導演與男主角依次捧得最佳導演和影帝稱號，而四十一歲的女主角安妮特·班寧在紅毯上謀殺無數底片之後，卻又成為一個「捧殺」的典型。小金人可不會被媒體牽著鼻子走，於是安妮特只能僵笑當場。

2001 年，剛剛失婚的妮可·基曼遇到了巴茲·雷曼邀請其傾力主演歌舞劇《紅磨坊》。事實上當時的她的確需要一座獎座來穩固其在好萊塢的地位，但奧斯卡讓她失望了，沒有人會雪中送炭。

第二年，並沒有太多片約的妮可看中了導演史蒂芬‧戴爾卓送來的劇本，此人之前導演過幾部沒有很大反響的實驗作品。還好，命運之神光顧了她，這部片子是《時時刻刻》。但我們只要看史蒂芬‧戴爾卓沉寂六年才拿出《為愛朗讀》，就知道這傢伙的發揮有多麼不穩定，也就能體會妮可‧基曼的那次翻身仗，有多少運氣的成分在其中。

詛咒五：醜女無敵美女啞火

　　一個流傳了很久的笑話，說奧斯卡的評委會主席們一定都有被美女拒絕的痛苦經歷，因此能得到奧斯卡垂青的，大多不是美女，比如梅麗‧史翠普。早期最耀眼的葛麗泰‧嘉寶一直與獎項無緣，好萊塢黃金時代真正的美女麗塔‧海華絲和拉娜‧透納從來沒有搭上獎座的邊，瑪麗蓮‧夢露就更不在話下了。

　　不過作為一種濃縮現實的高仿真藝術，表演的最高境界一定是在典型環境下表現最平常人的典型反應。拋開人類以貌取人的天然門檻，還原一個普通人所面對的粗糙世界，的確更能體現演技。大銀幕為人們提供美女乃是娛樂，學院獎自然不能僅停留在娛樂的層面。因此那些貨真價實的美女，比如妮可‧基曼得加上一管假鼻子，荷莉‧貝瑞得蓬頭垢面，模特兒出身的莎莉‧賽隆得把自己搞得粗野齙牙才能拿獎。當然，拿過獎的人，可以像荷莉‧貝瑞一樣去做「龐德女郎」證明一下自己身材依舊，或者像瑞絲‧薇斯朋去過過「浮華世界」虛榮浮華的癮，但奧斯卡這裡，咱們還是灰頭土臉低眉順眼地過吧。

　　在好萊塢女星中，長壽的與短命的一樣多，無論她們年輕時如何國色天香流連花叢，一律無可避免地雞皮鶴髮深居簡出。當然也不缺乏像瑪姬‧史密斯那樣的老太太，因為客串《哈利波特》系列，深入了一代又一代孩子們的心。女性混跡娛樂圈，本就比男性承擔更多的風險，潔身自好吃不開，一旦放縱又難收手。多少年少成名的女子迷失在紙醉金迷的聲色中不能自拔，喪失了最原始的本錢之後逐漸墮落。這些故事，不但是歷史，在如今依舊每天發生。這些被奧斯卡垂青的女子，連凱瑟琳‧赫本都有著長串情史堪比苦情戲，伊麗莎白‧泰勒以結婚八次聞名，自然找不到真正意義上的冰清玉潔；然而無可否認，能獲得這樣的江湖地位，都是勤奮並且自我控制的作用，這或許是奧斯卡影后們大多長壽的原因。對於這些獻身電影業的女子而言，思存的或許只有銀幕上的那一段綺麗光影。

秦　　天

紅磨坊孕育的
百年風情

　　日日歡歌、夜夜狂舞的紅磨坊已然風靡了一個多世紀。在這個上層社會引以為榮、下層社會趨之若鶩的歌舞廳，康康舞從粗獷走向了高雅；而一代代舞后們則在臺上臺下演繹著不同的人生悲喜。

　　百年來，風車在不停地轉動，各色人間景象也在輪流登場。

以紅磨坊為題材的電影從 1934 年到 1960 年不到三十年間裡被拍攝了八次。2001 年，妮可‧基曼也演出了一部《紅磨坊》。她在戲中不但大跳康康舞，還需做些高難度的雜技動作。的確，必要的雜技技巧是每一位康康舞女演員都要具備的基本條件。（圖片出處／Alamy）

「女人第一宮」百年小史

　　紅磨坊 (Moulin Rouge) 的風車已經轉動了百餘年，一個多世紀以來，這座「浪漫花都」不僅造就了一代代色藝雙全的歌舞藝術家，而且成為了巴黎、法國乃至整個世界最具魅力的夜總會文化的象徵。

　　1889 年 10 月 6 日，星期天。晚上，一家名叫「紅磨坊」的歌舞廳在位於巴黎塞納河左岸蒙馬特高地的白色廣場上隆重開張了。它不同於以往的所有酒吧、歌舞廳、歌舞咖啡館和夜總會，單從外形上就可見一斑：它是座帶著一架轉動風車的磨坊式古怪建築。

　　紅磨坊的開業在當時轟動了整個巴黎，城裡頭幾乎所有不安分的達官貴人和好熱鬧的男男女女都湧向了那裡。當晚首次亮相的「方陣舞」連演幾十場，場場爆滿，盛況空前。第二天，某份發行量巨大的報紙對此作了如下報導：「昨天下午，他們向合作者宣布，這個大廳將成為最大的音樂舞蹈聖殿。昨天晚上，所有的巴黎人都參加了開幕典禮，舞臺和大廳都舉行了演出。出席者有王公貴族，還有娛樂圈和藝術界名人。他們盡情享受生活中最浪漫的時光。我們從未見過人們這樣激動，筆墨難以形容。只有身臨其境才能感受到。當銅管樂奏起，舞蹈演員們一邊旋轉，一邊湧入大廳，伴隨著激動人心的音樂踢腿，人群沸騰了。今天早上，

巴黎各大區的主教們該著急了，各家各戶肯定都在爭吵，漂亮的女人們威脅著丈夫，如果不帶她們去白色廣場看瓦朗坦的演出，就與他們離婚。以後的幾個星期，大家肯定都會蜂擁而至。」

　　文章開頭提到的「他們」是紅磨坊的兩位創辦者：約瑟夫・奧雷 (Joseph Oller) 和查理・吉德勒 (Charles Zidler)，這兩位精明的商人，一位是馬術賭博行家，一位則是經驗老道的大型劇院經理。混跡於商海多年，他們深知有錢又有閒的巴黎人的品味和愛好，早就挖空心思地準備為這些大佬們提供一個別出心裁的消遣場所。兩人暗中看好了白色廣場上一家廢棄的夜總會——白色皇后，決心在這裡建一個全巴黎聞所未聞的集「舞廳、娛樂和綜藝演出」於一體的「女人第一宮」。

　　「紅磨坊」的名字取自當時巴黎昂坦街（現在是弗蘭克林・德・盧斯韋爾街）上一個古老的歌舞廳式餐館，它的磨坊造型是由著名畫家維爾特設計的。在紅色的磨坊頂上，有四扇可以轉動的風車翼片，一扇窗戶裡露出女磨坊主的臉，另一扇窗戶裡探出男磨坊主的頭。當燈光閃爍的四翼開始轉動時，兩人親熱地點頭示意——美好生活從此開始。紅磨坊歌舞廳的內部也經過了重新裝修，四壁色彩斑斕而輝煌，經過畫家的刻意修飾，表現異國風情的油畫依次排列著，如西班牙摩爾風情、游牧民族的小茅屋、荷蘭的旖旎風光等等。

　　每晚 8 至 10 點，這裡都上演著各種各樣的節目，有幽默的時事諷刺劇，有馬戲表演，壓軸的則是著名的「法國康康舞」(Cancan)。在環繞舞臺的遊廊內，人們三五成群地圍坐在一起，觥籌交錯，開懷嬉笑。舞女們悠閒地等待著舞伴，大廳內人聲鼎沸，菸酒氤氳。這時，樂隊奏起節奏明快的舞曲，催促著人們滑進舞

池。1890 年 4 月 19 日，紅磨坊新推出的歌舞啞劇「希爾卡安西人」在觀眾中再一次掀起高潮；5 月 3 日，紅磨坊的第一部歌舞劇「東方美人」公演，仍然是大獲全勝。

紅磨坊的輝煌大致可以第二次世界大戰為界，分為前後兩個時期：前期從 1889 年到 1944 年；後期從 1951 年開始至今。在長達百餘年的時間裡，這裡多次易主，每一次經營者都帶來了不同的活力和元素，一次次再造新的奇蹟。而那些熱愛紅磨坊的客人們則是它燦爛不衰的最好見證人，1901 年 8 月 17 日有這樣一則關於紅磨坊的報導：「一位紅磨坊的常客作了一個統計：從 1889 年 10 月 6 日到今天，紅磨坊的翼片已經轉動了四百八十萬圈了，但這僅僅相當於舞廳開業到現在觀眾人數的三分之一。」

紅磨坊一路走來，受到的最大衝擊，應該是 1929 年有聲電影出現之後，彼時，不僅紅磨坊中最著名的歌舞編劇雅克・查理和最受觀眾喜愛的康康舞皇后蜜絲婷瑰 (Mistinguett) 先後投身電影產業，甚至為了適應大眾對電影的熱情，生意蕭條的紅磨坊一度成為電影院，代表舞廳特色的歌舞演員們僅僅只能在影片放映前匆匆露露臉；那些原本高高懸掛的彩色演出海報，也不得不被黑白電影劇照所取代。

二戰期間，雖然出乎人們意料，紅磨坊並沒有被德軍關閉，但這裡卻成了德國軍人的消遣之地，無疑，他們也是僅有的觀眾。大廳裡繼續播放著電影，在每部電影放映之前，是歌舞廳的演員們強作歡顏的即興表演。直到 1944 年 7 月，著名女歌唱家皮雅芙的登臺，才使大家在絕望中看到了曙光。戰後的 1951 年，待法國從戰爭傷痛中逐漸恢復元氣後，紅磨坊進入了一個重新發展的時期。

漸漸地，紅磨坊的節目越來越多，晚會也越來越恢弘，已然
成為「世界夜總會之都」。現在，這裡主要有兩類表演：豔舞表演，
以吸引世界各國遊客前來觀賞；慈善義演，為聯合國兒童基金會
等機構募款。

紅磨坊作為一種都市文化，將「為藝術而藝術」的陳詞濫調
掃地出門，把藝術和生活鮮活地結合在一起。百年來，巴黎人的
生活已經同紅磨坊融為一體，那些造就紅磨坊的人們和紅磨坊孕
育的傳奇人物已經是他們生命中的某一個特殊組成部分。從 1911
年起，紅磨坊的金字招牌康康舞在這座歌舞廳之外受到青睞，成
為高雅藝術的一個新品種。1934 年到 1960 年不足三十年間，拍
攝的關於紅磨坊的電影就有八部之多。而 2001 年，由妮可‧基曼
主演的《紅磨坊》，更是進入千禧年以後，人們對紅磨坊鍾愛與嚮
往之情的再一次表達。

一支舞蹈，兩種人生

　　紅磨坊的世紀歷史，是康康舞不斷更新和舞后們不
斷升起與隕落的歷史。關於紅磨坊的多部電影，幾乎都
以拉古麗 (La Goulue) 和珍‧阿芙里爾 (Jane Avril) 為最
耀眼的兩位主角。在兩人截然不同的舞技和命運中，紅
磨坊得以一再復活。

康康舞來了！

從歌舞廳營業的第一天起，就是熱烈狂放的康康舞讓紅磨坊聞名於世，它是那裡的金字招牌。百年來，時光流轉，紅磨坊的歌舞更換了一批又一批，但康康舞依然是每晚必演的壓軸節目。

康康舞源於法國民間，最初只是一種快速活躍的鄉村舞蹈。1830 年前後，它進入了歌舞廳，並深受城市女工們的喜愛，就連女裁縫和洗衣婦們都在這縱情的舞蹈中忘記了每日必須進行的艱辛勞作。這種既能自娛自樂又能感染觀眾的舞蹈形式，很快就吸引了職業舞蹈演員們的目光。大約在 1850 年，巴黎馬比勒歌舞廳的明星、波爾卡舞后萊斯特・莫卡多爾根據康康舞的特點，編排了一種由四隊男女排成方陣進行表演的「方陣舞」，在舞臺上一經亮相，立刻受到了觀眾的廣泛歡迎。

簡樸粗獷的康康舞進入歌舞廳後，立即走向了貴族化，服裝越來越精美，場面越來越奢華。為了突出女性的魅力，對女演員的外形和服裝都做出了明確的要求：身高必須在一百七十公分以上，舞裙裡必須穿有襯裙，襯裙裡的內褲必須綴有花邊，為了營造出裙子花邊像大海一樣波浪翻滾的效果，演員們經常需要穿著多層的綢緞裙子，還必須穿黑色的吊帶襪來突出大腿的修長。每段舞蹈歷時八分鐘，而且必須跳出幾種規定的花樣組合，如「拉雙手轉」——男女舞蹈演員互拉雙手作迴旋；或「夫人鏈」——女演員們先自右側經過，各自伸出左手和對面的男伴相攜，男演員們再將她們轉至自己身旁。舞蹈的伴奏音樂也不再是通俗自由的鄉村音樂，取而代之的是由歌劇旋律改編成的樂曲，如果演員

們認為播放的樂曲不適合要表演的舞蹈，她們便可以拒絕演出。

　　紅磨坊的康康舞表演是蒙馬特所有娛樂聖地中規模最大、名聲最響的。其他的許多歌舞廳裡，康康舞主要是一種禮儀舞蹈，並含有朦朧的色情成分。然而，紅磨坊卻反其道而行之。在紅磨坊跳康康舞，演員年輕與否、漂亮與否，都不重要，關鍵是要非常靈活，特別是要能劈腿。對於要求所有女演員都不得過分表現性的成分這一舉措，有人甚至將其稱為「女權主義取得的第一次勝利」。

　　在紅磨坊，每一位女演員都能夠表演康康舞，她們輪流上陣，自由發揮。但所有的女演員都必須完成一個指定動作，那就是在舞蹈即將結束時，用腳尖輕快敏捷地將任意一名觀眾的帽子踢飛。誰踢得最突然，最能產生戲劇性效果，並能夠獲得最熱烈的歡呼聲，誰就是當晚的康康舞皇后。

　　1925 年之後，紅磨坊的康康舞經歷了一次大變革。女演員們仍舊保持穿著多皺的裙子和寬大襯裙的慣例，但吊帶襪已經換成了真絲長筒襪，舞蹈陣容也早已突破了四隊男女組成的方陣，也不再是一男三女的靈巧組合，取而代之的是十六位年輕貌美的女孩兒形成的狂歡陣勢，它足以把在場的所有觀眾吞沒，而且，除舞蹈節奏更具現代性之外，演員表演也更加奔放。

　　一位著名的康康舞演員曾這樣描述跳康康舞時的感受：「對康康舞來說，只存在一個同義詞——瘋狂。學者們斷言康康舞是黑人發明的，這是不對的。黑人們會做各種動作，但不會跳康康舞，康康舞實際上是一種法國舞蹈，並將逐漸成為法國的民族舞蹈。它是巴黎幻想的體現，康康舞輕蔑地忽視一切帶有規則、規章、條理等等氣味的東西。為了學會跳康康舞，需要有十分特殊的才

華，十分獨特的智慧。跳康康舞的人的靈魂應該像她的腿一樣非同尋常，因為它不是要再造某種傳統的東西、某種符合規則的東西，而是必須進行發明和創造，而且是在瞬間創造。右腿必須應該知道左腿在做什麼。在某一特定時刻，您應該不知為什麼變得陰鬱、憂愁、懷舊，而在一分鐘之後又像酒神女祭司一樣發起瘋來。在需要時必須同時感受這一切，必須既快樂又憂鬱，既冷漠又熱情——總之，必須跳舞、尋歡作樂……，康康舞——就是腿的瘋狂。」

如今在紅磨坊每晚必會上演的康康舞，和最初的康康舞相比，已經發生了很大的變化。譬如，它的規模宏大了許多，一出場就是幾十位光彩奪目的美女擺出爭芳鬥豔的陣勢；演員的服裝也在變化，群舞演員以透明絲襪取代了黑色絲襪來突出大腿的修長，再搭配以火紅的長裙烘托熱烈的氣氛，而領舞演員則以無上裝的半裸或全裸突出身材的美麗，性感加倍，卻仍舊毫不色情。

拉古麗：不跳舞，毋寧死！

拉古麗是自紅磨坊誕生的第一位明星。本可以穩坐舞后寶座的她，卻因為某種天生的粗俗和自我放縱的個性，走向了毀滅。她和左拉筆下的娜娜有太多的相似之處，簡直就是對方的現實翻版。或許，娜娜可以在世界文學史和讀者的心中不朽，拉古麗也能夠在紅磨坊的歷史和觀眾心中永恆吧！

拉古麗的意思是「貪吃鬼」，因為她出生在一個貧窮的洗衣婦家庭，從小就養成了一個習慣：舔乾淨能看到的盤子裡的所有東西。1865 年出生的這個小女孩兒，似乎從呱呱墜地那一刻起，就

開始了向歌舞廳進軍的旅程。她兒時的最大快樂，就是偷偷試穿客人送給媽媽清洗的漂亮裙子，然後在自家潮濕低矮的小房子裡翩翩起舞。

終於有一天，在一位雜技演員送洗的衣服中，她驚喜地發現了一雙自己夢寐以求的舞鞋。那時，她剛剛十三歲，穿上舞鞋的拉古麗欣喜若狂，她幾乎連想都沒想就衝進了街邊的一家小歌舞廳，一頭栽進了第一個向她張開雙臂的大兵的懷抱。十六歲那天，當她的父母告訴她不得不開始自謀生計時，她傷心地痛哭了一夜。第二天，拉古麗無可奈何地走上了媽媽的老路，在金滴街上成了一位洗衣婦。白天，她沮喪地一件件揉洗著客人送來的髒衣服，晚上，則滿懷憧憬地站在歌舞廳的門口，向進出的客人們兜售鮮花。只要白天幹活兒時幸運地收到一件合身的漂亮裙子，晚上她就會穿上它興奮地衝向歌舞廳，面對母親的汙言穢語和父親的拳打腳踢，她只會叛逆而無謂地回敬一句：「不跳舞，毋寧死！」

不久之後，她先是給畫家們當模特兒，接著去了愛麗舍·蒙馬特歌舞廳——當時巴黎娛樂圈最重要的聚會場所。在那裡，拉古麗以善舞的精靈形象頻頻亮相，渾身上下釋放著火一樣的熱情，走到哪裡就給哪裡帶來快樂，有人開始稱呼她為「快樂天使」。

1889年，當紅磨坊的創辦人之一約瑟夫·奧雷為即將開張的歌舞廳四處尋覓演員時，他在愛麗舍·蒙馬特巧遇了拉古麗，並被她的魅力深深打動，他馬上與她簽約，誠邀她加入紅磨坊的康康舞陣營。拉古麗對方陣舞似乎無師自通，懂得如何利用環境、燈光、音樂和裝飾，知道怎樣在客人面前展示自己的長處。她是歌舞廳裡唯一可以梳髮髻（其他人必須戴帽子）的女演員，也是唯一可以在桌子上跳舞的人。只要她高興，她就敢向那些穿著黑

第一位舞后拉古麗是個作風大膽、放縱的女子。正
因為此，她的光芒僅維持了短短幾年，後半生都在
窮困潦倒中艱難度過。

禮服、帶著大禮帽的男人展示豐滿的胸部。她最令人嘆為觀止的
絕招，就是在舞蹈結束時，用鞋尖突然踢飛男人的禮帽，讓這些
男人們發出幸福的尖叫。她這時每天可以掙到八百法郎，還有外
國的王公貴族經過巴黎觀看演出時給的紅包，以及到國外巡遊演
出得到的額外收入。到了 1891 年，拉古麗已然是毫無爭議的紅磨

坊第一位「康康舞皇后」了。

　　在舞臺上，拉古麗人見人愛，但一走下舞臺，她卻變成了粗俗的潑婦，滿口髒話。當時她極為富有，花費相當於現在的三十萬法郎購買了一棟房子；她不但乘坐自己的馬車去參加演出，還牽著一隻小山羊作為寵物；她熱衷於在照相機前擺出各種姿勢：頭戴花冠，半裸酥胸，手拿香檳，雙腿分開，慵懶地跨在椅子扶手上。這些不雅相片當然沒有給她帶來任何美譽，反而遭到了人們的抨擊。大家逐漸對她的粗俗感到憤慨，說她的所作所為足可以讓市政府的騎兵衛隊臉紅。在紅磨坊歌舞廳，她的日子也越來越不好過，同事們都對她敬而遠之，她也輕蔑地把他們稱為「小鶴一樣的人群」。1895 年，她再次放出爆炸性的消息：她厭倦了康康舞，將在事業頂峰離開紅磨坊，改跳肚皮舞。

　　離開紅磨坊的拉古麗一落千丈，她不但花錢如流水，而且開始光顧下等小酒館，過著自暴自棄的生活。1899 年 6 月時，她甚至淪落為馴獸師波宗的搭檔，「拉古麗鑽獅子籠」成為動物園吸引遊客的廣告詞。她穿著肉色緊身衣，足踏高筒靴，揮舞著鞭子，聲音低啞地極力吸引觀眾，但她的表演卻打動不了任何人。沮喪的拉古麗幾乎成了妄想狂，說全世界的人都恨她。

　　1903 年，有人在聖剛島看到了她。那個人真不敢相信，本可以成為首富的女人，卻衣衫襤褸地同一個麻臉男人住在沒有窗戶的低檔客棧，從早到晚都喝得醉醺醺的。1925 年，一位認得她的作家看到她時，她的頭髮已經全白了，牙也掉光了：「這是一個發胖的老女人，沒有一點靈性，我們費盡九牛二虎之力才讓她說了幾句話。她一點也不明白我們所說的東西，她昏暗的眼睛中不時閃現一絲光亮。我們提到了她的過去。」三年後，拉古麗最後一次

紅磨坊第一畫師土魯斯‧羅特列克的畫作為拉古麗坐上舞后寶座奠定了基礎。這張他親自為她繪製的海報至今還掛在紅磨坊的牆壁上。

回到蒙馬特，但不是跳舞，而是賣花生、火柴和紙。紅磨坊已經沒有人認得她了，當她看到人們蜂擁而至去欣賞蜜絲婷瑰的表演時，一臉茫然，沒有一點兒表情。

　　1929 年 1 月 29 日，她在臨終前用最後一口氣對牧師說：「神父，上帝能饒恕我嗎？天上能給我留一點點地方嗎？我是拉古麗。」

珍‧阿芙里爾：舞到另一個世界去

　　珍‧阿芙里爾外形纖細、溫文爾雅，這位紅磨坊第二位康康舞皇后的個性和拉古麗剛好截然相反。不管是否真的像某些人說的那只是表面現象，她至少懂得如何掌控自己的生活。結婚後，

她一直生活得很快樂。不管怎樣，她是一個聰明的女人。

在紅磨坊著名畫家土魯斯‧羅特列克眼裡，珍氣質高雅，性格細膩，她在舞臺上的瘋狂只是表面現象，屬於賣笑女中的天真少女。走下舞臺的珍溫文爾雅，一本正經。也有人對她的這種差異不以為然，常在蒙馬特走動的英國作家亞瑟‧西蒙就說過：「她外表正經，但有某種變味的純潔。她是墮落和天真的混血兒，既病態又陰暗，既刻薄又尖銳。」讓我們一起瞭解一下她的過往生活，看看你會得出什麼樣的結論吧。

珍 1868 年生於巴黎，母親是個輕佻時髦的巴黎女郎，父親則是一位義大利侯爵，他們賦予了她好動和文靜的雙重性格。出生時一頭紅髮的珍綽號為「紅髮女孩」，性格暴躁的母親經常打她，珍十六歲時，母親還把她送到了法國著名精神病專家夏爾科教授開辦的精神病診所裡。在這個類似瘋人院的地方，醫生和護士都疼愛地把她當成自己的孩子，他們還專門為她舉辦了一場化裝舞會，在人群中間旋轉的小珍飄飄欲仙，完全陶醉了。這是她生命中的第一次舞動，也為她打開了心中的舞蹈之門。沒有一位醫生相信這位活潑、天真的小姑娘得了精神病，經過幾次檢查，他們請珍的母親把她接回家。帶著對舞蹈的喜愛，她開始偷偷光顧米歇爾大街的布列歌舞廳，在那裡，她的舞蹈天賦得到公認，苗條的身材為她贏得了第一個藝名「絲線」。

進入紅磨坊後，珍是唯一一個被允許穿花內衣的人，其他演員只能穿白色內衣。她平時總是身穿紅衣，頭戴黑帽，有時濃妝豔抹。人們說她像被毒液浸過的蘭花，但她並不在乎流言蜚語，仍然我行我素，只是在舞蹈中自我陶醉。初入紅磨坊，她並不是正式演員，不領演出報酬，然而，觀眾的掌聲就是她巨大的資本。

土魯斯為珍繪製的海報。出
生於貴族家庭的土魯斯，格
外欣賞珍的溫文爾雅。

不久，她就成為正式演員，可她卻說，為報酬而演出失去了「往
常的快樂」，她渴望的是真正的藝術。於是，她就像一位為舞而舞
的純舞者，時不時地離開紅磨坊，穿梭於其他大小舞場，一邊自
娛自樂，一邊汲取養分。她到過巴黎花園歌舞廳、艾多拉多歌舞
咖啡館、塔巴蘭劇院，還在瘋狂的牧羊人劇場演過啞劇，在「紐
約麗人」中演美國版喜劇，她甚至還演過悲劇，在易卜生的戲劇
「培爾·金特」中扮演阿妮塔。她說，演戲滿足了自己天生的好
奇心、喜變的心理和對文化的需求。但她從沒有真正離開過紅磨
坊，每當她再次登上那裡的舞臺時，所有觀眾都會站起來高呼：
「珍回來了……。」

　　《西方舞蹈文化史》的作者高度評價珍：「珍‧阿芙里爾是紅磨坊歌舞廳的又一位舞者和明星，她從未受過任何舞蹈或戲劇表演方面的正規訓練，卻在這兩方面都獲得了成功。珍這種類型不符合音樂廳的需要，卻符合那個時代的需要。當拉古麗以其令人銷魂的猥褻聞名於世之時，珍則是全然的溫文爾雅。她跳舞時好像就在夢中，因為偏愛旋轉動作。倘若義大利畫家波提切利的『三女神』能夠復活起來，那麼其中之一就很容易以她的形態出現。她一天晚上純屬偶然地發現自己原來是個舞蹈家，而她所獲得的尊敬則成了她那專業水準的證書。」

　　曾經有謠言說她是個被開除的小學老師。「開除？這是天大的恥辱！」珍終於憤怒了。但她的確有數位情人，比如知名繪畫大師雷諾瓦。還有幽默畫畫師阿爾豐斯‧阿萊，他向她求婚遭到拒絕後，跟著她來到一條街上，手中拿著手槍，半哭半笑地近乎瘋狂，威脅說要跟她同歸於盡。此外，她還有一位曾在紐約共同生活過幾年的美國情人。

　　1910 年，珍最終同畫家莫里斯‧比埃斯結婚了，夫婦倆住在法國外省的一個小鎮。當她的兒子出世後，她對生活和舞蹈的狂熱平靜了下來：「理智的年齡終於到來，就是說不再辦傻事的年齡終於到了。」他們的生活一直非常愉快。後來丈夫去世，沒有存款的她便隱姓埋名地悄悄住進了一家養老院。她每天繡花、織毛衣，只對極少數的知心朋友談起自己輝煌的過去。她說自己喜歡郊區寧靜的生活，而不喜歡喧囂的巴黎，她幾乎記不起也認不出那裡了。

　　珍只在 1941 年回過巴黎一次，當時，幾個忠實的崇拜者找到她，為表達對她的敬意，特地為她舉辦了歡慶會。她最後一次像

女神一樣出場，即興表演了一段芭蕾舞。一時間，她彷彿又回到了年輕時代，激動地說：「儘管頭髮白了，儘管人們會說什麼，我覺得我仍能投入到音樂中。也許這就是關於瘋狂的多種解釋中的一種，如果只有一種解釋的話，音樂對於我永遠是溫柔和慰藉，她幫助我生活下去，我是她癡迷的奴隸。如果在另一個世界還存在舞蹈，我肯定去演死神舞……。」

她們曾這樣存在過

　　無數舞孃各自短暫的舞蹈生涯匯成了紅磨坊的時間長河。如今我們梳理過往，發現她們曾這樣鮮活地存在過。相信還有更多的舞者連姓名都沒有留下，但無疑她們歡快的舞步和優美的舞姿終將不會被遺忘。

伊韋特・吉貝爾

　　如果說是珍取代了拉古麗，那麼伊韋特 (Yvette Guilbert) 就是珍的終結者，並最終登上了紅磨坊第三位康康舞皇后的寶座。1890年，她在紅磨坊首次登臺，演出一則喜劇，扮演可憐的護士瓦萊麗：她扮相醜陋，頭髮光滑，身穿灰色長袍，釦子從上繫到下，雖然裡面穿著盛裝，卻誰也看不見。這齣戲一點都不吸引觀眾，掌聲稀疏，但年輕的伊韋特一點兒也不灰心。雖然她每天只掙二十法郎，而拉古麗和珍等大牌明星每天的演出報酬是八百法郎，

還有無數的其他收入。

　　奇蹟終於出現了，當時正在走紅的作家勒內·梅茲勒瓦在《吉爾·布拉斯報》上發表文章，說他認為不能以任何藉口忽略這位「非同尋常的尤物」。他讚美說，她的白裙長到腳面，使她顯得比當代其他人更為高貴。甚至還誇她聰明，說她在舞臺上戴的黑手套，比當時大家都習慣佩戴的白手套更富有美感。社交界人士，還有畫家、雕刻家、詩人們都聽從了這位作家的意見，每天晚上都去捧場，越來越熱烈地為這位正在竄紅的舞者歡呼，稱她是「世紀末」靈感的啟示者。

　　然而，事業的聲望終究抵不過伊韋特想要過幸福家庭生活的願望。1900 年，她放棄歌舞職業生涯去了北美，她的丈夫對她寵愛有加、欣賞備至。

蜜絲婷瑰

　　蜜絲婷瑰是紅磨坊的第四位舞后，她最引人注目的是那雙在燈光下玉石般熠熠生輝的美腿。據說，這雙腿的保險金額高達數千萬法郎。

　　她的紅磨坊時代始於 1925 年，四年後，她被邀請前往美國拍攝電影。有人總結她成功的原因，除了一雙修長潔白的長腿和勤奮努力的精神外，主要得益於她對與舞蹈有關的所有細節的高度重視。比如，作為領舞演員，她可以按規定依照自己的意願挑選伴舞演員。而為了找到一位合意的伴舞演員，她會非常仔細地一口氣面試二十個女孩。

　　1939 年，在一部專門描述紅磨坊故事的新電影放映前，重返

蜜絲婷瑰是從紅磨坊走出的好萊塢女影星。 1939 年和 1960 年，她兩度回到紅磨坊，觀眾對她的熱情證明她曾經的輝煌將被永遠銘記。（圖片出處／Corbis）

蜜絲婷瑰的海報被設計得極具創意和喜感。的確，她不是臉蛋漂亮的女子，她真正奪目的是那雙勻稱、修長的美腿。

舊地的蜜絲婷瑰在觀眾熱烈的掌聲中登場獻藝，演出了一個微型大歌舞。1960 年，當已經成為國際知名人物的她重新出現在紅磨坊那紀念碑似的扶手梯上時，一襲豪華羽飾長衣下的雙腿仍然像三十五年前一樣美麗動人，令人讚嘆。

波萊爾

波萊爾 (Polaire) 意為「極地星」，這個藝名是她自己取的。她的外表不符合當時美的標準，臉色永遠是曬紅的顏色，不到十六英寸的纖腰，碩大的鼻子，碩大的嘴，胸部高聳，頭髮短而捲曲，但是，她那雙羚羊般的眼睛和長長的睫毛吸引了眾多的觀眾。

葛莉狄古

葛莉狄古 (Grille d'Egout) 曾經是一名小學教師，因為牙縫很大，法國記者、政治家亨利・羅什富爾給她起了這個綽號（意為「下水道柵欄」），這應該是紅磨坊所有舞孃的名字中最奇怪的一個。

與拉古麗不同，她的表演更快樂、更性感，也更怪誕，但並不刺激。她聰明、開朗、有教養，一直試圖尋找能夠學到更多知識的圈子。後來，她與女演員雷亞爾成了密友，並一起參加了法國劇作家梅拉克「我的表妹」的演出。但她志大才疏，舞蹈成就差強人意。離開演藝圈後，後半生一直以當門房為生。

金色光線 (Rayond's Or)

這個女孩高個，紅髮，原名克雷蒂安諾。她是紅磨坊以至所有法國康康舞舞蹈演員中唯一發大財的人。1890 年年初，她跟一個到法國推銷攝影器材的美國商人私奔，在美國的阿拉斯加他們找到了金礦，成為億萬富翁。

翹腿妮妮

翹腿妮妮 (Nini) 棕髮，貌醜，粗俗，原名艾爾維。她說自己是寡婦，讓大家稱她「莫妮埃太太」。在紅磨坊短暫演出過（有人說她只是在那裡看過康康舞表演，而並未在那裡擔任過演員）之後，她決定開辦一家教授康康舞的學校。在一段時期，這所學校著實培養了一批有名的康康舞演員，向各大歌舞廳輸送了許多舞蹈人才，其中一些人還被英國的娛樂、文化場所聘用。

史賓莉

十四歲時，史賓莉 (Spinelly) 開始在巴黎的巴麗亞娜歌舞廳演出。她是一位舞蹈神童，因長期在舞臺上演出，她的天賦得到了最大的發揮。在紅磨坊的舞臺上，她也是紅極一時。後來，她演出了里坡的第一部大歌舞「巴黎的吶喊」，並越來越受歡迎，藝術成就也越來越高，最終成為巴黎舞臺上的長青樹。

桃樂絲的權力

　　1957 年，當尚・博舍 (Jean Bauchet) 出任紅磨坊總經理後，他亮出了手中的王牌桃樂絲・霍格 (Doris Haug)。從此，她組建的「桃樂絲女孩劇團」便沒有離開過紅磨坊，2000 年到來時，桃樂絲這位紅磨坊的御用監製還帶領著自己的「御林軍」為觀眾奉獻了一齣絢麗耀目的歌舞「仙女下凡」。

　　在紅磨坊孕育出的眾多知名舞孃中，有一位名叫柯萊爾，她後來不但成為傑出的作家，而且還當上了法國著名的龔古爾學院的主席。除此之外，值得大書特書的還有桃樂絲・霍格。

　　桃樂絲曾是德國古典舞蹈演員，因為身材高大，誰都不願也無法把她托舉起來，因此，她註定不能成為主角。但心高氣傲的她不願就此了卻一生，決定到藝術之都巴黎試試運氣。果然，她在那裡遇到了改變一生命運的貴人──即將出任紅磨坊總經理的尚・博舍。掌管大權後，尚第一時間便邀請桃樂絲到紅磨坊去為演員們編排康康舞。同時，桃樂絲組建了自己的御林軍──「桃樂絲女孩劇團」。1958 年，該劇團只有四名舞蹈演員，1961 年增加到十二名，1963 年又增加到三十八名，到 1990 年代，已經發展到六十名的規模，自此成為了紅磨坊的真正臺柱子。

　　桃樂絲進入紅磨坊後，很快就在巴黎娛樂界聲名鵲起，令許

多大男人刮目相看。這首先表現在她的用人策略上，她不但善於「借人」，更長於「養人」。一開始人們並不明白，為什麼她設計和編排的康康舞就那麼別具一格，常常要比其他歌舞廳的康康舞高出好幾個檔次，即使別人完全照搬也無濟於事。後來，他們發現這其中的奧祕就出自她的「御林軍」。

桃樂絲女孩劇團是一個長期訓練有素和要求嚴格的舞蹈團體，它的演員從世界各國招聘，以前主要來自英國，進入 1990 年代以後，大多數來自澳大利亞的雪梨和坎培拉。千禧年後，來自俄羅斯、德國和波蘭的申請人數也在逐年增加。這些女孩都是她們所在舞蹈學校的優秀人才，年齡必須在十七歲以下，身高都在一百七十至一百七十九公分之間，報名時還必須攜帶一份由家長簽名的合約。對於大多數女孩來說，到巴黎的第一課不是練功，而是學習如何在這座國際大都市裡生存。因為誘惑太多，很多人也因忍受不了連續劈腿的辛苦而不到一個月就離開了劇團，真正堅持下來能參加紅磨坊演出的姑娘，不但舞藝超群，而且意志堅定，不是哪個歌舞團多出幾個法郎就能挖走的。

現在在紅磨坊最紅的弗拉達就是其中的佼佼者。她來自俄羅斯，從小就夢想成為舞蹈演員，最早在莫斯科跳舞，1993 年來到紅磨坊，成為桃樂絲女孩劇團的一員。兩年後，她脫穎而出，擔任了「美豔絕倫」的領舞。2000 年，她又擔任了「仙女下凡」的領舞，她憑藉令人拍案叫絕的表演成為新世紀的第一個康康舞皇后。

姑娘們都說，在紅磨坊跳舞就像打仗一樣，天天都在拼命。她們每週演出七場不同的節目，每年要演出三百天。雖然並不需要天天上場，但剩下的一點點時間又必須用於新節目的排練。這樣的強度連桃樂絲小姐自己都承認，不是一般人受得了的。她曾

弗拉達來自俄羅斯。她是紅磨坊千禧年的第一個大型歌舞「仙女下凡」的領舞，也是新世紀以來的第一個康康舞皇后。不少人預言，她的精湛舞技和刻苦精神，必將讓她跟最光彩耀人的前輩舞后們並駕齊驅。（圖片出處／達志／東方 IC）

坦言：「1952 年，我曾到紅磨坊參加試舞，他們同意接收我當舞蹈演員。當我得知我所要做的工作後，我毫不猶豫地放棄了這份工作。」儘管如此，為了保證高品質的演出，桃樂絲仍然不會對女孩們在舞臺上的動作絲毫放鬆，她經常躲在大廳入口處的包廂裡，關注著舞臺上的一舉一動，並通過對講機指導哪怕是最微小的舞步錯誤，以確保演出順利進行。

　　桃樂絲在人才濟濟的紅磨坊一作就是半個多世紀，並且始終占據業務主管的位置，依靠的絕不僅僅是桃樂絲女孩劇團。她不

但精明能幹，具有傑出的管理才能，而且，還具有通常管理人士所不具備的藝術天賦和創新才智，成為紅磨坊不斷推陳出新的關鍵性人物。

為了給二十一世紀獻上一份厚禮，桃樂絲從 1999 年初春就開始為「仙女下凡」忙碌了。她決心在堅持紅磨坊百年傳統的同時，在服裝設計、燈光和演出節奏方面有所創新和發展，「基本的元素必須都在，但節目必須全新！」在表現昔日紅磨坊的一個場景中，服裝的領口部分太窄了，她訓練有素的眼睛哪會放過這樣的細節？她要求設計師們重新設計：「最近一個世紀以來，服裝已經變化很大，不可能讓姑娘們還穿那樣的裝束上臺。」重現「二十世紀初的紅磨坊」的想法，是她從書店裡發現了一張 1900 年的舊明信片時開始的，雖然它只占整場演出的幾分鐘，但桃樂絲絕對要求一絲不苟。僅在衣服這一件事情上，巴黎的設計師和縫製師就花費了好幾個月。

桃樂絲的大手筆更是常常讓同事們驚訝，她為「仙女下凡」製作的十七個場景全部在義大利製造。它們用玻璃纖維製作，分量輕，品質好，易於移動。1999 年 11 月初，這些玻璃箱子們被裝上十五輛卡車，從羅馬運到了巴黎白色廣場的紅磨坊。在「仙女下凡」中，表演者使用了一千套服裝，八百雙鞋，以及大量的光彩奪目的人造寶石。該劇總花費為五千萬法郎。

紅磨坊的輝煌仍在繼續，一代代的康康舞皇后們也在繼續升起和下落。隨著時間的推移，歌舞的精彩在加倍，舞后們的輝煌也在繼續上演。不知這座浪漫花都的下一個百年會是怎樣的燦爛？

漠　北

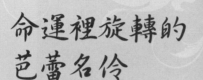

命運裡旋轉的
芭蕾名伶

聚光燈砰地打開，舞者伴隨著水銀瀉地的旋律飛快
地從舞臺的一端旋轉出來，清冷的燈光營造出童話一般
的夢境，婉轉的旋律鋪排出一種屬於古典時代的精緻，
而素色的硬紗蕾絲舞裙閃爍著星星的光澤，輝映著舞者
頭上璀璨的冠冕——這個舞臺上，優雅而濃烈地釋放著
愛情的香氣，震顫著生命的強音，但這一切都只是為了
令我們看得更加清楚——那舒展的雙臂、那舞動的足尖、
那舉重若輕的騰挪跌宕，凝聚的是數百年來人對於自己
身體極限最詩意的挑戰……。

芭蕾舞演員 Sarah Lamb 在經典芭蕾舞劇「睡美人」裡飾演
Florine 公主。（圖片出處／達志／東方 IC）

風吹仙袂飄飄舉

　　Ballet 一詞，源於古拉丁語 ballo。最初，這個詞只指跳舞，或當眾表演舞蹈，並不是我們今天的概念中特指的足尖舞，而且那個時候，芭蕾只是男人的專利。

　　看過李奧納多‧狄卡皮歐版《鐵面人》(*The Man in the Iron Mask*) 的人，一定記得路易和菲利普正是借助一場宮廷假面舞會終於完成了調換。實際上，那就是典型的宮廷芭蕾表演。根據記載，路易十四本人在年輕時就是出色的芭蕾舞演員，一些騰躍的動作都難不倒他。所謂的「鐵面」其實也和芭蕾沾親帶故，就是為了區分角色而要求舞者戴上的皮製面具；至於「太陽王」晚年忽然在宮廷封殺芭蕾，更有人演繹，很可能是身分調換之後的菲利普根本就不會芭蕾？為後人留下無限遐想空間。

　　不過自從瑪麗‧塔里奧妮 (Marie Taglioni) 開創足尖舞技術以來，芭蕾舞的女性角色逐漸成為表演核心，女性的身段與跳躍更能體現芭蕾的精髓，大多數劇情和群舞都是女演員來表現的。芭蕾舞孃，幾乎就是美麗的同義詞。在旁觀者看來，芭蕾舞者都擁有驚人的美麗、纖細的腰肢與吹彈得破的脆弱，令人望而憐惜，立刻萌生保護欲望。然而這一切不過是表象。

　　藝術創作裡的芭蕾舞孃完全是另外一副模樣，某部小說裡曾講述一個在「紅色孃子軍」中扮演吳瓊花的女孩子，在那個特殊

俄羅斯皇家芭蕾舞團上演經典舞劇「天鵝湖」。（圖片出處／Corbis）

年代裡為堅守一份愛情，寧願選擇去看道具掃後臺，她默默地練習「倒踢紫金冠」，那是他們定情的動作，然而等來的只是愛人在自衛反擊戰戰場上壯烈犧牲的消息，於是終身未嫁；費雯麗在《魂斷藍橋》(*Waterloo Bridge*) 中飾演的那個悲情而倔強的瑪拉也是芭蕾舞孃，明知舞團規矩森嚴卻堅持要去送羅伊出戰，在艱苦的後方迫於生計成為妓女，放棄了追求藝術的資格，更失去了追求幸福的自信，迎著對面疾馳的汽車撞去；至於那部被譽為最淒美舞蹈電影的《紅菱豔》(*The Red Shoes*)，似乎佩吉的悲劇只是為了證明經理人的詛咒，「沒有一位偉大的舞蹈演員可以去享受常人的愛情」，藝術靈感與愛情甜蜜註定是一種悖論。

堅強鍛造的芭蕾舞孃

　　芭蕾舞孃執拗倔強，完美主義，像她們將柔韌的身段建立在

方寸見方的舞鞋木塞之上，芭蕾舞女生的堅強也絕對超乎想像。

　　這或許就是芭蕾舞的舞蹈品格，按照正常的學制，一個芭蕾舞學徒至少需要經過七年的專業芭蕾舞訓練，這還不算此前在父母監督下開展的業餘入門訓練；電影《舞國英雄譜》(Center Stage)中曾有出色的芭蕾舞孃飯後將食物摳吐出來的情節，因為嚴格的飲食配比也是訓練的一部分；電影電視中的芭蕾舞教師無不表情嚴肅態度倨傲，連譚元元的恩師也承認譚元元小時候曾經多次被他罵哭。要想成就舞臺上的無懈可擊，這些看似弱不禁風的女孩子從小就見慣了不甚人道的方法，她們的內心早就鑄造了承載壓力的韌性。

　　也許正因為韌性，這一項被譽為最優雅的舞蹈，在古典情懷逐漸飛逝的今天，卻守在了藝術金字塔的頂端。這除了舞蹈本身對於現代元素的吸收，芭蕾舞孃所代表的精神氣質也令芭蕾舞獨步「舞林」。

　　幾乎所有的女孩子少年時的夢想，除了一個布娃娃，還有一張梳起髮髻、穿上舞衣、擺出交叉手位的芭蕾舞姿的照片。風靡世界的塑身訓練 (Shaping) 正是脫胎於芭蕾舞。成年人都嚮往芭蕾的優雅，更不用說許多年輕的父母將自己的女兒送去學芭蕾，至少是為了從小塑造良好的身形。另外，從性格養成的角度來說，女孩子天性柔弱，在沒有定性的兒時參與嚴格訓練，也是另外一種挫折教育與養成教育。事實證明，無論最終她們是否選擇留在舞臺，許多芭蕾舞學習者也被芭蕾影響一生。從最為人熟知的奧黛麗‧赫本，到影響時尚界二十年的金牌設計師張天愛，人生不可謂不曲折，卻絕對不放縱。她們敏感卻清醒，永遠擁有旁人難以企及的風情與氣質。在流行小明星迷糊地將人生走得如漿糊般

一團糟的時候，芭蕾女生卻能走出方向感與掌控力明確的旋轉人生。

白天鵝的鍛造之路

　　皮膚雪白，脖頸修長，四肢纖瘦，除了走起路來有些外八字，形體幾乎無懈可擊，這是人們對芭蕾舞舞蹈演員的一般印象。的確，如今想到芭蕾舞演員，大多數人首先想到的都是窈窕低調卻氣質高雅的女演員，殊不知最初的芭蕾舞臺對於女性也是一種禁忌呢。

　　女性走向芭蕾舞臺，純粹是一次偶然事件。據說晚年的路易十四性情大變，對芭蕾舞也由早年的鍾愛轉為冷淡甚至憎惡，於是原本宮廷豢養的芭蕾舞者們不得不走向社會，自謀生路。1681年，在一次演出中由於男演員的忽然患病，拉‧芳登情急之下挺身而出，成為了第一位專業的芭蕾舞女演員。但在以後的發展中，無論是足尖舞的技術變革，還是演出服裝的逐步變化，無不圍繞女演員進行，男性反而成為配角。芭蕾舞自問世開始，便被視為技巧要求極高的藝術而為人尊重。因此即便在古典時代，一位出色的芭蕾舞女演員仍舊能夠順利展開自己的職業生涯。

　　毫無疑問，美輪美奐的芭蕾能引起人們最純淨的膜拜，但這種尊崇也正來源於芭蕾訓練異乎尋常的嚴苛。首先「三長一小」是選拔舞蹈演員的一般標準，脖子長，胳膊長，腿長，頭小，下

身比上身要長 11.5 公分。此外，開度、軟度、爆發力、表現力、模仿力也是挑選芭蕾演員不能缺少的條件，腿瘦而有肌肉，為了適應足尖舞的要求，前三個腳趾要儘量一樣平。專業訓練一般開始於十歲（業餘基礎可能更早），週期為七年，也就是說，大多數專業舞蹈演員都過著少小離家、長大漂泊的生活。

殘酷的優美

　　芭蕾舞是最殘酷的優美，已經不是戴著鐐銬跳舞所能形容，或許只能用《海的女兒》中美人魚將魚尾變成雙腳後在王子婚禮上跳的那個憂傷而絕望的舞蹈，那種踩在刀尖上的痛楚感覺，才能描摹出一個芭蕾舞演員付出的巨大代價。

　　芭蕾舞者們都叫舞鞋為「粉色小棺材」，關於折磨人的足部舞姿的傳說有很多，最慘痛的一個莫過於 2006 年在姚明再次腳掌受傷時，一位休士頓舞團的女演員輕描淡寫的一句話：「我不知道姚明為什麼一次次地處理這件煩心事。如果總有麻煩，還不如徹底去除。」她所謂的「去除」，就是永久切除兩個大腳趾蓋。二十世紀 1960 年代，《巴黎競賽畫報》(Paris Match) 曾經像狗仔隊一樣追拍桀驁不馴的蘇聯芭蕾舞男演員努里耶夫，後者索性大方脫下舞鞋，他的腳上青筋暴起，血淤處處，毛細血管清晰可見。中國出色的舞蹈家譚元元也坦承自己從不敢穿涼鞋，因為雙腳早就被大量的訓練折磨得醜陋不堪。

　　但即便如此，芭蕾的裙下之臣依然前赴後繼，這也就決定了舞蹈競爭的慘烈。曾經以第一名考入英國皇家芭蕾舞學校的著名設計師張天愛就說過，即使是一個成熟的舞蹈演員也依然要保持

一定的訓練量，以每天五個小時練習來算，一年要跳二百天，這種艱苦可想而知。然而芭蕾界有一句名言，就算你是瑪戈·芳婷 (Margot Fonteyn) 的女兒，上最好的學校，也不一定能跳得出來，芭蕾並不講究血統，也不是有努力就一定成功。一般的芭蕾舞演員從進入學校，到參加比賽，再通過考團來決定各自的去向。每一次表演都可能意味著淘汰，即便能夠順利考入舞團，也並不意味著成為舞臺的焦點。學徒、群舞、獨舞、首席的嚴格等級，令許多優秀的女孩子也許在整個舞蹈生涯中都只能做「胡桃鉗」裡的一朵小雪花。

即便成為首席，競爭也總是存在的，絲毫的懈怠都可能功虧一簣，芭蕾演員的犧牲又何止外八字。除了控制體重之外，在表演時演員們為了控制汗水，還需要服用一種鹽丸，長久下來，人體吸收水分出現問題，渾身疼痛。由於關節用得太多，不斷地打開、旋轉、跳躍，全身骨頭都疏鬆了；現代舞臺電腦技術的運用，導致燈光位置被固定，演員必須在高難度的轉圈動作後，轉到匹配的位置立即剎車，又對訓練強度提出了更高要求。結婚生子、穩定安逸與韶華轉瞬即逝的舞蹈事業黃金期格格不入，幾乎所有知名的芭蕾舞女演員都放棄了個人生活的圓滿。在記錄上世紀 1920 年代俄羅斯芭蕾舞團的紀錄片《戲夢芭蕾》(*Ballets Russes*) 中，當訪問者問其中一位八十多歲的女芭蕾舞家為何仍執教鞭時，垂垂老矣的老人家幽默地說：「我還能幹什麼呢？賣書還是賣水果？我愛的只有芭蕾！」對她們而言，或許已經不存在為藝術獻身，只有巴爾扎克說得最準確，「芭蕾是一種生活方式」。

所以人們傾倒於芭蕾舞演員冷豔的風姿，不是風情萬種，而是那低眉順眼中瘋魔的氣場，那厚積薄發間隱忍的倔強，在美麗

之外，提醒著我們鑄造美麗所不可迴避的真相。

芭蕾舞孃：足尖的優雅舞者

　　翻開芭蕾舞發展史冊，對於芭蕾舞孃們的記載總是惜字如金並且缺乏個性，甚至要尋找一張她們的便裝照片也成為奢侈，刻在腦海中的就一直是她們身著舞衣、揚起足尖、翩翩旋轉的形象。

　　人們或許只認同「此人只應天上有」，端坐在黑暗裡，帶著謙卑與膜拜，遠遠觀賞她們的舞姿。舞臺上的超凡脫俗，讓人們幾乎想不到那看似永恆完美的形象下面，有塔里奧妮的屢敗屢戰、巴甫洛娃 (Anna Pavlova) 的積勞成疾、瑪戈·芳婷的一生蹉跎、烏蘭諾娃 (Galina Ulanova) 的寂寞終老，還有如今享譽東西方的華裔舞蹈家譚元元，艱苦的訓練讓她們無暇做一個舞臺明星，她們甚至比古典交響樂團的樂手更不為人知——不過，這種不帶矯飾的低調在這個喧囂的時代裡，是多麼高貴啊。

足尖舞的創始人——瑪麗·塔里奧妮

　　1804 年，瑪麗·塔里奧妮出生在義大利的一個舞蹈世家，父親菲利普·塔里奧尼就是知名的編舞家，如果不是父親的雕琢，少女時代其貌不揚的她或許難成大器。據說她苦練不輟，每天總是要練到力竭倒地，讓傭人抬回家的地步。

　　1822 年，菲利普將自己編導的舞劇「少女入神宮儀式」交給十八歲的瑪麗作為首次登臺之作，但當時並沒有能夠一炮打響，她整整等了五年才得到了巴黎歌劇院的聘書。1832 年 3 月 12 日，又是老塔里奧尼創作的「仙女」，令瑪麗·塔里奧妮成為舉世公認

的「最偉大的芭蕾舞女演員之一」。「仙女」被後人譽為「浪漫芭蕾處女作」，儘管今天我們看到的已經是布儂維爾的版本，但在記載中，瑪麗的舞姿被形容為「登峰造極的優美、賦有畫意的舞姿和輕盈飄逸的舞步」，為浪漫主義芭蕾提供了一種完美的表現方式和浪漫的舞蹈風格。

　　而對芭蕾發展有劃時代意義的擊腳小跳，最初是瑪麗為了更傳神地表達仙女的嬌嫩輕盈而設計的，這讓她成為第一個採用足尖技術的舞者而流芳百世。瑪麗·塔里奧妮的舞蹈生涯結束在三十七歲，她於八十歲逝世。

永遠的白天鵝——安娜·巴甫洛娃

　　巴甫洛娃出生於 1881 年，她出身貧苦卻年少成名，然後在佳吉列夫的「俄羅斯演出季」中贏得世界聲響。那正是一個俄羅斯芭蕾影響世界的時代，佳吉列夫旗下匯聚了各方面最出色的人才，安娜與福金 (Michel Fokine) 等天才編舞的合作，創作出曠世名作「天鵝之死」。1910 年她組織了自己的小型芭蕾舞團，開始在世界各地巡迴演出。在長達二十年之久的旅行演出中，她的足跡遍布各大洲的四十四個國家，五十萬英里行程，即使在交通工具發達的今天這也難以想像。數千場演出，不計其數的觀眾，一年穿壞的二千雙舞鞋，巴甫洛娃為推廣和挽救芭蕾做出的成績幾乎是獨一無二的。

　　作為一個寒門後代，巴甫洛娃很珍惜她的藝術生命，呈現出一種苦行僧式的勤奮。一位評論家說：「她無時不在訓練，無時不在彩排。她從不因獲得榮譽而停步不前。」一貫對古典芭蕾嗤之以鼻的現代舞之母伊莎朵拉·鄧肯 (Isadora Duncan) 對巴甫洛娃的

俄羅斯芭蕾舞演員安
娜‧巴甫洛娃身姿翩翩。
（圖片出處／Alamy）

表演卻心懷敬意，她說：「雖然這些舞蹈動作與任何一種藝術和人
類情感都是背道而馳的，可那天晚上巴甫洛娃在舞臺上翩然起舞
時，我還是忍不住對她的精彩表演報以熱烈的掌聲，……她那美
麗的面孔呈現出殉道者那種嚴肅而堅毅的線條，她練起功來一刻
也沒有停歇。這次練功，她好像是要把身體的動作與心靈完全分

離開來一樣，心靈只能遠遠地看著這些嚴酷的肌肉訓練而空受折磨。」

　　或許真正成功的芭蕾舞演員都需要有這種心無旁騖、不瘋魔不成活的精神，以藝術成就來論，巴甫洛娃的「天鵝之死」是劃時代的，而以巴甫洛娃的一生來看，這部舞劇中瀕死天鵝對重新振翅的掙扎渴求，孤身隻影最終默默死去的故事，簡直就是對一生拼搏奮鬥的她本人的預言。1931 年 1 月，安娜‧巴甫洛娃在荷蘭海牙準備演出時忽然健康惡化而逝世，她留下的最後一句話是，「請把我的天鵝舞裙準備好」。

　　為了紀念這位傑出的舞蹈家，英國皇家芭蕾舞團停止了正在進行的演出，樂隊指揮宣布由安娜‧巴甫洛娃表演「天鵝之死」——帷幕徐徐拉開，樂隊奏起聖桑的樂曲，臺上空無一人，只有一束追光在緩緩移動。巴甫洛娃雖然去了，但她像一隻不朽的天鵝永遠為人們所懷念。

舞壇長青樹——瑪戈‧芳婷

　　瑪戈‧芳婷的神話在於她所保持著的多項世界紀錄——單立腳尖二十幾秒，是女演員的最高紀錄；四十多歲時與比自己小二十歲的努里耶夫 (Rudolf Nureyev) 合作十七年，是「舞蹈史上最震撼人心的一對」；兩人合作的「天鵝湖」謝幕多達八十九次，是舞蹈史上的謝幕紀錄；1978 年六十歲時宣布退休，是芭蕾舞演員舞蹈生命的最長紀錄。

　　瑪戈‧芳婷 1919 年生於上海，她雖然是英國人，但卻自幼跟隨俄國老師學習芭蕾，回到英國的時候，因為一次馬爾科娃 (Alicia Markova) 的退出而嶄露頭角，並得到了倫敦皇家芭蕾舞團

舞壇長青樹瑪戈・芳婷
（圖片出處／ Alamy ）

的創始人妮內特・德瓦盧瓦 (Ninette de Valois) 夫人的賞識，確立
了她在英國芭蕾界首席芭蕾演員的地位。芳婷的表演以抒情、細
膩的藝術風格著稱。她技術嫻熟，動作優美流暢，舞姿富有雕塑
感，表演富有音樂感，更善於精心刻畫人物的內心情感，在達到
高超舞蹈技術的同時，顯示出很高的塑造人物形象技巧。

　　同福金之於巴甫洛娃一樣，英國著名舞蹈編導阿什頓
(Frederick Ashton) 與芳婷的合作也是芭蕾史上的一段佳話。而阿
什頓某種意義上也將史上兩位著名舞蹈家聯繫在一起，據說，他
就是十四歲時在厄瓜多爾看到巴甫洛娃的演出，從此便立志要獻
身於這門崇高的藝術，並成為聞名於世的芭蕾大師。兩人在倫敦

皇家芭蕾舞團合作多年,善於量身定作的阿什頓為芳婷編導的「茶花女」、「女水妖」、「睡美人」、「灰姑娘」等等都成為芳婷的代表作，到芳婷退休之年，阿什頓還特地為之撰寫了一部「向芳婷致敬」的舞劇。

作為「舞蹈史上最震撼人心的一對」，芳婷與努里耶夫的關係也一直為後人津津樂道。有人說，儘管相差二十歲，但芳婷一直深愛著努里耶夫，這種愛或許有些母愛的成分，但那種情投意合的感覺更濃。只是由於眾所周知的同性取向，努里耶夫對芳婷的感情沒有絲毫回饋。然而當努里耶夫獲悉芳婷的死訊時，他還是說出了這樣的話：「她是我生活中唯一的女人，我本應娶她，和她共度此生。」時至今日，當我們從黑白資料中看到兩人合作的芭蕾電影《茶花女》，仍舊無法不為這一對完美的舞臺搭檔嘆息。

教會中國人跳芭蕾的人——嘉里娜・烏蘭諾娃

還記得艾青的詩裡寫道：「像雲一樣柔軟，像風一樣輕，比月亮更明亮，比夜更寧靜。人體在太空裡遊行，不是天上的仙女，卻是人間的女神，比夢更美，比幻想更動人——是勞動創造的結晶。」或許芭蕾舞純淨到實在難以用語言來形容，任何濃墨重彩的描述反而有損於其優雅精緻，於是艾青也淺近白描（除了那句「是勞動創造的結晶」是時代氛圍的要求），而他歌詠的正是嘉里娜・烏蘭諾娃。

1952、1959、1989年，烏蘭諾娃曾經三次到訪中國，此前，她還曾在莫斯科為毛澤東表演過反映中國人民解放戰爭的芭蕾舞劇「紅罌粟」。作為一名舞蹈演員，她的來訪曾經受到新中國政府空前高規格的接待，並被邀請觀看京劇大師梅蘭芳的表演。烏蘭

諾娃對梅先生的扮相和身段嘆為觀止，尤其拜服於他雙手的變化，當然這是從她舞蹈家的角度出發的。

烏蘭諾娃就是這樣，較真、細緻，並且充滿堅持到底的執拗。據說她有一個綠色人造革封面的筆記本，早在 1928 年剛從列寧格勒舞蹈學校畢業時，她就開始使用這個本子。本子的裝訂線已經鬆散，她用一根紅色的絲帶捆紮著。這個日記本使用了七十年，卻不是日記，而是詳細記載了何時何地跳了什麼舞，舞伴是誰，儘管她先後結過三次婚，卻不妨礙她與她的多位搭檔們保持友誼。

曾經三次到訪中國的舞蹈家嘉里娜·烏蘭諾娃（圖片出處／Corbis）

由於烏蘭諾娃從小身體柔弱、小病不斷，反而令她更堅韌，在同為舞蹈演員的父母監督下每一個進步都一絲不苟，也就是瑪戈・芳婷形容的，「她的動作完美無缺，均勻舒展，柔如輕紗，完成得乾淨利落，每一個動作你看不出銜接之處，而是渾然天成。」

一塊硬幣拋出的首席——譚元元

譚元元這個名字，最早出現在上世紀 1990 年代初的《少年文藝》裡。深受海派文化薰陶的華東地區的孩子們，大概都記住了那期《少年文藝》中報導的明星少女，十五歲就獲得了法國國際芭蕾舞比賽一等獎，而給她滿分的，正是烏蘭諾娃。

也是在那篇文章裡，我們第一次知道當初譚爸爸多麼反對十一歲的她學舞，全家以拋硬幣決定她的前途，最終她賭贏了的故事；也第一次知道，巴黎的舞臺有 15 度的傾角，重心完全轉移，對於從未經歷過的中國小女生來說，這是一個多麼大的挑戰。

若干年後，譚元元已經成為事業有成的海外華人傑出代表，舊金山芭蕾舞團首席演員，也是美國三大芭蕾舞團中唯一的華人首席演員。這一次，當年讀她的故事長大的我們再次讀到了她的光輝履歷，她是如何在首席演員扭斷手指的情況下，一個晚上學會整套巴蘭欽的「史特拉汶斯基協奏曲」，如何用三年時間做到了別人十六年才能做到的首席。榮譽紛至沓來，倫敦舞評家 Covent Garden 稱譚元元為「舊芭王冠上最大的那顆寶石」，《紐約時報》舞評家 Anna Kisslgoff 稱她具有「結合了精緻與大膽的特質」。

譚元元身上，更多背負的是中西方對一個天才少女的期許。日本權威《舞蹈》雜誌評選二十世紀 101 位舞蹈明星，譚元元是唯一的華人；2004 年，譚元元被評為「亞洲英雄」，登上了《時

深具「人淡如菊」氣質的芭蕾舞演員譚元元（圖
片出處／中國新聞圖片網）

代》封面。但芭蕾始終是西方的藝術，站在西方古典藝術頂峰的
中國人少之又少。在美國，舞團的合約都是一年一簽，首席並非
終身職位，稍不留神就會被人取代。她自己就承認，「一次成功不
代表次次成功，一旦讓人失望一次，很可能就再也不會用你，亞洲
人扳回的機會可能更小一些」。在這種緊迫感下，譚元元無法輕鬆。

　　有一個有趣的現象，芭蕾舞男演員們大多放浪形骸，藝術家
派頭十足，從尼金斯基到努里耶夫甚至是巴蘭欽，都有著堪比娛

樂明星的花邊生活；然而芭蕾舞女演員卻低調克制，馬爾科娃終身未嫁，烏蘭諾娃獨身二十五年，譚元元也是人淡如菊的模樣——或許可以說，這就是男性與女性處理壓力時的不同方式。同樣的芭蕾薰陶，在兩性不同的性格環境中產生了完全不同的結果，能夠轉型為出色編舞的多為男演員，甚至成為舞團的行政領導，在經營方面長袖善舞（努里耶夫與巴黎歌劇院，阿什頓與英國皇家芭蕾舞團）；但女演員卻總是脫不了與年紀漸行漸遠的執拗的孩子氣，彷彿只有真正沉浸到不能自拔的地步，才能獲得出神入化的領悟。

芭蕾造型的時尚之路

　　　　一部芭蕾舞的歷史，也正是歐洲趣味的展現，從神祕的芭蕾舞鞋，到服裝、飾品與妝容，芭蕾舞的造型一直是當代時尚設計師們汲取靈感的源泉。

　　芭蕾舞之所以受人崇拜，與足尖舞的難度和痛楚有關。芭蕾舞鞋就成為這神祕美麗的源泉。芭蕾舞鞋能夠承受的巨大荷重可以跟足球鞋承受的荷重相提並論，其關鍵在鞋尖。鞋尖是手工縫製的，不僅要柔軟，而且要具有相當大的安全係數。即使跳起時鞋尖斷裂，女演員也保證不會殘廢。鞋尖用生產緊身胸衣的面料，例如緞子縫製。芭蕾舞鞋製造公司通常選用蜜桃色，據說那既不刺激觀眾，又能安撫女演員本人。

芭蕾舞鞋有三種型號十七種尺寸，每種尺寸又有五種肥瘦情況，通常一雙鞋只能用兩三次，高貴得令人吃驚。不過越是高貴的東西就越有人趨之若鶩，1956 年，法國的性感小野貓碧姬‧芭杜 (Brigitte Bardot) 穿著一雙紅白格的改良芭蕾舞鞋在電影《上帝創造女人》中驚豔亮相，一夕之間，這種輕便嬌小的舞鞋便成了巴黎女人鞋櫃中的必備品，並且直接成就了一個品牌——Repetto 的六十年風光。Repetto 做專業芭蕾舞鞋起家，在把握舒適和時尚方面一直走在前沿，2008 年在品牌六十大壽的時候邀請了眾多設計師和影視明星跨界操刀設計，不過在芭蕾舞鞋設計領域，Chanel、Marc Jacobs 與 Kate Spade 也不遑多讓，平跟、楔形跟、淺口、魚口的變化眼花繚亂。只是比起大牌設計動輒數千元的高價而言，新晉品牌 Seychelles 的舞鞋款一樣小巧玲瓏，價格則要平易近人得多；甚至連 Adidas 也推出過一款網球底的芭蕾款運動鞋，底部採用了強筋的緩衝鞋底，顏色還是 Adidas 相當傳統的黑灰色，異樣樸拙。

不過說到對時尚的影響，芭蕾舞裙才是中堅。最初的芭蕾剛由宮廷轉向劇場時，表演跳舞的人穿著依然是當時貴族婦人的打扮：長而重、覆蓋兩腳的拖地長裙，頭上還有笨重的裝飾。直到 1726 年著名的舞蹈家卡瑪戈為了讓觀眾看到自己腳步的技巧將裙子縮短幾分，芭蕾舞裙才真正邁出了著裝革命的第一步。後來瑪麗‧塔里奧妮在「仙女」中穿上了由幾層薄紗打褶重疊而成的長裙，打破了奢華卻厚重的裙撐對雙腿的約束後，「天鵝湖」又推出了短裙「蒂蒂」(tutu)，這款本是天鵝專用的舞裙，因為對完美腿形的完整呈現而風靡，成為芭蕾舞裙的典型之一。 1999 年 Donna Karan 推出了層層透明的雪紡氣泡狀兩層裙、球狀裙、褶縐

飾邊、褶縐和成褶披掛、帶有撕碎下襬的解構主義芭蕾舞裙，十年來對於芭蕾舞裙的演繹方興未艾。Alexander McQueen 用鵝黃色與羽毛的輕盈營造古典的高貴；從 *Vogue* 編輯起家的 Luella 則將芭蕾與蒼白幽暗的歌德羅莉塔 (Gothic Lolita) 風格結合，混合著蕾絲、燙金、薄紗的層疊裙襬突破了芭蕾舞的清純，顯得性感而蠱惑；Ralph Lauren 對於舞裙上身的改造、Zac Posen 對於黑色天鵝絨和粉色映襯裙襬的運用再次證明了芭蕾的魅力，掀起了時尚芭蕾風潮。

　　最先推動珠寶與芭蕾結合的依舊是劃時代的巴蘭欽。他在 1967 年從珠寶與音樂中尋找靈感，與梵克雅寶 (Van Cleef & Arpels) 的掌舵人克洛德·雅寶合作，創作了三幕分別以法國音樂家佛瑞、俄羅斯作曲家史特拉汶斯基以及芭蕾舞劇大師柴可夫斯基的作品為背景音樂的芭蕾舞劇「珠寶」，以演繹紅寶石、綠寶石以及鑽石這三種不同韻味的人間至寶，問世四十年來，這部舞劇也成為許多著名舞團的保留曲目。時至今日，泰銀、人造水鑽、彩鑽、人造珍珠、化纖金絲銀線、刺繡彩帶、人造羽毛等現代材料的使用令芭蕾頭飾更加五彩繽紛，而中國傳統戲曲的點翠、西方貴族使用的鎏金技術也提升了芭蕾的舞臺魅力。

秦　天

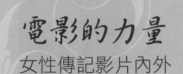

電影的力量
女性傳記影片內外

在《玫瑰人生》成為 2008 年奧斯卡的大贏家之時，於它之前上映的《珍愛來臨》熱度尚未褪卻，而緊隨其後的《浮華一世情》又掀起了新一輪熱潮。這些關於傳奇女性的傳記電影，近年來成為了世界大銀幕的寵兒，它們總是能贏得最龐大的簇擁。

可以說，女性傳記電影的輝煌，代表著那一段段生命歷程的征服力，也意味著女性電影在男性電影占主導地位情形下的又一次勝利。

葛妮絲‧派特洛飾演女詩人希薇亞（圖片出處／Alamy）

傳記電影為她狂

　　近年來，女性傳記電影風生水起，這些關於傳奇女性的銀幕故事，不僅贏得了億萬觀眾，也逐漸成為包括奧斯卡在內的世界各大電影節的嬌寵，它們開始與獨霸市場的男性傳記電影分庭抗禮。

　　2002 年的奧斯卡女性參賽影片中最引人注目的有四部：《芝加哥》、《時時刻刻》、《揮灑烈愛》和《遠離天堂》，相較於美輪美奐的歌舞片《芝加哥》所傳達出的女性身體商品化氣息和《遠離天堂》講述的家庭主婦心靈變遷，大多數人更傾向於《時時刻刻》和《揮灑烈愛》這兩部根據兩位女藝術家的真實故事改編的傳記電影，它們所記錄的女性人生歷程和獨立意識令人印象深刻。

　　2007 年上映、描寫英國女王伊麗莎白的電影《黛妃與女皇》，著實在好萊塢紅透了半邊天。

　　2008 年 2 月，某權威網站評選出了「奧斯卡十大經典女性電影」：《羅馬假期》、《末路狂花》、《鋼琴師和她的情人》、《阿根廷，別為我哭泣》、《男孩別哭》、《臥虎藏龍》、《時時刻刻》、《鯨騎士》、《女魔頭》和《縱情天后》。其中，傳記電影就占據了四部：《阿根廷，別為我哭泣》、《鯨騎士》、《時時刻刻》和《女魔頭》，由此可見觀眾對這一體裁電影的關注和歡迎程度。

　　《珍愛來臨》、《玫瑰人生》、《浮華一世情》，這些近期前後上

電影《阿根廷，別為我哭泣》的海報。瑪丹娜飾演艾薇塔，她的長相像極了年輕時的艾薇塔。（圖片出處／Album online）

映的女性傳記電影，更是成為熱議話題，在為數不多以女性為絕對主角的影片中脫穎而出，在全球贏得億萬影迷。

　　相信很多人對《埃及豔后》相當熟悉，從數年前開始，那位集美貌與權力於一身的「曠世妖婦」便多次被電影工作者們搬上大銀幕。這或許和《浮華一世情》上映前有人對它的評論不謀而合：「艾曼達·佛曼 (Amanda Foreman) 所著的人物傳記《德文郡公爵夫人喬吉安娜的傳奇一生》(The Duchess) 在名列暢銷書榜單之前，就彷彿已經命定銀幕了。儘管故事發生在民主誕生前的動盪年代，但在英國人人皆知，最容易成為熱門話題的『愛、性、政治、醜聞、財富、時尚、背叛以及香豔大膽的女人』等因素占據了整部小說。」吸引目光的足夠「猛料」容易被人拿來調侃和詬病，反倒是《浮華一世情》的製片人加布里埃爾·塔娜 (Gabrielle

Tana) 的話，真正代表了電影人想要通過傳記電影表達的心聲和觀眾熱愛它們的理由。

塔娜是艾曼達的朋友，早在 1998 年的時候她就搶先拿到了該書的電影改編權：「當我第一次閱讀這本小說的時候，我深深地被故事情節所吸引，並且感覺到這是一本絕好的電影素材。」塔娜說：「喬吉安娜 (Georgiana) 是一個率真、聰慧的女人，從某種角度而言她也是現代女性的先驅。我比較喜歡的部分就是安娜如何在內心深處與自己作掙扎，這些矛盾將故事推向了高潮，也使她變得更加讓人著迷。對於我而言，我關心的是故事的現代性，這也是使現代人對以那個時代為背景的故事產生共鳴的原因。」

時間埋葬了生命，而人類卻用鏡頭留住了永恆。每部女性傳記片，都是一次人生經歷的記錄。不管是傾國傾城的豔后、孤獨落寞的英雄、迷失與追求的科學家、痛苦掙扎的作家，還是愛欲糾纏的畫家，傳記片展示的永遠是她們人生中動人的生命歷程。在這些過程中，她們用思想和行為對抗了時間的流逝，而我們卻抓住並且留下了永遠活著的靈魂和足可供後人憑弔的印跡。當我們坐在影院裡或家中沙發上，眼睛注視著銀幕上那些鮮活的生命時，總是會為這些女人流下眼淚。正如塔娜所言，我們在她們身上不只看到了傳奇，也找到了自己的影子和面對生活的勇氣與力量。

記得塔娜針對媒體對《浮華一世情》與現在的觀眾有年代感的質疑時，這樣回應：「我認為，也許是巧合，喬吉安娜的故事與生活在兩百年之後的黛安娜王妃有驚人的相似。縱然喬吉安娜生活在社會等級森嚴、貴族勢力龐大的十八世紀，但她擁有和黛安娜王妃相同的稟性：活潑、聰明、迷人，敢於超越世俗的偏見，衝破流言的藩籬，成為一個勇敢的鬥士和可愛的女人——當受到

外界脅迫時，她們都能展示出內心無可限量的力量。在我的眼裡，這是關於婚戀這個永恆話題的故事，是記述一個女人如何循著心跡尋找真愛的故事，當你認識到她所遇到的問題有可能是所有人都會遇到的問題時，你會更加為她所傾倒。她是一個大膽追求愛的女人，只是愛情的發生地全然出錯，同時她也是一個敢為了自己的孩子奉獻犧牲的偉大母親。」

　　而通過《色‧戒》，我們不僅看到了王佳芝，還知道了鄭蘋如。如果從李安的角度來講，作為對偶像張愛玲的敬獻，它還原了一段愛情故事中的張愛玲本人，給了我們她當年與「漢奸」胡蘭成「風花雪月」的理由，原來一個女人在愛情中真的可以走得那麼遠，愛情本身無關乎其他！

　　針對女性傳記影片近年來的走紅，有影評人曾撰文分析：「女性傳記影片熱在國際影壇悄然興起、成為電影界的新寵，究其原因，一是近年來關於男性文學家、藝術家和科學家的傳記片《鵝毛筆》、《波洛克》和《美麗境界》等不但票房、口碑皆佳，而且在奧斯卡的評選中收穫頗豐，因此電影人把目光對準了女性傳記片。二是因為進入二十世紀以來，女性確實在社會中發揮著日益重要的作用，尤其是在西方的文化藝術界，女藝術家和女文學家格外引人注目，而且女性的故事往往比男性有更多耐人尋味之處，因而她們的傳記片更容易受到製片人、評論家和觀眾們的廣泛青睞。」

　　的確，女藝術家和女文學家的傳記片是女性傳記片的最大組成部分，這些女人通常具備三個特性：迷人的女性氣質，曲折多姿的人生，和對世界、對生活異常的敏感與強烈熱愛。在彼時，她們親自演繹著精彩和悲情；在身後，別人講述著這些往事，啟迪著我們的人生。

傳奇的魅力

　　關於女藝術家和女作家的傳記電影向來頗具觀眾緣，《揮灑烈愛》中的女畫家芙烈達·卡蘿 (Frida Kahlo)、《狂戀大提琴》中的女大提琴演奏家賈桂琳·杜普蕾 (Jacqueline du Pré)，兩位傳奇女性用自己的人生起伏為我們提供了女性生存的法則。

芙烈達：身體的病痛微不足道

　　墨西哥女畫家芙烈達的一生堪稱傳奇，在這個享譽世界的女畫家背後，是她自六歲便由於小兒麻痺症而跛足的身體和十八歲發生車禍後不間斷的三十二次大大小小的手術。然而，這一切都不妨礙她的生活。身體的缺陷是肉體痛苦的原因，但不足以讓她意志消沉。

　　芙烈達的傳記電影 2002 年公映，它官方網站上的宣傳語是：「引領你進入一個終身被女人和男人渴望著的女人的一生，她的愛恨悲喜，她的藝術，她曾發生過的一切。」《揮灑烈愛》的導演茱莉·泰摩 (Julie Taymor) 曾說：「我不想這部影片僅僅成為一部傳記，也不願它只是一部情節劇。我認為重要的是展現她生命中的那些事件如何孕育了作為藝術家的她，並以這些難以置信的圖畫和幻想傳達出來。」

　　然而很多時候，我們說不清命運和人之間主動與被動的關係，到底是命運造就人，還是人決定了自己的命運？因為即便是相同的事情發生在不同的人身上，產生的作用卻可能完全相反。我們能夠把握和確定不移的，是芙烈達用她脆弱的身體和頑強的生命力與不平靜命運相對抗的力量。如果沒有車禍，原本學醫的她可能不會把小時候對繪畫的興趣發展為事業，而沒有了與繪畫的緣分，她也不會成為著名的墨西哥壁畫大師狄亞戈‧里維拉 (Diego Rivera) 的妻子，就不會因為他造成生活的混亂不寧。然而若缺少了這些不安定的因素，芙烈達也不成其為世界著名的畫家芙烈達。畢竟，在她一生兩百多幅作品中，陷在身體劇痛中的她的自畫像占了將近三分之二，「我畫的不是夢，而是自己的現實。」因此有人說，「要將她的生活與她的藝術分割開來是很困難的。她的畫就是她的自傳。」

　　芙烈達這個墨西哥的女人，很小便被病患糾纏，直到生命終結。她 1907 年出生，去世時年僅四十七歲。六歲時，芙烈達不幸患上小兒麻痺症，從此揭開了一生與傷痛抗爭的序幕。十八歲時的一次嚴重交通意外，造成了她脊柱、鎖骨、肋骨斷裂，骨盆破碎，右腿十一處骨折。更可怕的是，斷了的車輛扶手從她的脊椎刺入而從陰道刺出，由此導致了她的終身不育。此後一年多的時間裡，她不得不躺在床上。

　　然而這個了不起的少女，用生存的意志和對生活的熱愛使自己漸漸康復，她奇蹟般地又可以走路了。在臥床期間，她拿起畫筆，描繪家鄉的風土人情和自己的肖像。車禍的後遺症導致她在以後的人生中不間斷地做過大大小小三十二次手術，她笑言自己的手術次數創下了金氏世界紀錄。

芙烈達和丈夫狄亞戈的結合被喻為「大象和鴿子」
的結合。他們都熱愛繪畫，只是一個畫在布上，一
個畫在牆壁上。（圖片出處／Corbis）

　　芙烈達曾說：「我生命中遭遇過兩次巨大的災難。一次是被車
撞了，另一次是我的丈夫。」作為墨西哥壁畫三傑之一和共產黨的
知名人士，狄亞戈的每一個舉動都備受矚目。而隨著芙烈達的聲
名鵲起，從 1927 年兩人的相識，到他們的相愛、結婚、離婚和復
婚都掀起藝術圈的波瀾。狄亞戈身材健壯，芙烈達則身材瘦小，

兩人的結合也因此被稱為「大象和鴿子」的結合。1932 年，狄亞戈在美國成為「大西洋海岸最熱門的人物」，同為共產黨人的芙烈達甘願成為他的陪襯；1933 年，狄亞戈因畫作而捲入政治鬥爭，芙烈達出席各種抗議集會，是丈夫忠誠的捍衛者；這些帶危險性的搏殺她都能承擔，但她不能忍受的是狄亞戈是一位不忠的丈夫，他有很多的情人，其中甚至包括芙烈達的親生妹妹。芙烈達與他曾分居三年，在 1939 年離婚後，1940 年兩人復婚。「我們是飢餓與食欲的結合」，芙烈達的話似乎道出了兩人命定的緣分，畢竟真愛難尋，何況對方還是難得的知己，狄亞戈是芙烈達畫作的最佳欣賞者，他對芙烈達說：「我畫的只是外部世界的一切，而你表現的都是內心的體驗。」

　　芙烈達是一位美麗的女人，兩條美眉在前額連成一線，性感的嘴唇上依稀可見細細的小絨毛，這些看似小瑕疵的臉部特徵反而增加了她的魅力。她杏仁狀的眼睛是烏黑的，眼神稍稍有些向上睥睨，她的智慧和幽默顯露在這雙眼睛裡，眼光中有種無從掩飾的銳利。她永遠穿著雪白、大紅、明黃、靛藍的裙裾，披戴著裝飾妖嬈花朵的披肩，腰間是繡滿碎花的腰帶，繁複的髮髻綴著豔麗的大花，珊瑚、綠松石、黃水晶的項鍊、耳環、手鐲、戒指，一切都帶著濃厚的墨西哥文化象徵。

　　全世界都有芙烈達的崇拜者。她到法國時，畢卡索宴請她，她還登上過法國時尚雜誌的封面；在美國，人們愛她的作品，也愛她的美貌。在她的家鄉墨西哥，許多重要人物都喜歡她。而在她的一生中，情人不斷，包括男性亦有女性。

　　芙烈達平生只在墨西哥開過一次畫展，那是 1953 年的春天。那時她的健康狀況已經非常糟糕，醫生告誡她不要去現場。然而，

前去觀賞畫展的人剛被允許進入展廳，外面就響起了警報聲。人群瘋狂地湧向門外，那裡停著一輛救護車，旁邊還有一個騎摩托車的護衛。芙烈達就躺在擔架上，她從車裡被抬出來，進入了展廳。她的床被放在展廳的中央，人們上前祝賀她。芙烈達對著人們講笑話，唱歌，她甚至還整晚地喝酒，所有的人都很開心。畫展取得了了不起的成功。第二年，她離開了人世。

芙烈達的故事開始和結束於同一個地方：墨西哥一幢有著許多綠窗戶的藍房子。那是她的家，也是她死後的博物館。這裡有她的調色盤和畫筆，床邊放著丈夫狄亞戈的氈帽；衣櫥上寫著：「芙烈達‧卡蘿 1907 年 7 月 7 日出生於此。」院子裡的藍牆上也刻著一行字：「芙烈達和狄亞戈 1929 年至 1954 年生活於此。」

杜普蕾：熱情的生命永不會老去

賈桂琳‧杜普蕾是一位天才的大提琴演奏家。雖然她在舞臺上的表演過早地終止於二十八歲，但從她每一個毛孔滲出的熱情和真摯魅力感染著無數人的心。1998 年，展現她生活的傳記電影《狂戀大提琴》上映，作為對她人生的禮讚。那種對自己鍾愛的事業用盡身體每一個細胞的全情投入是她最偉大之處。

和芙烈達跌宕起伏的人生磨難不同，杜普蕾從小便擁有罕見的音樂天分，小小年紀就揚名立萬，而她的愛情也曾經是金童玉女的美麗結合。

杜普蕾 1945 年出生於英國，母親艾麗斯是一名優秀的鋼琴家，結婚後，她先後生育了女兒希拉蕊、賈桂琳和兒子皮爾斯。三個孩子都繼承了她的音樂才能，而賈桂琳的表現最令她驕傲。

她九個月大的時候就會重複在母親的高腳椅子上敲出節奏；十八個月就會哼《咩！咩！黑羊》的曲調；不到四歲，她就會唱《馬槽聖嬰》(*Away in a Manger*)，不但字正腔圓，而且帶著感情。

　　長大以後，談到跟大提琴的緣分，她還清楚地記得五歲時的事情：「我記得有一天在家中的廚房裡，抬頭看到那部老式的收音機。我爬到燙衣板上把它打開，然後就聽到介紹管弦樂團樂器的節目。那一定是 BBC 的『兒童時間』。我對那個節目一直沒有什麼很深的印象，但就在大提琴出來那一刻，我立即就愛上了它。這個樂器裡有一個聲音在對我說話，從此，它就成為我永遠的朋友了。」隨後她對母親說：「我要製造這個聲音。」

　　杜普蕾從十歲開始跟隨當時的名師威廉・普力茲學琴，這位老師這樣評價自己的學生：「她渾身像一座隨時都會爆發的火山，一旦它噴出了岩漿，那就是無止盡的巨大力量。你可以從許多方面看出她的音樂天賦，如記憶力、速度的展開、人格上的動力及內心裡燃燒的抒情性與戲劇性。」

　　在學校，她參加過無數的比賽，也得到了無數的獎勵。1961 年3 月1 日，十六歲的杜普蕾在英國威格摩爾音樂廳的演奏正式開啟了她在大型舞臺的演奏生涯。演出極為成功，現場的觀眾為之沸騰，著名的樂評家帕西・卡特在《每日郵報》上稱讚杜普蕾是「天生的大提琴家，她全然瞭解她自己的天賦，且對音樂有份與生俱來的反應，讓人感受到作曲家最微妙的理念。她喜愛大提琴，她那融合認真、嚴肅、驕傲、勝利的感情，都在她舉手投足及一顰一笑之間流露了出來。」正是這種從身體每個部位流淌出的音樂熱情，使得杜普蕾俘獲了各國聽眾，四年後，她成為了世界級的演奏家。

　　年輕的杜普蕾在音樂事業上一帆風順，愛情的到來也為她的藝術生涯增添了傳奇的一筆。在倫敦的傅聰夫婦家中，她碰到了年輕的指揮家丹尼爾‧巴倫伯伊姆 (Daniel Barenboim)，兩人相互吸引，他們的結合造就了樂壇名副其實的金童玉女。1968 年 7 月 11 日，他們在林肯中心合作演出海頓的《D 大調大提琴協奏曲》時，樂評家羅傑‧卡恩在報紙上寫道：「當她奏出裝飾音時，巴倫伯伊姆靠在指揮臺扶手上，兩腳交叉。那種姿勢道出了他對愛妻的欣賞和驕傲。有時，杜普蕾演奏完一段技巧艱深的樂段之後，她會轉過頭來向他微笑。他頷首示意之後，樂團奏出了最強音，

杜普蕾和丈夫巴倫伯伊姆是音樂界的金童玉女。
（圖片出處／Corbis）

她就接著操弓拉出了最艱難的琶音，一頭金髮隨著樂曲飄舞著，將樂曲帶入最高潮。滿場的觀眾不約而同地起身瘋狂地鼓掌。」

　　巴倫伯伊姆是一個精力旺盛且富有野心的人，在結婚以前，他就已經開始為他們夫婦日後的演奏行程做出安排，從蜜月開始，只要一有機會，他們就會在一起演奏。杜普蕾不斷地應合巴倫伯伊姆的工作節奏而進行世界巡演；在倫敦，她的生活依然忙碌不堪，排練、音樂會、上電視、廣播、錄音、訪問和練習總是排得滿滿的，讓她氣都喘不過來。那個時候，杜普蕾已經開始患病了，她經常抱怨非常疲憊。從 1971 年開始，杜普蕾的日子過得越來越糟糕。一系列難解的症狀讓她痛苦不堪，她經常會覺得手拿不住弓，有時候走路都成問題。

　　1973 年 10 月，她被診斷出患有多發性硬化症，在此之後她還一直懷有重返舞臺繼續演奏大提琴的希望，但隨著健康狀況的惡化，這個願望漸行漸遠。多發性硬化症是一個慢性疾病，它一點一點地侵蝕杜普蕾的身體，最後，她不得不坐在輪椅上。或許過於耀眼的生命真的就像流星，雖然極盡璀璨卻也最為短暫。從十六歲在威格摩爾音樂廳登臺首演到 1973 年 2 月在倫敦舉行最後一場音樂會，杜普蕾的演出生涯極為短暫，在許許多多音樂家剛剛開始自己職業音樂生涯的年紀，她卻已經離開了摯愛的舞臺。在她的生活中，最後就只剩下醫師、護士和幾個老朋友，巴倫伯伊姆先是每隔一段時間來探望她，待到他在巴黎另組家庭，回來的機會就更少了，只留下她一個人慢慢孤獨地離去。

　　幸運的是，杜普蕾所錄製的唱片一點也不遜於她在音樂廳的演奏，許多無法親身聽到她現場演奏的青年音樂家都是通過唱片感受她的魅力。尚在少年時的大提琴演奏家馬友友就是如此，「那

每次演奏，杜普蕾都會用盡身體的每個細胞全情投入。（圖片出處／Corbis）

時候，我對她的音樂簡直五體投地，她的演奏像是要跳出唱片向你撲來一樣。她的魅力是無人能擋的，她演奏的活力以及觸感讓人激動不已，她是一個非常自然的演奏者，她手中的音樂永遠是隨心而動。因此，她的每一張唱片都是一種全新的音樂旅程。」

　　杜普蕾的演奏具有磁鐵般讓人無法抗拒的魅力，她將自己的內心情感同她無限年輕的自信與活力互相融合。即使是她只憑直覺的即興演奏，也能穿透聽眾的內心世界，這種朝氣蓬勃的熱情永不會老去，它賦予了杜普蕾的演奏不朽的價值和意義，並且完全能夠經得住時間的考驗。

愛情背面的真實

　　有些女性傳記類電影以唯美的愛情故事為主線，在
男女纏綿的交往背後，卻忽略了她們真正給予世界的饋
贈。

　　關於義大利十七世紀女畫家阿特米希婭・津迪勒奇
(Artemisia Gentileschi) 的傳記電影《阿特米希婭》1997 年上映；
2002 年，講述女作家維吉尼亞・伍爾夫 (Virginia Woolf) 的《時時
刻刻》被搬上銀幕，兩年後，《瓶中美人》帶著女詩人希薇亞・普
拉斯 (Sylvia Plath) 的故事走向觀眾。
　　阿特米希婭、伍爾夫和希薇亞三位女性中，伍爾夫是大家比
較熟悉的一位。
　　妮可・基曼在《時時刻刻》中飾演伍爾夫，她坦言，這部影
片尤為吸引自己的是伍爾夫與丈夫倫納德・伍爾夫 (Leonard
Woolf) 的關係：「我著迷於他們之間對對方的愛，我想，伍爾夫一
定深深感激丈夫對她巨大的包容。他的包容，使得苦苦掙扎生活
著的伍爾夫得到了心靈自由的呼吸。我想，一個人的創造力，許
多時候是源於他（她）生活的環境，而倫納德就是伍爾夫富有創
造力的生活環境的保護人。」
　　為了演好這個角色，基曼做了大量深入而細緻的準備工作，
包括閱讀伍爾夫的傳記、信件。此外，她還完全改變了面部外形，

妮可‧基曼為了飾演伍爾夫而特意改變了容貌。（圖片出處／Alamy）

安上了假鼻子。「我模仿伍爾夫走路的樣子，說話的嗓音和口氣，……比如，伍爾夫抽的菸都是她自己捲的，這一細節就為我展現了一種獨特的伍爾夫風格。於是，每次當我想模仿她的聲音說話時，我就取出一支菸，然後我的嗓音就下降八度，改變了我原來說話的聲音。」她還模仿伍爾夫的筆跡，一改她自己左撇子的寫字習慣，用右手寫字。「扮演一個真實存在過的人，需要發現她（他）的精神實質。我深深地被伍爾夫的魅力吸引。她是一個不斷與死亡、精神崩潰奮鬥的女人。」

　　影片上映後，有影評人指出：「似乎基曼太過於強調表演一個遊走於瘋狂與清醒邊緣的女性主義先驅，所以她還是不像那個在文學史上位置極其重要，外貌美麗文秀驚人的維吉尼亞。」

　　無獨有偶，另一位和伍爾夫一樣飽受迷亂心智折磨，並同樣以自殺結束生命的英國女詩人希薇亞的故事在兩年之後也被拍成了電影。當年關於影片的點評是這樣的：「可以預見，這部以希薇亞‧普拉斯為主角的電影還是聚焦於她與泰德的關係，而不是她個人的成長史、苦難史與文學創作。看完影片，觀眾未必能瞭解天才與瘋狂是如何結合在這位女詩人身上，也看不到典型的美國式天真夢幻與其個人內在的焦慮風暴如何撕裂了她的靈魂，卻能充分滿足對名人生活的獵奇。當然影片仍然有其嚴肅用心，倒是更接近於對婚姻如何侵蝕愛情這一問題的社會學研究。」

　　顯然，《瓶中美人》還是讓人們失望而歸。普拉斯 1932 年出生在麻薩諸塞州一個中產階級家庭，她早熟、聰慧、敏感、好強，八歲就開始發表詩歌。九歲時，父親過世，從此她患上了嚴重的精神疾病，1955 年她到劍橋大學讀書，邂逅了詩人泰德‧休斯（Ted Hughes），兩人陷入瘋狂熱戀。1950 年代末，她開始投身「自白派」詩歌運動，以簡約口語和怪誕象徵坦率抒寫個人隱私、內心創痛、犯罪心理、自殺情結和性衝動，是女性自我表達的典範。

　　因為休斯的外遇，希薇亞的精神失常終於突破極限而導致開煤氣自殺。其實休斯的出軌行為只是導火線，真正的原因是希薇亞一直無法從焦慮掙扎的錯亂世界走出來，從父親離世她開始第一次嘗試自殺開始，潛在的死亡衝動就一直縈繞著她短暫的一生。

　　同樣作為意識流作家的女性代表、女性主義者的文化偶像，伍爾夫和希薇亞的作品和她們在文學上的影響是她們留給後人的財富。如果只是單純從愛情角度理解，則只能讓她們的才華淪為傳記故事的配角。

　　和以上兩部電影相比，反映十七世紀的義大利女畫家阿特米

希婭的傳記電影更為顛倒黑白。上映於 1997 年的《阿特米希婭》，講述了年輕貌美的少女畫家阿特米希婭和老師阿戈斯迪諾‧塔西 (Agostino Tassi) 之間日久生情而終不可得的悲劇愛情故事。因為當時社會師生戀的不被容許，塔西為了保護阿特米希婭的名譽向法庭承認了自己「強姦」她的事實。在電影裡，塔西被塑造成為愛情犧牲的偉大男性人物，而阿特米希婭則是個受保護的「嬌弱少女」。

　　但事實剛好相反，早於我們將近四個世紀的阿特米希婭自幼天資聰穎，十二歲開始跟隨父親學習繪畫。1611 年，父親讓自己的同事阿戈斯迪諾‧塔西教女兒學透視法。塔西是當時著名的風景畫家，十八歲的阿特米希婭成為他的入室弟子。

　　次年的一天，塔西在自己的畫室裡強暴了阿特米希婭，並在隨後的時間裡經常施暴於她。

　　阿特米希婭在法庭上作證說自己之所以忍受老師的暴行，是因為塔西欺騙她說會娶她為妻。但後來他卻捏造謊言，說阿特米希婭行為不檢點，與人亂交，因而悔約。在十七世紀的義大利，女性的社會地位低下，她們的法庭證詞也不被信任。羅馬法庭假定阿特米希婭為了誣告老師而作偽證，讓庭警當場給她施刑，他們用細麻繩纏緊她的十個手指，法官每問一次「你說的是實話嗎?」法警便勒緊一次麻繩，直到她手指血肉模糊，阿特米希婭的回答始終是「我沒有撒謊」，結果她的手幾乎殘廢。最後，她在法庭上問法官:「是我將他告上法庭，為什麼受刑、被審問的反而是我?」

　　法庭對阿特米希婭的羞辱不止於此。在另一次庭審中，法官要她證實，在塔西強暴之前她是處女，而之後她便不再是處女。當時法官找來兩個助產士，在法庭上臨時拉起一面布簾，由助產

電影中的阿特米西婭和自己的老師塔西。阿特米西婭
的同名傳記電影並沒有對她的人生給予真實的詮釋。
（圖片出處／Alamy）

士當庭證實阿特米希婭已不再是處女了。雖然阿特米希婭勉強贏
了官司，但法庭上的奇恥大辱使她無法在羅馬生活下去。庭審結
束後一個多月，她與佛羅倫斯畫家皮艾特羅結婚，離開了使她傷
心欲絕的羅馬。後來，她的繪畫作品獲得了很大成功，並成為瓦
薩里創建的繪畫學院的第一位女性成員。

　　老師的強暴、法庭的刑訊和羞辱，給阿特米希婭的心靈、生
活和創作烙印下不可磨滅的印記，她將自己的悲憤轉化為藝術，
畫出了她最著名、最具暴力傾向的作品，《聖經》題材的《尤迪割
下霍洛費訥的頭》。那一年，她才二十歲。

　　記得《瓶中美人》的導演在影片上映之前曾對媒體表示：「這
部電影主要是一個愛情故事，也是希薇亞試圖同時成為一名創作
者和一位好母親的故事。我不僅是對愛情故事感興趣，也想表現

兩股強大的創造力是如何匯聚在一起，它們又是如何傷害彼此。」很多時候的確如此，創作願望是一回事，但表現出來的東西卻是另一番模樣。如果把它們只當成愛情故事來看，的確部部經典，但作為「女性傳記電影」所要呈現的一個女人一生的故事，卻需要更全面的生命側面展示。

女性電影發展歷程

　　女性和電影的緣分從電影誕生之時便已開始，但「女明星」是她們一直以來最顯赫的身分。真正能夠以編劇甚至是電影的執導者、製片人脫穎而出，歷史尚淺。但在電影這條路上，一直都有很多優秀的女性在貢獻著自己的力量和才智，在用女性特有的眼光看待世界。

　　女性傳記電影僅是「女性電影」的一個分支，它本身的發展史漫長得多。

　　在電影誕生的初期，進入電影圈的女性屈指可數，她們分別是：為法國高蒙公司效力的世界上第一位女導演艾麗絲・居伊—布朗什；一次大戰後大紅大紫的路易絲・韋伯；1930 年代好萊塢唯一的女導演桃樂絲・阿茲納；二次大戰後揚名的艾達・盧皮諾；因《大家庭》和《優勝者》兩次榮獲奧斯卡編劇獎的弗朗西斯・馬列雍；由演員改行的才女編劇珍妮・麥克弗遜，她們是打破男性壟斷的影壇女先驅。而奧斯卡「最佳導演獎」的歷史上尚無女

性身影，獲得提名的也才只有四人：義大利的麗娜・維爾特穆勒、紐西蘭的珍・康萍、荷蘭的馬林・戈里斯和美國的芭芭拉・史翠珊。（編者注：2010 年第 82 屆奧斯卡誕生了首位女性最佳導演，凱瑟琳・畢格羅憑藉執導的《危機倒數》摘取了這一獎項，從而刷新了歷史。）

在女性電影發展史中，女影人的奮鬥和搏殺是女性突破男性世界統轄、爭取與他們平等的女性主義運動的另一個縮影。

流行於 1920 年代好萊塢的類型片之一「女性片」，與喜劇片、恐怖片、強盜片、西部片一樣，仍然是男性導演的天下。當時電影中的女性形象，多以墮落蕩婦示人。只有影片《控制欲火》中的女主角，有所突破。她是位中年女企業家，故事突出表現了她為成全他人而毅然斬斷情絲的自立精神，呈現了與其他影片中不同的女性形象。到 1934 年之後，美國電影開始走向社會主流意識、迎合傳統社會理想，「女性片」開始迎合時代潮流，蕩婦形象才一掃而光，純情少女和賢妻良母成為電影的主要形象，顯然女性仍然馴服於男性文化的規範。當時，只有在好萊塢孤軍奮戰的女導演阿茲納的女性片始終著力表現性格堅強、獨立思考、命運多舛的女人。在她的影片《克里斯多夫・斯特朗》（Christopher Strong）中，著名女影星凱瑟琳・赫本飾演一位因愛上已婚男人而懷孕的女飛行員。因為無法忍受社會的壓力，她終於在創造飛行記錄後摘下氧氣罩跳機自殺身亡。

在電影鼎盛的 1930～1950 年代，女性在電影工業中的地位仍然相當低下，在上層管理人員中沒有她們的立足之地。在這二十年中生產的數千部電影裡，只有少數由女性執導，製片人更是從無女性擔任，這在以製片人為核心的好萊塢電影體系中很能說明

問題。那時候，雖說女性在編劇、剪輯乃至服裝方面都有出色表現，但只有在表演領域女人才有舉足輕重的地位和影響力，她是最顯赫的「女明星」。

然而，長久以來，在好萊塢的影片中，女性角色大多都是被邊緣化的，她們永遠不能夠成為事件的中心，大部分的時間她們都是在一旁歡呼、等待男主角的偶爾眷顧。那些優秀的品質——聰明、野心、自信、專業、主動——都只能專屬於男性。

關於女性的電影被限制在幾個類型——愛情片、家庭倫理片、浪漫喜劇片和歌舞片，愛情、婚姻、家庭和子女始終是它們的一貫主題。這些通俗劇充斥著情緒表達，它們被冠以「淚水片」的名號，主要是用來滿足女性觀眾的情感發洩要求，缺乏深刻的思想內涵。此外，它們多為男性導演執導，因而女性的生命主題總是被淹沒在男性思維的重重包裹之下。如女影評人安妮特‧庫恩所說：「女性很少得到講述她自己故事的機會，因為電影故事均圍繞男性展開，他們才是主體。女性在銀幕出現的主要目的是去支持男性，很少能為自己活出充實的人生，婚姻和家庭才是她們奮鬥的目標。」在這些家庭通俗劇中，雖然女明星被突顯出來了，但卻要集中表現她們「典型」的女性特質，如伺候丈夫、教育小孩、平衡工作與家庭的矛盾等等。當面臨婚姻和事業選擇時，她們都被安排為「選擇婚姻才是明智的抉擇」。如果她們選擇了工作，則通常會受到生活的磨難。

直到 1960 年代以後，女性角色的範疇才拓寬了不少，而 1970 年代以後才誕生了真正的由女性執導、反映女性話題的女性電影。1970 年，第一部標誌著女性電影重大成就的《女性的電影》獨立製作完成；1971 年《成長中的女性》、《三生》和《女性的電影》

這三部女人攝製的女性紀錄片得以公開放映；第二年，美國舉辦了第一屆紐約女性電影節，隨後，加拿大多倫多和世界其他城市也開始舉辦類似的女性電影展映，同時，英國、法國、義大利和澳大利亞的多個女性電影製作團體興起，全球的女性電影發展熱潮隨之到來。到了 1977 年，僅在美國就已經拍出了二百五十部女性電影。創刊於 1970 年代的美國《暗箱》雜誌，由加州柏克萊一群為《電影與女性》雜誌工作的女性主義者創辦，其發刊詞這樣寫著：「女性不只受到經濟和政治上的壓迫，還有來自文化思考方式的限制，主流的男權觀點在精神層次制約女性。」女性電影在男性電影占主導地位的形勢下的發展仍舊舉步維艱。

法國著名的女導演瑪格麗特・馮・特洛塔曾說：「如果電影中真的存在一種女性的美學形式，對我而言，它只能存在於對主題的選擇，乃至於我們以誠懇、尊嚴、敏感、體諒的態度，對待我們電影中呈現的人們和我們所選擇的演員。」她的這番話表達出了二十世紀 1970、1980 年代女性電影理念的兩大極端化傾向：一種是抽象難懂的形式實驗，一種是淺顯易懂的主題表達，這兩大主題涵蓋了當時女性電影的範疇，並且引領了以後女性電影發展的主要趨勢。

而那些從 1990 年代後期日益興盛的女性傳記電影，則代表著女性電影發展的又一次高峰。如果說以往的女性電影過於重視男女的性別差異，那麼女性傳記題材影片的不斷湧現，則真正意義上把女性放到了「人」這個最自然和最合適的位置思考人生、看待生命。這標誌著女性電影、女性自身的真正勝利。

簡　寧

時尚先驅
美第奇家族的女人們

　　她們是一群命不由己的女人，生來就被當做政治、經濟賄賂的禮物，贈送給一樁樁光耀門楣的婚姻。不管是娶進門或者嫁出去，她們身上都擁有一個共同的標記——美第奇 (Medici)，從十三世紀到十七世紀，佛羅倫斯最顯赫的家族名號。

　　她們見證著蓬勃的文藝復興、一代代統治者腥風血雨的盛衰，在政治面前她們縱然野心不減，但歷史還是會將所有的光彩掩埋。壓抑、恐懼、空虛每日折磨著她們，於是她們傾盡所有力量瘋狂地創造時尚，並在這個世界裡傲然昂首。

瑪莉亞‧德‧美第奇，西班牙貴族埃萊諾娜和柯西莫一世最疼愛的小女兒，她天真活潑、聰慧美麗，有著與生俱來的時尚觸感和表現欲望，可惜在十七歲的時候，不幸感染瘧疾而死。在繪畫大師 Alessandro Allori 為她畫的這張肖像上，可以看到美第奇家族興旺時代，代表佛羅倫斯最時尚的穿著方式。

歐洲時尚的偉大復興

　　美第奇家族經由十三世紀托斯卡納農民祖先涉足工商業發達起家，1421 年，成為銀行家的喬凡尼 (Giovanni de' Medici) 當選佛羅倫斯行政長官，從而奠定美第奇家族在佛羅倫斯長達四個世紀的統治地位。以他的兒子柯西莫 (Cosimo) 和羅倫佐 (Lorenzo) 為代表的兩股強大勢力成為文藝復興的主要推動力量，整個歐洲時尚就在這個開放的年代裡迅速蔓延開來。

　　1416 年，喬凡尼的大兒子柯西莫娶了父親合夥人的侄女，銀行巨頭巴迪家族的掌上明珠康特斯娜 (Contessina de' Bardi)，這完全是一椿家族聯姻。康特斯娜帶來了陪嫁的舊家宅巴迪宮，並開始為美第奇家族繁衍後代。非常有趣的是，柯西莫這個名字在他的親弟弟羅倫佐的後代中頻頻出現，而羅倫佐的名字又在柯西莫的直系後代中出現了好幾次。在康特斯娜的舊家宅裡，柯西莫裝飾上美第奇家族的標誌：一個盾牌和六個球，有人說這是圓形錢幣的象徵，又有人說這是藥丸，Medici 作為家族的姓氏最早來源於醫藥一詞。不管它是什麼，從巴迪宮開始，美第奇家族的興盛和文藝復興就緊密聯繫在一起了。

　　在充滿人文智慧的康特斯娜影響下，柯西莫成為富有審美趣味的人，從而改變了整個時代。在改造了巴迪宮之後，柯西莫覺

美第奇家族的標誌：盾牌和六個圓球。

得應該擁有屬於自己的宮殿，而不是普通的家宅。因此多那太羅和米開羅佐這兩位文藝復興的先導人物首先粉墨登場。米開羅佐為柯西莫建造了美第奇宮，多那太羅為他雕塑了自古典時代以來第一個獨立式等身銅像——坐落在美第奇宮內院的大衛雕像，開創了美第奇家族資助學者和人文主義者的先河。1436年，一個磕破的雞蛋產生的穹頂靈感終於實現了，由布魯內萊斯設計的聖瑪麗亞百花大教堂橫空出世，驚人的圓形穹頂傲視著周圍所有矮樓，柯西莫的人生達到巔峰。

柯西莫為他的兒子皮埃羅 (Piero di Cosimo de' Medici) 娶了位極有藝術造詣的妻子柳克麗茲 (Lucrezia Tornabuoni)，從而教育出富有人文精神的下一代羅倫佐。在羅倫佐的生活裡，三個傑出藝術家在美第奇宮和他一起成長：波提切利、達文西和米開朗基羅，以美第奇家族為核心的佛羅倫斯成為歐洲藝術與時尚的中心。達文西認為圓是最完美的圖形，這種審美理念衝擊到時裝領域，事實上，時裝這個詞在聲名顯赫的美第奇家族中以追求奢華織物和精緻作工而體現出其真正的含義，環狀褶皺領口和圓潤豐滿的外型開始風行。

對人體比例的精準計算和透視法促進了服裝裁剪的技藝，袖

子和衣身分離法令袖子造型變化萬千，最常見的是雙層袖，裙子和襯衫開始互相搭配。波提切利優雅精緻的壁畫體現出當時人們對奢侈華麗畫面的追求，服裝織物多數採用豔麗的織錦和花緞。到了富可敵國的那不勒斯總督女兒埃萊諾娜 (Eleanor di Toledo) 嫁給美第奇家族第六代傳人柯西莫一世（他享有真正的公爵身分），西班牙風格隨之融進義大利時尚，埃萊諾娜出手不凡，買下碧提宮 (Pitti Palace)，她那富有異國情調的豪華裝飾成為文藝復興時期服裝最重要的特點。

鑽石被打磨成金字塔形或尖錐形，切割技術的發達使珠寶成為藝術品，鑽石成為權力的象徵，法王亨利二世的皇后凱瑟琳 (Catherine de' Medici) 將這些先進的技術帶入法國宮廷，凱瑟琳是第一個代表美第奇家族走進歐洲皇室的女人，也是第一個把義大利藝術和文化帶到法國的時尚先驅，凱瑟琳還推廣了方便騎馬的襯褲。

產生了三位教皇和兩位法國王后的美第奇家族，將時尚從佛羅倫斯推向羅馬、法國、西班牙，直到整個歐洲大陸都為之瘋狂，是特權階層的力量在起作用，也是美第奇家族一代又一代的女性們大膽嘗試的結果，她們孜孜不倦地追求著美的極致，除了陰差陽錯的婚姻和愛情，似乎沒什麼是權力和金錢買不到的。

美第奇的時尚教母們

充滿情欲的文藝復興猛然間喚醒了人們的自我意識，完美的女性形象和身分地位、個人才華似乎沒有關

聯，美第奇家族的男人們十有八九對女人不感興趣，一不留神弄出的私生子動不動來爭風頭，對於美第奇家族娶進門和嫁出去的女人們來說，沒有什麼是比藝術和時尚更值得投入的事了。

聖母原型——柳克麗茲

柳克麗茲一生都在扮演聖母的角色，現在的豪門貴婦扮觀音會被人笑話，但在宗教治國的文藝復興時代，她成為當仁不讓的精神偶像。

她是美第奇家族駐羅馬長任經理的女兒，1444 年，柯西莫為兒子皮埃羅指定了這門親事，目的是將佛羅倫斯的勢力擴大到羅馬。十九歲的柳克麗茲成為美第奇家族第一位被畫成聖母的女性，她遇事不驚、堅強高尚，輔佐因痛風病行事不力的皮埃羅，並以純潔聰慧的優秀特質成為佛羅倫斯真善美的標誌。

柳克麗茲擅長寫宗教詩，在皮埃羅獲得統治權和親近藝術家的過程中，扮演了十分重要的角色，她邀請才華初露的畫家波提切利住進美第奇宮，目的是教化兩個兒子羅倫佐和朱利亞諾，在她的時代，沒有專門的藝術沙龍，而她和皮埃羅將藝術家請進家門資助供養的方式形成沙龍早期的雛形。為了報答柳克麗茲的知遇之恩，波提切利以她為原型畫了聖母子像，從此柳克麗茲在佛羅倫斯名聲大振，她教育出被世人稱為「高貴羅倫佐」的文藝復興王子，他建立了柏拉圖學院，在那裡，思想家們創立了人文主義體系，推動了哲學的新發展。

完美的柳克麗茲代表著美第奇家族優雅知性的母親形象，她成為上流社會擇偶的標準：年輕、謙遜、風趣、才華卓越以及出身高貴。

西班牙之風──埃萊諾娜

柯西莫一世的妻子埃萊諾娜只活到四十歲，這位西班牙貴族千金嫁到美第奇家族，帶來多少價值的嫁妝無史料記載，但從她出手買下碧提宮只花費了個人財產極少一部分即可見一斑。

埃萊諾娜性格傲慢，在那不勒斯宮殿長大，嫁到美第奇家族並非她所願，她和公爵柯西莫一世的母親瑪麗亞 (Maria Salviati) 之間由於地域文化差異而使得婆媳關係不佳，影響雙方的心情。持續三年的義法戰爭使柯西莫花了不少她的嫁妝錢，她知道自己對美第奇家族而言只是傳宗接代和興旺事業的工具，因此她不惜一切代價裝飾著自己和那座碧提宮。

在碧提宮，處處充滿著濃郁的西班牙風情，它融合了文藝復興時期重要的建築特徵和來自異域文化的別樣色彩。柯西莫將主要重心放在兒子們當紅衣主教的事上，埃萊諾娜則將生活的重心放在培養三個女兒的事情上，讓她們遠離政治，享受著穿著上的樂趣。埃萊諾娜酷愛珍珠飾品和華麗奔放的纖錦，她將珍珠項鍊改良變成頭飾，經過修剪的中分長髮盤成髮辮固定在腦後，是當時最流行的式樣，花邊被她大大利用，令奢華的天鵝絨服裝更加光彩奪目，手帕在當時屬於貴族才能使用的高級品，埃萊諾娜將絲質手帕的優雅發揮到極致。她的舉手投足、穿著品味被眾人效仿，值得回味的珍珠編成網狀成為衣身的一部分，若隱若現中透

出雪白的肌膚，這種花心思的設計被大大稱頌。

1562 年，埃萊諾娜和她四個孩子不幸染上瘧疾身亡，這其中包括已當上紅衣主教的喬凡尼，柯西莫最後娶了平民出身的情婦卡米拉 (Camilla Martelli)，在心灰意冷中隨著文藝復興的尾聲走向生命的終結。

高跟鞋、香水和美食──凱瑟琳

1533 年，十四歲的凱瑟琳嫁進法國王室，成為十四歲的王位繼承人亨利的妻子時，她大約已經知道自己的未來了。從小見過風浪的凱瑟琳有雙處事不驚、洞悉力極強的眼睛，她經歷過美第奇流亡時代，被當做人質在修道院裡關押過。凱瑟琳在婚後十年都沒有生育，而亨利卻一直心儀已年屆四十八歲高齡的情婦黛安娜，這危及到她在宮中的地位，不過沒什麼可驚慌的，凱瑟琳的活力和機智得到年邁的老國王法蘭西斯一世的欣賞，她自己也處處流露出義大利貴族的時尚風範。

首先是高跟鞋，凱瑟琳的個子矮小，相貌也並不出眾，她令鞋匠訂製出四英寸高的高跟鞋，裝飾絲質花邊和寶石，這無疑是一副極具殺傷力的春藥。1508 年，佛羅倫斯的多明我修道會成立了世界上最古老的香水工廠，教皇和美第奇家族的成員是這家工廠最大的客戶，凱瑟琳有專門為自己配製香水的工人。她還將摺扇、鑽石切割工藝和便於騎馬的襯褲帶進法國王室。這些都還不夠，對法國王室影響最大的當數義大利精絕的烹飪技術，當她嫻熟高雅地用刀叉切牛排，用晶瑩剔透的玻璃杯布置餐桌，教法國貴族吃冰淇淋和花色肉凍時，粗糙的法國人真正感受到美食作為

一種藝術品的魅力。

　　凱瑟琳在二十五歲那年終於為亨利生下第一個孩子，從此她一發不可收拾，總共生了十個孩子，存活了七個。第一個孩子出生後不久，她如願以償隨著亨利二世的登基當上法國王后，美第奇家族的榮耀走向新的輝煌。亨利二世去世後，她漸漸顯露出政治上的天分，統治法國長達十五年。

　　由她操縱的血腥風暴在所難免，她是備受批判的野心家，肥胖和過度勞累致使她沒活過七十歲，對法國歷史而言，她是個兇

1572 年 8 月 24 日，聖巴托羅繆大屠殺後，法國王后凱瑟琳・德・美第奇視察成堆的屍體。這場大屠殺是法國天主教暴徒針對國內新教徒胡格諾派的恐怖暴行，持續了幾個月，死難者眾多。

殘的女人，對法國時尚而言，她是功不可沒的先驅。

巴洛克開拓者──瑪麗

　　這不是路易十六的妻子瑪麗王后，而是美第奇家族在 1600
年，嫁進法國王室的第二位王后，她的丈夫是比她大二十歲的亨
利四世，凱瑟琳王后是她的遠房堂姐。美第奇家族為了鞏固政治
上的地位，經常採用近親結婚的方式聯姻，帶有美第奇姓氏的成
員首選的結婚對象一定來自法國王室，這樣造成了他們的後代退
化笨拙的體形和古怪的相貌。

　　瑪麗 (Marie de' Medici) 王后的長相讓人不敢恭維，又矮又胖
還反應遲鈍，亨利四世看不上她，她也討厭這個散發著體臭的老
花花公子，但她為亨利四世生了六個孩子，母以子為貴，這便鞏
固了她在宮廷裡的地位。她用美第奇家族的錢整修羅浮宮，沒想
到亨利四世的情婦和一堆私生子也住了進來，不過好在一場滑稽
的政治鬧劇過後，情婦被處決，她又過著高枕無憂的日子。

　　在這個時代，文藝復興全盛時期已經過去了，巴洛克浮誇的
風格正符合瑪麗王后奢華無度的生活方式。1610 年，國王被暗殺，
瑪麗王后當上攝政王，政治黃金期來臨了。但她並沒有玩弄權術
的天分，她把大部分精力用來修建盧森堡宮和追求新的藝術形式。

　　瑪麗王后為法國時尚所做的最大貢獻在於藉由邀請荷蘭巴洛
克畫家魯本斯來巴黎，從而將巴洛克風格推向歐洲，在此之前，
米開朗基羅為巴洛克風格在佛羅倫斯鋪平了道路。魯本斯為她創
作了二十多幅油畫，以神話故事中的情節讚美她，還投其所好將
畫中的女人全部畫成胖美女。誇張的性格和左右逢源的外交手腕

瑪麗·德·美第奇，法國國
王亨利四世的王后，路易十
三的母親。

令他風光無限，在宮廷裝飾上，魯本斯的那些畫成為盧森堡宮的
重要珍品。同時，她和凱瑟琳王后一樣，是義大利美食在法國的
重要推動者，在宮廷菜當中，有一道美第奇牛排成為法國菜中的
經典，這與瑪麗皇后不無緊密關係。

　　在她生命的最後幾年，瑪麗王后過著流放的日子，她無節制
的揮霍和貪婪令她在政治上受到重挫，她流離輾轉了好幾個地方，
最終病死在德國科隆。

最後的美第奇貴婦——安娜

　　柯西莫三世的女兒安娜 (Anna Maria Ludovica de' Medici) 是

美第奇家族最後一位貴婦，在整個家族沒落時期，柯西莫三世的長子費迪南多沉迷於酒肉和同性戀之中，不可能產生繼承人，小兒子加斯頓更是比上不足，完完全全是個不負責任的同性戀者。年邁的柯西莫三世只有將希望寄託在安娜身上，為她積極物色王室家族成員聯姻。

但情況很糟糕，法國、西班牙、葡萄牙王室都對這個風光不再的家族搖頭，最後德國的巴拉丁選帝侯約翰·威廉 (Count Palatine von Neuburg Johann Wilhelm) 答應了他，但這是安娜噩夢的開始，風流成性的約翰感染梅毒，導致安娜多次流產。

柯西莫三世統治時期也走到盡頭，佛羅倫斯的人口減少了一半，奧地利人入侵義大利，美第奇家族搖搖欲墜，長子費迪南多死於 1713 年，過了十年，柯西莫三世病逝在家中，加斯頓成了新的大公，他實施一系列改革沒起到什麼作用，在勉強統治了十三年後，加斯頓去世了，美第奇家族只剩下安娜一個人。

她一生所做過最偉大的事就是保管好美第奇家族的藝術藏品，她沒有經歷過呼風喚雨的歲月，很清楚地知道自己是美第奇家族最後一位成員。她從未因家族的沒落喪失過優雅和尊嚴，永遠用銀製家具，所有的服裝和飾品都極力保持著傲慢又莊重的美，出行時永遠是八匹馬拉的馬車。她住在碧提宮裡，偶爾接見訪客時，會站在巨大的黑色華蓋下，她寡言少語，臉上總是帶著高貴的微笑，那是一個真正的貴族才有的微笑，獨立又從容。

安娜去世前將所有美第奇家族的文化遺產做了妥善安置，包括圖書館、雕像、油畫等等，它們不僅僅屬於美第奇家族，更是佛羅倫斯和義大利的珍寶，沒有任何東西會從大公的領土上消失。

永不磨滅的美第奇標記

　　美第奇家族興旺時代，代表著佛羅倫斯最時尚的穿著方式，後人可以很清楚地總結出那些靈感來自文藝復興的時尚細節。這些細節最終化為永不磨滅的美第奇標記，供世人緬懷。

　　髮式：假髮依然流行，最好的假髮出自義大利和法國修女之手，但以真髮為主的中分長髮在以美第奇為代表的貴族中間流行起來，額頭經過精心修剪，少了許多雕琢之感，靠珍珠等鏈狀髮飾加以裝飾。

　　濃豔配色：配色上的大膽嘗試是文藝復興時期油畫的一大特徵，由此引用到時裝上，深紅、深藍、金色、黃色、綠色都是常用的色彩，布料上以天鵝絨和彩色織錦為主流，配以奢華的圖案，人們越來越欣賞布料本身的美感。

　　高腰束胸：寬肩、細腰、圓臀的整體輪廓是文藝復興時期優美的代名詞，這就要求束腰內衣更加緊身，腰線上移，將人體勒成沙漏形狀，這種折磨人的發明直到今天都是設計師繞不開的性感元素。

　　對稱裝飾線：數學和哲學的空前發達引導出來源於古希臘的對稱美，富有韻律的線條和符合人體黃金比例的分割線運用到服裝的結構上，是文藝復興時期義大利貴族時尚最顯著的特點，它

成為時裝設計中不可缺失的重要組成部分被沿用至今。

環狀領：環狀領是達文西圓形完美理念產生後誕生的產物，用細細的線帶將領部拉出皺褶，再配上珍珠等裝飾，後來它的體積越來越大，到了凱瑟琳和瑪麗王后的時代變得極富戲劇化，後來被演變成各種形式，誇張的皺褶鋪疊在領部，華麗優雅。

高跟鞋：文藝復興時期，類似踩高蹺的高底鞋在上流社會和妓女中間風行起來，最早是厚厚的木底將鞋跟墊高，後來經過凱瑟琳王后的大膽改革，形成現在高跟鞋的初貌，它和蕾絲、羽毛等極富女性特質的飾物是好搭檔。

晚宴手包：瑪麗王后手中細巧的長方形晚宴包恐怕只能裝得下小手帕，那是貴族宴會上必須手持的物品，如果沒有晚宴包，可以手持摺扇和手帕，空著一雙手是極不禮貌的表現。晚宴包通常由木質包著絲綢或金絲絨製成，有銀質雕花搭扣裝飾以及寶石鑲嵌，還有柔軟的外袋相配。

珠寶：黃金底托的彩色寶石項鍊成為主流，紅色、藍色、綠色等宗教常用的莊嚴色彩是珠寶設計師屢試不爽的法寶，另外瓷釉技術和細絲工藝也是珠寶商愛用的招術，戒指追求誇張奇特的式樣。

陳夢涵

無冕之后

新聞史上的那一抹玫瑰紅

新聞與舊聞交替輪迴間，一段段歷史悄然被書就。塵埃落定的不僅是那一幕幕歲月的過影，還有記錄者本身瀟灑淋漓的人世傳奇。2006 年 9 月 15 日，被譽為「世界第一女記者」的法拉奇因肺癌離世，享年七十七歲。然而，在新聞這個領域裡，法拉奇不是第一個女性傳奇，也肯定不是最後一個，在她之前或之後，有無數的法拉奇們，曾經或者正在，書寫著自己在新聞史上的傳奇。歷經兩個多世紀，在一度對女人說「不」的新聞事業裡，她們的耕耘和貢獻為新聞史加入了一抹絢麗的玫瑰紅，造就了一個高貴的群體——無冕之后。

瑪格麗特‧希金斯 (Marguerite Higgins) 在二戰時曾主動請纓前往歐洲戰場，上個世紀 1950 年代韓戰爆發後，她是美軍中唯一的隨軍女記者。（圖片出處／Corbis）

女人能做什麼？

　　女性走上新聞傳播的崗位始於十八世紀中期，伴隨著西方女權運動的進行，越來越多的女性走上社會，走上政壇，開始發出屬於自己的聲音。

　　到了十九世紀中期，女權運動初見成效，許多婦女被報紙聘為漫談專欄的作者，或是婦女版面的編輯，有時也會作為流動通訊員，主要報導花邊新聞、婦女生活等內容，但是很少有婦女成為職業的新聞記者，像男人一樣從事社會嚴肅新聞的報導。此時，在美國，一個女人打破了這個「傳統慣例」。

　　1885 年，《匹茲堡電訊報》(Pittsburgh Dispatch) 上刊載了一篇討論〈女人能做什麼？〉的社論，裡面充滿對女性的輕視，這激怒了年輕的伊利莎白・科克倫 (Elizabeth Cochran)，她立即動筆給報社寫了一封信，信中駁斥道：「國家正把一半人民的聰明、智慧和技巧白白地浪費掉，婦女應該在社會上占有與男人同樣的地位。」這封措辭激烈的信，也在機緣巧合間催生出了一個日後在美國家喻戶曉的名字——娜莉・布萊 (Nellie Bly)。

　　《匹茲堡電訊報》編輯喬治・麥登對這封信的作者產生了濃烈的興趣，在報紙上刊登啟事，邀請信的作者與之會面，並希望「寫信者」擔任他們的作者，於是《匹茲堡電訊報》的辦公室第

娜莉‧布萊

一次出現了女性的身影。在與喬治‧麥登進行了激烈的交涉後，伊利莎白‧科克倫以當時美國民歌大師史蒂芬‧福斯特的流行歌曲《娜莉‧布萊》為筆名，開始了自己的記者生涯，當時她年僅十八歲。

面容端莊、蓄著短髮的娜莉‧布萊拒絕了採寫花邊新聞的建議，在眾人的責難、譏諷、嘲笑，甚至間或的性騷擾中四處採訪，她堅持揭露社會問題，寫嚴肅報導，對社會的陰暗與不公，義正辭嚴地予以討伐和攻擊。她曾化裝成女工，深入到紐約、芝加哥的「血汗工廠」，瞭解那裡的女工們所遭到的非人待遇，她的報導使整個美國社會感到震撼。

之後不久，娜莉‧布萊去了約瑟夫‧普立茲創辦的《紐約世界報》(New York World)。在那裡，她寫的第一篇報導即為調查紐約布萊克韋島上瘋人院的文章──〈在瘋人院鐵欄的背後〉。娜莉‧布萊化裝成瘋子被送到島上關了十天，用親身經驗充分掌握了第一手資料。被保釋回來後，娜莉‧布萊寫下了自己在那裡的所見所聞：惡劣的食宿條件，冷酷的醫護人員，病人們忍受著非人的待遇，甚至有些體弱多病的老人也被關在這裡。文章一出再次引起輿論熱潮，政府被迫對瘋人院進行調查，並撥專款對其條件進行改善。

　　娜莉・布萊一舉成名了。然而，伴隨著十九世紀末二十世紀初美國教育的普及，在歷經七十多年風雨的美國女權運動的大背景下成長起來的「娜莉・布萊」們卻大多沒有這樣的好運氣。在當時，絕大多數的女性新聞工作者們被勒令只能報導譬如烹調技巧、家庭裝飾和時尚之類的所謂婦女新聞，這種情況直到二戰以前，絲毫沒有好轉的跡象。

《女學報》的 "Chinese Girl"

　　在中國，從唐代至十九世紀，有史可考的新聞事業已有千餘年的歷史，在這千餘年的傳播史中，看不到任何女性的身影，這種狀況一直持續到戊戌維新運動的開始。1897 年康有為的長女康同薇在維新派創辦的《新知報》中擔任撰稿人；1898 年 5 月，戊戌時期著名的才女裘毓芳參與創辦了《無錫話報》。

　　要說到中國女性最早的新聞活動，不能不說維新時期名噪一時的《女學報》。在《無錫話報》誕生的同年 7 月 24 日，中國第一份女報《女學報》在上海創刊。《女學報》充滿著女性色彩：該報為旬刊，每期為一單張四版，在報紙每期第一頁上都印有 "CHINESE GIRL'S PROGRESS" 的字樣；報紙的編輯和主筆都是當時聞名遐邇的名媛、才女，除了康同薇、裘毓芳外，還包括薛紹輝、劉可青、丁素清等當時的女學名流，她們的籍貫和姓名被刊登在報頭上，且署名幾乎全為她們的真名；《女學報》每期設論說、新聞、徵文等專欄，以白話文為寫作形式，報導女性學堂學會及女性社交活動，倡導男女平等，是當時上層婦女中最受歡迎的讀物之一。

在辛亥革命時期，掀起了第一次女性辦報高潮，民國初年，更有職業女報人出現，她們為辦報紙甚至散盡家財。這些女性，往往出身名門，有良好的教育背景，思想進步，不僅關心婦女命運，而且關心國家民眾命運，代表了那個時代中國知識女性發出的最強聲音。

「眼球經濟」的先驅

然而，在相當一段時間內，女記者仍屬鳳毛麟角，被精明的報館當做奇貨可居，成為「眼球經濟」的先驅，用以吸引大眾眼光。

娜莉‧布萊不僅是一個女性社會記者的先驅，在普立茲等人發起的「聳動新聞主義」極盛的年代，她也是報社最佳的噱頭工具，成為當時「策劃新聞」的主角。

最為著名的例子莫過於那次著名的環球旅行。1889 年 11 月 14 日，《紐約世界報》的女記者娜莉‧布萊從紐約出發，宣稱要打破儒勒‧凡爾納《環遊世界八十天》一書中虛構人物菲利亞斯‧福格環球旅行的時間紀錄。

在整個過程中，布萊乘船、乘火車、騎馬、划舢板，幾乎使用了當時所有可用的交通工具，期間不斷地給《紐約世界報》發回電報和信件。《紐約世界報》則不失時機地推出了有獎徵答：誰猜測的結果最接近娜莉‧布萊環遊世界實際所用時間，誰就能獲

得《紐約世界報》免費招待遊歐洲。據稱，整個活動期間，報社總共收到近一百萬人寄來的答案。舉國上下都以極大的熱情和好奇注視著她。此等盛況堪比曾讓人集體瘋狂的「超級女聲」，而且有過之而無不及——有人為她著書立傳，許多鮮花、火車、賽馬都以她的名字命名。當她乘火車橫跨美國時，每到一站，人們都來歡迎她；在堪薩斯州，有人讓她競選州長；當她抵達舊金山時，成千上萬的人到碼頭去迎接她。

花邊新聞的新寵

在舊時上海灘，拿著相機的記者是相當時髦的一個職業，而女記者就顯得更加風光。抗戰勝利後，上海報界吹起一股延攬女記者的風尚，其中許多女記者的風頭一點也不亞於女明星，成為受人追捧的對象，其穿著、相貌、舉止、用度、愛好、緋聞等等，無一不成為民眾茶餘飯後的談話資料，如《申報》旗下的謝寶珠，據說她「出入必要摩托車」，在推舉記者之花的大討論中，她也是熱門人物，關於她的緋聞更是層出不窮，甚至有好事者專門追蹤撰文〈謝寶珠情人〉、〈申報女記者謝寶珠落淚記〉等等。為了製造噱頭，甚至體育明星、三流歌星都紛紛加入記者的陣營，為女記者的花邊新聞不停添加猛料。可以說，這些女記者對當時上海八卦小報的生存和發展作出了「不可磨滅的貢獻」。

然而，「精華欲掩料應難」，即使是作為噱頭或時髦行業，仍然擋不住這些女性新聞人的奪人光芒。布萊成功了，她於 1890 年 1 月 25 日完成環遊世界一周，歷時七十二天六小時十一分十四秒，創造了環遊世界旅行的新紀錄。她自此被尊為「美國最佳女

記者」，新澤西州的州長評價她的行為：「美國婦女再也不會受人歧視了，她們將被看做是有決心的、有獨立精神的，並能在任何情況下照料自己的人。」

而 1946 年，國共調停在廬山時，謝寶珠和陳香梅成為當時廬山上僅有的兩位女記者，她們憑著自身的魅力和高超的社交能力，四處採訪，常能得到獨家新聞。那段時間謝寶珠的文章常登上《申報》的頭條，並拍攝下大量時效圖片。

戰地、政壇——王牌是如何造就的？

戰火紛飛的二十世紀製造了無數的人間悲劇，卻也在遍地硝煙中搖曳出許多著名的烽火佳人。正如二戰時期的戰地記者梅·亞當斯·克雷格 (May Adams Craig) 1944 年在美國婦女新聞俱樂部的講話中所說：「戰爭給了婦女一次展示她們在新聞界能做什麼的機會，並且她們做得很好。」

女記者們在政壇或戰場上的成功絕非偶然。正是這些女人們，用她們所擁有的細膩感知能力與充沛的情感投入，賦予了殘酷的現實不同以往的側面，讓冰冷的新聞也因此具有了震撼人心的力量，甚而殘酷的戰爭也能閃過一絲溫馨的人情。

在親眼目睹了納粹德國投降等事件後，瑪莎·蓋爾霍恩 (Martha Gellhorn) 寫下了一系列廣受讚響的戰地見聞。這些文章

反映出來的除了戰爭的殘酷外，還有人性的良知。在一篇題為〈戰爭的面孔〉的報導中，她這樣描述：「我們看到的已經很多；我們看到了太多的戰爭和太多的暴力死亡；我們看到了像肉鋪一樣血腥骯髒的醫院；我們看到無數屍首，像包裹一樣躺在馬路上。但這一切都遠不如這裡觸目驚心。這些被餓死的、被折磨致死的、赤身裸體的無名屍首最能體現戰爭的邪惡。」

瑪格麗特・希金斯是《紐約先驅論壇報》(*New York Herald Tribune*) 的記者，韓戰爆發兩天後，即入朝鮮採訪。希金斯目擊過戰爭雙方歷史上的第一次交鋒；在洛東江防線上，她一邊報導，一邊救護傷員。仁川登陸時，希金斯與陸戰隊員一起乘坐登陸艇在仁川港登陸；美軍跨過三八線，希金斯跟隨陸戰一師在東線進行採訪，目睹了陸戰隊從長津湖撤退到興南的整個過程。由於在朝鮮戰場上的出色報導，1951 年 7 月，希金斯獲得了普立茲獎。

被稱為「世界第一女記者」的法拉奇 (Oriana Fallaci) 最初的聲望便是從當戰地記者開始，她曾在越戰戰場上採訪，多次受傷但又幸運地大難不死，在源源不斷的報導中尖銳地揭露了越戰的殘酷；中東戰場上也留下過她的身影，她穿梭於炮火與冷槍之中，親眼目睹以色列與阿拉伯人的血腥殺戮。

戰爭是一把雙刃劍，它奪走生命、破壞家園，但同時，它又改變了人類運行的軌跡，讓女人在它的懷抱裡聲名鵲起，在槍林彈雨的戰場，這些不甘平庸的女性新聞人，用不同凡響的經歷、不畏艱險的敬業精神，以及堪與男人匹敵的報導才華，贏得了光榮和尊敬。

「牛角記者」法拉奇

　　女性在新聞史上從發出自己的聲音開始，就與政治、變革、革命聯繫在一起，而歷史也無數次向我們證明，女人一旦沾染政治就會煥發出別樣的光彩，在風波詭譎的政壇中，女性記者的名字格外富有傳奇色彩，因出色的政治報導而成為頭牌記者的例子屢見不鮮，如 CNN 的阿爾普曼。在這些人中，有一個名字是無法跨越的——奧莉亞納・法拉奇。

　　在中國，讀者多在二十世紀 1980 年代知道法拉奇這個名字。身為在改革開放後最早採訪中國領導人鄧小平的外國記者之一，法拉奇的犀利甚至尖刻的獨特風格給許多人留下了深刻印象。

　　很多著名的女記者都帶有自己獨特外顯的個人風格。法拉奇無疑是其中無法忽略的一位，她給採訪對象「設套」的本領以及尖刻犀利的採訪風格，讓幾乎所有被採訪者頭疼之餘又佩服之至。其實，從二十世紀 1960 年代開始，法拉奇就已活躍在國際新聞界，這位個子嬌小、相貌美麗的記者以「牛角提問」（西班牙一位著名的鬥牛士曾形容「她的問題就像那些牛角一樣對著我」）而知名，《紐約客》雜誌說她的採訪具有「有計畫的攻擊性」。從 1960 年代到 1980 年代，她曾採訪過多國領導人，有人稱她是「當代最偉大的政治採訪者」。

　　1972 年採訪季辛吉無疑是她最為經典的戰例。採訪之前，時任美國國務卿的季辛吉幾乎沒有在媒體上表露過心跡。採訪中，法拉奇讓季辛吉解釋他如何取得外交界的明星地位，一開始季辛吉躲閃這個問題，後來被法拉奇巧妙地引出了下面這番話：「有時，

奧莉亞納・法拉奇（圖片出處／Corbis）

我覺得自己就像狂野的西部故事中的一個牛仔，騎著馬，獨自指揮著一支大篷車隊。」還說：「我絲毫不怕失去民眾，我能使自己做到想說什麼就說什麼。」這篇採訪發表後，季辛吉遭到了輿論長達數月的批評和調侃。尼克森總統為此十分惱火，拒絕見季辛吉。為此，季辛吉稱，這次採訪是「一生中與媒體打交道最具災難性的一次」。

　　在伊朗採訪宗教領袖何梅尼的時候，談到婦女不能像男人一樣上學、工作，甚至不能去海灘、不能穿浴衣時，她問道：「順便問一句，您怎麼能穿著浴袍游泳呢？」

　　「這不關您的事，我們的風俗習慣與您無關，如果您不喜歡伊斯蘭服裝您可以不穿，因為這是為正當的年輕婦女準備的。」

　　「您真是太好了，既然您這麼說了，那麼我馬上就把這愚蠢

的中世紀破布脫下來。」她扯掉為示尊重而穿上的披風，把它扔在他的腳下。

　　何梅尼當即勃然大怒，暴跳如雷地衝出房間。然而法拉奇依舊不屈不撓，直到何梅尼答應第二天繼續接受採訪，她才離開。

　　二十世紀爆發的一系列戰爭不僅改變了世界版圖格局，也改變了性別權力格局。這場戰爭沒有讓女人走開，相反，全民動員的革命和對抗成為女性從業於新聞的助長劑。眾多女性新聞從業者們把握住了這一次展示的機會，在戰地記者產生一百五十餘年後，她們從容地加入了這個既光榮又危險，隨時遊走於死亡邊緣的職業行列，並用女性的智慧、勇氣以及寶貴的生命，在這頂桂冠上添上一道亮麗的玫瑰光環。

戰地悲歌

　　　戰地記者是個奇特的行業，它如毒品般或讓人敬而
遠之，或讓人難以離開；如在懸崖邊跳舞，它讓你遠離
平庸，又讓你在擁抱光榮和理想之際時刻準備接受死神
的祝福。這些開放在戰地的玫瑰因炮火而滋養盛開，卻
也因此演繹了一場又一場荼靡謝春的悲歌。

　　著名戰地攝影師卡帕 (Robert Capa) 有一句名言：「如果你拍得不夠好，是因為你靠得不夠近。」他的搭檔和紅顏知己格爾達·塔羅 (Gerda Taro) 是這一信條的身體力行者。格爾達·塔羅是二

戰時著名戰地記者羅伯特‧卡帕的塑造者，是她為這個原本默默無名的攝影師起了「羅伯特‧卡帕」的名字，並將卡帕先生的照片以高價出售，在歐洲導演出了一場卡帕熱。同時，她也是卡帕忠實的同行者，他們一起到各地採訪，在西班牙內戰的前線採訪時，她曾迎著佛朗哥空軍戰機的掃射拍攝機槍噴出的火舌。

　　然而這位天才的女性卻不幸英年早逝在戰場上，1937 年 7 月 22 日，卡帕從巴黎來電，告訴塔羅《生活》雜誌希望他們兩個前往中國，去採訪中國對日本的抗戰。然而在返回巴黎與愛人會合前，塔羅決定前往布倫特前線再拍攝一些前線的最新照片。7 月 23 日，她不顧危險，衝到第一線的戰壕裡，和共和派戰士共同經歷佛朗哥軍隊的炮擊和轟炸。當晚，布倫特被叛軍攻陷，塔羅撤出前線的路上，其乘坐的汽車被一輛撤退的政府軍坦克撞翻，塔羅身負重傷，是夜，這位擁有德國和西班牙雙重國籍的戰地攝影師因內出血香消玉殞，終年二十六歲。

　　1942 年 8 月，二戰開始，美國著名女攝影師瑪格麗特‧布克懷特 (Margaret Bourke-White) 奔赴前線進行採訪，在從北非去南非的途中，她所乘的船被魚雷擊沉，許多人喪身海底。她奮力游上一艘救生艇，與死神搏鬥了整整一個晚上，第二天獲救。1944 年，好萊塢電影導演希區考克根據她的經歷攝製成故事片《救生艇》。

　　2005 年 2 月 4 日，義大利《宣言報》五十七歲的女記者朱利亞娜‧斯格雷納 (Giuliana Sgrena) 和往常一樣，開車去巴格達的一座清真寺採訪。走到半路的時候，她的車子被一群武裝分子攔了下來。這位戰地女記者從這天起開始了一個月的被綁架生涯。從被綁架的第一天開始，求生的欲望，讓斯格雷納度日如年，那段日子，是她生命中走得最漫長的一段時間。而就在 3 月 4 日，

義大利女記者斯格雷納。
2005 年，她在巴格達街頭
採訪難民時遭到綁架，一個
月後被釋放。（圖片出處／
達志／ AP Images ）

斯格雷納被釋放的這一天，更為荒謬的事情發生了。當營救斯格
雷納的車子行駛到距離美軍重兵把守的機場不到一公里的時候，
周圍突然響起了密集的槍聲。「我只記得當時猛烈的火力了。子彈
像暴雨一樣傾瀉在我們的車上，永遠吞沒了數分鐘前還興高采烈
的聲音。」在這次美軍的誤襲中，義大利攝影師卡利帕里中彈身亡。

　　2006 年 10 月 7 日，因報導車臣問題而知名的俄羅斯女記者
安娜・波里科夫斯卡婭 (Anna Politkovskaya) 在她莫斯科寓所樓
內遭槍殺，年僅四十八歲。波里科夫斯卡婭生前為俄《新報》工
作，多次深入車臣發出現場報導。2002 年 10 月莫斯科人質事件
期間，她還進入車臣武裝人員劫持上千名人質的莫斯科軸承廠文
化宮，與武裝人員談判。莫斯科檢察部門高級官員羅辛斯基說，
調查人員懷疑，波里科夫斯卡婭遭殺害可能與她所做的報導有關。

而據稱，早在 2004 年 9 月震驚世界的貝斯蘭人質事件中，波里科夫斯卡婭就曾在搭乘飛機前往報導這一事件的途中病倒，表現出嚴重食物中毒症狀，她的同事懷疑，飛行途中有人在她喝的茶裡下毒。

曾是 CNN 王牌記者的克里斯蒂安·阿曼普爾 (Christiane Amanpour) 至今保留著一枚炸彈的外殼，就是這顆炸彈曾落在她身邊險些奪去她性命；《星期日泰晤士報》的女記者瑪麗·科爾文在斯里蘭卡採訪時遭襲，一隻眼睛被手榴彈炸瞎……。打開網頁搜索一下，女記者在採訪中遭遇危險的新聞層出不窮，也許，伴隨著探索的永遠是未知的艱險，觸摸真相就如同把玩一柄雙刃劍，必須時刻準備好付出慘痛代價。然而，遊走於危險和死亡邊緣的這些女性們，卻從未放棄享受這樣的執著，在生命的翅尖處她們靈動而舞，快慰得舉重若輕。

困惑的浪漫

　　「愛的鎖鏈是自由最沉重的羈絆。」法拉奇曾經說。不知道這是不是法拉奇對自己終身未婚的一個解釋。可是，這句話的確暗示了許多出類拔萃的女記者們多舛的情感命運。

1973 年，法拉奇在採訪中結識希臘抵抗運動領袖亞歷山德羅斯·帕納古利斯。帕納古利斯是個意志堅強的人，他曾被控謀殺

希臘獨裁者，一度在死亡邊緣徘徊，並遭囚禁，但始終堅持民主和真理。在法拉奇眼中，帕納古利斯是人類的英雄、革命的典範，於是，兩天後他們相愛了，並在一起生活了兩年，直到帕納古利斯被人謀殺。為了祭奠愛人，法拉奇撰寫了一本名為《人》的紀實小說。但是，帕納古利斯在世時，他們卻經常吵鬧甚至拳腳相加。有一次，帕納古利斯竟然一腳踢中法拉奇的肚子，致使有孕在身的法拉奇流產。此後，法拉奇再也沒生過孩子，她曾說，「有孩子的婦女」是她唯一嫉妒的人。

　　而如果說瑪莎・蓋爾霍恩與海明威之間的婚姻有過小說情節一般浪漫的開頭，那麼過程和結局就堪稱災難了。與海明威其他妻子相比，瑪莎是個徹頭徹尾的異類，她喜歡四處闖蕩，流連戰地，挖掘新聞。曾經一度，海明威對這個特立獨行的妻子深感驕傲，不僅與之共赴各地戰場，與她探討報導技巧，還教會她運用各種槍支。但隨著瑪莎・蓋爾霍恩因在戰地報導上的傑出表現聲名鵲起，海明威與她的矛盾也在加深。她拒絕丈夫對自己做一個「女僕式」妻子的安排，而她也對海明威的「鄉下佬」作風十分挑剔。因為反對海明威酗酒，她故意撞壞了他昂貴的林肯轎車；因為討厭海明威的貓，她趁他不在的時候，統統給牠們做了閹割；海明威沒完沒了的婚外情，讓她甚至發出了「同一個暴君般的畜生過著奴隸的生活」的激烈言論；最後瑪莎出走了。但是瑪莎離開海明威後的感情生活也不順利，她始終企圖逃開各種羈絆，最終孤獨地走到了生命的盡頭。

　　當然並不是所有的女記者都會在顛沛流離的情感之路上一去不回頭，在追尋新聞的過程中，她們也追尋到屬於自己的幸福。

　　陳香梅是國民黨中央通訊社的第一位女記者，十九歲即被選

中負責戰地一線的實地採訪，報導援華美軍飛虎隊的戰況，並由此結識了飛虎隊的組建者陳納德將軍。抗戰結束後，陳香梅被調往上海中央通訊社工作，而陳納德也重返中國，在上海成立了中美合作的民航空運公司。於是，他們重逢了，並碰撞出了愛的火花。1947 年，他們舉行了婚禮，是年，陳納德五十四歲，陳香梅二十三歲，這場姻緣也成為了中國新聞史上的一段佳話。

　　而今的約旦王妃在嫁入王室前，也曾是一名出色的女記者。

西班牙王儲費利佩迎娶美麗的新娘——前電視臺記者萊蒂齊亞。（圖片出處／AFP）

她曾參與了 1998 年科索沃戰爭的報導，伊拉克戰爭爆發前和戰後，她幾乎有兩年多的時間都待在伊拉克，並由此躍居 CNN 的一線記者。大概就是她的智慧和勇氣吸引了約旦親王阿里，2004 年，麗姆・卜拉希米 (Rym Brahimi) 辭去曾帶給她輝煌的戰地女記者工作，和約旦親王阿里宣布訂婚。

　　麗姆・卜拉希米並非第一個與王室結下姻緣的女記者，比她早幾個月，曾擔任西班牙公共電視頻道主持人和《阿貝賽報》記者的萊蒂齊亞・奧爾蒂斯・羅卡索拉諾 (Letizia Ortiz Rocasolano) 就與西班牙王子共結連理，並成為西班牙王室有史以來的第一位平民王妃。

　　圓滿也好，遺憾也罷，或許，對於這些智慧與勇氣兼備、美貌與聰穎並重的人世精靈而言，一地雞毛的情感太過瑣碎平庸，對自由和真相的渴望才是她們最確定的歸宿；又或許，在歷經生離死別、遍嘗高峰體驗之後，浪漫的重量已經成為生命中不能承受之輕。躑躅前行間，她們的腳印持續著傳奇，留下的是歷史的喟嘆和仰望。

施偉　沙小青

抗辯的權利
女律師的成長之路

　　「法官大人，各位陪審員，要維持一個有秩序的社會就必須尊重法治精神。」這是在各種影視劇中，我們經常聽到的律師話語，法庭上的女律師也是絕對的 legally blonde，她們機智幽默、理性專業、雄辯滔滔卻又侃侃而談。只是，在這無限風光的背後，沒有人會想到這一切的得來也只是四、五十年的事，哈佛法學院直到 1950 年才首次公開招收女生，第一位女院長直到 2003 年才出現。從 1960 年女性只占律師總數的 3.5%，到今日的30%，近十倍的增長，鑴刻著的是女性為爭取從事律師職業而作出的百年抗爭。

女性衝破重重阻礙之後，才得以在法律界占有一席之地。

「除非踏著我的屍體，
婦女休想進入法學院！」

　　儘管法律標榜公平公正，但當女性試圖闖入這個一
向由男性把持的領域時，卻遭遇到了層層的不公與阻礙。
從考取法學院學習到獲得從業資格再到出庭辯護，這個
向來推崇公平公正的領域卻處處為女性設置關卡，「除非
踏著我的屍體，婦女休想進入法學院！」——時任美國哥
倫比亞法學院院長、後來成為聯邦最高法院首席大法官
的哈蘭·斯通在 1927 年所宣稱的上述話語，還只是諸多
阻礙的一個側影而已。

　　「法庭上不需要女人。女人該做的就是待在家裡，等著她們
的丈夫回家。她們應該看著孩子，做飯，鋪床，洗碗，打掃衛生。」
這是很長一段時間以來，人們對於女性角色的普遍認知，「她們太
柔弱，並且不夠聰明，根本就不適合法庭上的司法爭端！」所以，
當 1879 年初，日後成為美國加州第一位女律師的克拉拉·福爾茨
第一次向加州黑斯廷斯法學院申請入學時，校方斷然拒絕了她的
請求，理由是：女性的出現會「分散男生的注意力」。
　　除了這些五花八門、似是而非的藉口之外，女子們所要面對
的，還有更加威嚴的來自法律本身的依據。
　　1913 年，英國的四名女律師試圖參加執業資格考試，以獲取

進入法律界的合法身分，英國律師協會以性別為由拒絕她們參加考試。四人於是將該案提交至上訴法庭，結果上訴法庭維持了律師協會的決定。法官判定：依據《律師法案》的定義，女性，不能被認為是「人」。

在大西洋的另一邊，美國首位女律師邁拉‧布拉德維爾同樣由於性別原因在 1872 年被伊利諾州法院拒絕授予律師資格。而此前她已經以優異的成績通過了律師考試。在當時美國大多數州的

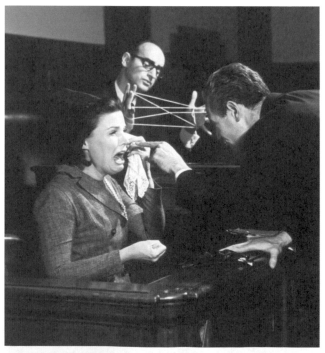

在很長的一段時間裡，女性在諸多國家被明文禁止從事律師職業，他們理所當然地認為「女性太柔弱，並且不夠聰明，根本就不適合法庭上的司法爭端！」

法律中，凡提及律師之處，都默認為男性，一律用「他」來指代，女性似乎沒有被禁止當律師，她們只是完全被忽略了。可是邁拉不允許這種被忽略，她提出了上訴，結果被州最高法院駁回，理由是邁拉是女性。伊利諾州對婦女一旦從事律師這一行將對整個司法制度的管理造成的影響感到擔心。極度失望的邁拉繼續上訴至聯邦最高法院，起訴伊利諾州法律侵犯了憲法賦予每個公民從事自己選擇職業的權利。

為了能夠勝訴，邁拉甚至做出了將辯護觀點改為「女性有權做律師，但無權投票」的讓步，但聯邦最高法院仍以邁拉是女性為由再次拒絕給予她律師資格。判決稱，所有美國公民都有權從事自己選擇的職業，但是，做律師的權利卻不包括在內。一位大法官甚至提出，男女分工不同，婦女就應該根據造物主的旨意待在家裡，承擔做母親和妻子的職責，而不是到法庭上，接觸生活中醜惡的東西。

嚴謹的法律在這一刻自相矛盾，手忙腳亂。

儘管邁拉一案最終敗訴，但卻在全美乃至世界範圍內為女性爭取律師權開創了先河。此後希望進入法律行業的女性開始了更加積極的活動，一些地方的法律法規逐漸出現鬆動，律師界再也不是男性獨霸的天下。

1880 年，貝爾瓦・洛克伍德 (Belva Lockwood) 成為在美國最高法院進行辯護的第一位女律師。

1890 年，伊利諾州最高法院終於決定給予邁拉做律師的許可。兩年後，在時任司法部長米勒的幫助下，美國聯邦最高法院也做出同樣決定。雖然邁拉在 1894 年就因癌症去世，畢其一生都未能在她嚮往的法律行業工作過一天，但她終究在生命中的最後

時光裡達成了心願。

　　1900 年，法國終於允許拿到法律學士文憑的婦女從事律師職業。法令頒布不到二十四小時，一位名叫珀蒂的夫人就來到巴黎上訴法庭，按照法律規定參加律師宣誓。她舉起戴著好幾枚戒指的右手，用激動得有些顫抖的聲音說道：「我宣誓……」嚴肅莊重的律師袍下，是她那特有的女性的高雅和嬌柔，在周圍層層男性司法人員的注視下，這是任何律師袍都勝不過的美。

三個時代，一種命運──抗爭

　　十九世紀末二十世紀初、二戰前後以及民權運動影響下的 1980 年代，在整個人類歷史上，這三個時代也許最終會幻化成一組組冷冰冰的數字，然而，在女性爭取律師職業權益的過程中，這三個時代卻在依次漸進地反映著女性們為此所作出的持續不斷的抗爭。時代在變，而女性律師的命運則依然需要繼續披荊斬棘。

貝爾瓦・洛克伍德：
她讓聯邦高法第一次聽到女性的聲音

　　十九世紀末二十世紀初，女性開始進入法律行業，但她們中間只有很少一部分人成功衝破了社會文化的藩籬。那些有著遠大抱負的女性面臨著來自各方的壓力和敵視，只有真正勇敢的人才

能堅持下去。而其中最勇敢的，或許就是貝爾瓦·洛克伍德了。

一開始，她只是一介農婦。然而不幸的災難讓她不得不自力更生，最終她被鍛造成了一個時代的先驅：第一位不顧世俗的眼光公開騎自行車的女子，第一位在美國最高法院進行辯護的女律師，第一位競選美國總統的女性。

貝爾瓦·洛克伍德，原名貝爾瓦·班尼特，出生在紐約羅亞爾頓鎮的一個農民家庭。十四歲時，她已經在當地的小學教書。

作為第一位在美國最高法院進行辯護的女律師，第一位競選美國總統的女性，貝爾瓦·洛克伍德毫無疑義地成為女性爭取權益的先驅。

到了十八歲，貝爾瓦順應習俗嫁給了當地一位農民。

如果不是丈夫在婚後五年死於肺結核，貝爾瓦的一生也許就會一直如此地平淡安寧。可是丈夫的突然過世，使得家庭的全部重擔一下子全壓到了貝爾瓦身上。她很快意識到，要想養活自己和三歲的女兒，就必須接受更高的教育。貝爾瓦開始進入一所中學學習，為考大學做準備，這讓許多朋友都無法理解。因為當時的大部分女性都不會接受高等教育，更何況還是一個帶著孩子的寡婦。然而，貝爾瓦決心已下，並成功說服了傑納西學院錄取了她。

也正是在傑納西學院學習期間,貝爾瓦第一次被法律所吸引。為了給自己在法律行業的發展提供更良好的機遇，1866 年，貝爾瓦帶著女兒搬到了美國的權力中心——華盛頓。她開辦了一所男女同校的私立學校，並開始深入研習法律。1869 年，時任哥倫比亞大學法學院院長的喬治・薩穆森邀請貝爾瓦去學院聽一個講座，貝爾瓦欣然應允，而這簡短的一句「好的」也成為了她爭取律師職業權益漫漫長路的開端。

在哥倫比亞大學聽過講座之後，貝爾瓦便報名參加了該校的入學考試。但入學之路並不那麼好走。幾天之後，薩穆森院長寄來了一張便條：「夫人，經過磋商，本院的教職員認為不宜錄取您入學，因為這很可能不利於年輕男性。」同時她的入學費也被退了回來。

貝爾瓦後來說，薩穆森的這一回復無異於抽了她一耳光，這是對她權利的蔑視，僅僅就因為他們認為她的權利會與那些「年輕男性」的權利相衝突。

迫切渴望進入法律界的貝爾瓦不願就此離開。不久之後，她

等來了一個機會。1871 年初，國立大學法學院（即後來的華盛頓大學法學院）邀請十五名女性入讀法律課程，貝爾瓦也在其中。但沒想到的是，雖然她們可以和男生一起聽講座，平時的課程卻是分開的。更有甚者，一些固執守舊的男生拒絕與女性一起聽課，有些人還宣稱決不與女人一起畢業。校方不得不作出妥協，結果她們連講座也不能聽了。幾名女生在第一學期結束時就憤而離校，一年之後又有幾個人退學。堅持到最後的只有貝爾瓦和另一名女生。而她們之所以能夠堅持下來，就是為了那個法律學位。

　　現實再次搧了她們一耳光。校方稱，由於她們所學的課時不夠長，將無法獲得學位，並且她們不能與男生一起參加畢業典禮。

　　沒有學位，她們就無法進入華盛頓法律界。貝爾瓦開始通過各種方式向校方施壓，向知名律師求助，在媒體上撰文呼籲，而與她一起堅持讀完課程的那位女同學最終選擇了放棄，離開了華盛頓。

　　最後，貝爾瓦給時任總統、國立大學法學院前院長格蘭特寫了兩封信。第一封敘述了自己的遭遇。這封信寄出沒多久，貝爾瓦就接著寫了第二封：「先生，您曾是國立大學法學院的院長。或者，您不是。如果您是，那麼我想告訴您，我完成了學院所有課程的學習，有資格獲得學位，我也想得到學位。如果您不是法學院院長，那我請您把您的名字從法學院的文件上劃掉，不要在世人面前亮出您所不具有的身分！」

　　格蘭特總統沒有回信。但兩週之後，國立大學校長就授予了貝爾瓦學位。那一年，她四十三歲。

　　不管怎樣，貝爾瓦總算進入了華盛頓律師界。儘管有幾位法官當面告訴她，他們對她沒有信心。在此後的職業生涯中她需要

不斷戰勝這樣的阻力。因為在她最初的一場官司裡，當她試圖進入州法庭時，一位法官對她大加呵斥，告訴她說，上帝親自認定了女性與男性是不同的。並且永遠也不可能相同。當她試圖為自己辯護時，這名法官說她沒有權利在法庭上發言，將她逐出了法庭。

可是貝爾瓦仍然選擇了自己開設一家小型律師事務所。她到各個州為人代理辯護，而且絕大多數的案件，她都是獨自代理。起初她接手的主要是家庭、離婚方面的案子，到 1875 年時，她已經開始吸引到一些被控較為嚴重罪名的客戶，這些業務讓她有機會走到了華盛頓最高法院刑事庭的法官們面前。

1880 年 12 月 1 日，貝爾瓦作為「凱撒訴斯蒂克尼」一案的原告律師之一，走進了美國最高法院。當天的報紙在頭版對案件進行了報導。庭審開始後，另一位原告律師開始做辯護陳詞，隨後便與被告律師就法律條款展開了辯論。就在法庭攻防進入關鍵性的最後一環時，一直坐在律師席上的貝爾瓦站了起來，向法官請求發言。在周圍清一色的男性法官面前，貝爾瓦既沒有表現出女性天生的羞怯，也沒有顯得過於柔弱。幾位法官同意了她的請求。這位年屆半百的婦人於是用平靜、溫和而又堅定的語氣向法官闡述了她對這起案件的觀點。她說了二十分鐘。或許當時所有人都沒有意識到，在這波瀾不驚的二十分鐘裡，美國聯邦最高法院首次聽到了女性在這裡參與法庭辯論的聲音。

而早在一年前，同樣是在貝爾瓦的努力和見證下，國會通過了反歧視法案，該法案允許女性律師與男性同行獲得同樣進入法庭的權利。曾經挨過的「耳光」，貝爾瓦都會一一補償回來。

吉賽爾・哈里米：與沙特、波娃並肩戰鬥

　　二戰前後風起雲湧的年代，女性律師的職業內容和抗爭方向也不知不覺地烙上了那個時代的印記——平權、獨立以及各種運動。其中，印記最深並且至今仍發揮影響的也許就屬法國第一女律師吉賽爾・哈里米 (Gisèle Halimi) 了。她是沙特與波娃的御用律師，她與沙特、波娃一起參與了同情阿爾及利亞殖民地解放運動的戰鬥，從 1970 年與西蒙・波娃共同發起成立婦女權利聯盟至今，她一直擔任著理事長一職。「反抗到底」，這是法國第一女律師的箴言，永遠是這句話，永遠是這條路。

　　吉賽爾・哈里米 2011 年已是八十四歲高齡了，可是多年來養成的伸張正義與人權的習慣，使得她至今依然堅持不懈地忙碌奔走。「我是一個女人，身處 1950 年代，投入到一行男性專屬的職業，背負著女性的命運。」出於對兩性不公的深刻體驗，在吉賽爾出版的個人傳記裡這是最經常出現的話語。

　　律師這個職業，是吉賽爾從孩童時期便極力希望投身其中的。1927 年生於法屬突尼西亞的吉賽爾，父親是北非原住民，母親則是猶太人。從小就具備反叛精神的吉賽爾，年幼時便絕食抗議家中強制女孩子擔負所有家務的規定。她想盡辦法繼續學業念書，以便逃避家裡為她定在十五歲的一門親事，因為對象是個大她整整二十五歲的油商。同樣地，她也完全不服從當地女孩子足不出戶、保持緘默的習俗。她甚至隻身遠赴巴黎求學，修習法律課程。1948 年加入突尼斯律師團組織，1956 年更是成為巴黎律師團組織的一員。

　　可是天生富有反抗精神的吉賽爾，在從事律師職業後的第一場官司，就面臨著來自性別的質疑。那是在法屬殖民地阿爾及利亞軍事法庭上，吉賽爾身穿寬闊律師黑袍、肩披兔毛滾邊的帶飾，開庭之前，挺直腰桿向法官報到：「法庭奉派實習女律師吉賽爾‧哈里米，為被告辯護。」庭上的一位上校面露微笑，一派軍官口吻：「女律師？有女律師這種說法嗎？」

　　如此不經意的怠慢，卻絕對會讓整個軍事法庭制度悔不當初。因為，在餘下的八年裡，在整個法屬殖民地阿爾及利亞獨立運動風起雲湧的歷史時期，吉賽爾會一直站在「叛亂分子」一方，成為當局最痛恨、最想祕密處決的辯護律師。

　　當時的法屬阿爾及利亞，已經陷入「叛亂—鎮壓—叛亂」的惡性循環，司法正義完全融入軍政機制，法官全部來自於軍人，開槍抑或判刑，兩者之間已經界限模糊。因為它們都為同一個目的：不計任何手段，重建法國威權秩序。在此背景下，律師的辯護權利受到嚴重損害，司法舞弊、酷刑拷打如同常理，吉賽爾清楚自己不可能袖手旁觀。

　　1956 年 12 月 28 日，阿爾及利亞跨聯邦市長佛羅傑遭到暗殺。兩天後的葬禮上，一萬多名法國統治的支持者散布街頭，高喊「法屬阿爾及利亞」口號，對當地人展開追逐，結果引發一場與阿爾及利亞土著民眾的激烈衝突，有些人被活活打死。幾週之後，一個「無姓人」被捕，被指控是殺害佛羅傑的兇手。吉賽爾毅然擔當起他的辯護律師。

　　可是官司只審了兩天，當事人就被判處死刑。在整個答辯過程中，沒有傳喚證人，沒有對質，也沒有重建犯罪現場，法庭上，被告再三抗議，聲明自己是清白的，他展示身上挨受酷刑拷打的

吉賽爾（右）與沙特為反對酷刑而到處奔走呼告（圖片出處／AFP）

傷痕。傷口如此之深的繩索勒痕，吉賽爾還是第一次看到。

　　十一天嚴刑拷打之下逼出的口供能算數嗎？吉賽爾將這樁酷刑逼供的案件揭之於世，於是宣判日隔日，法國本土各地發起了全國反酷刑日運動。許多名流士紳，包括沙特，呼籲政府談判。吉賽爾趁勢提出上訴。開庭時，政府特使一開口就展開了對吉賽爾的肆意攻擊。他宣稱「吉賽爾‧哈里米根本沒有資格穿上律師袍！」因為「她既不是一位女律師，也不是法國人！」「必須起訴她！」

　　最高法院、政府特使起訴指控律師？法國各報章一片譁然，《解放報》高呼「救救律師公會會長和掌璽大臣!」可是就在這場鬧劇發生的當晚，吉賽爾的上訴案被駁回。吉賽爾只能要求晉見總統請求特赦。1957 年 7 月 15 日，經過多方努力，吉賽爾終於在愛麗舍宮見到了時任總統寇帝，而總統直接開門見山:「這件案子很嚴重。」「謀殺市長的犯人必須受到嚴懲。」吉賽爾再也無法忍受不公，她衝口而出:「反正您就是需要一個人頂罪。這才是真相。兇手是誰根本就不重要!」最終，總統答應會再仔細審查這份檔案。

　　酷刑就是法國國罪，為了昭示歷史真相，吉賽爾起草，並與沙特等十二位代表共同簽署了一份公開請願書，同時為了強烈指控法國軍隊的刑訊逼供，她又與波娃一起合作出版了最有名的《佳蜜拉‧布帕莎事件》。《佳蜜拉‧布帕莎事件》第一次向世人揭露了法國軍政府對當地婦女的任意身心摧殘，那也是第一次，吉賽爾強烈地感受到自己被女性命運所羈絆。

　　隨著阿爾及利亞形勢的變化，吉賽爾的處境已經越來越危險，她曾經與兩位律師朋友，共同合作揭發酷刑體系，然而另外兩人均先後在同一間事務所遭到殺害。更有同事在前往法庭的途中失蹤，沒有留下任何蛛絲馬跡。吉賽爾也已經第三次接到了死亡令，發信單位是政府祕密軍隊組織，他們宣稱「無論何處」，都須將她「即刻」消滅。

　　1958 年 5 月 13 日，阿爾及爾發生軍事暴動，吉賽爾在開往馬賽的船上被政府軍逮捕。在法國，電視新聞播出了吉賽爾下船的畫面，她被士兵和機關槍抵著背心向前推，出於本能，吉賽爾試圖反抗，端槍的士兵揚言「再動，就槍斃你!」然後，這位象徵著文明、秩序的律師被架上了一輛覆蓋帆布的軍用卡車。

　　這次被捕最終為吉賽爾贏來了巨大的聲響，同時也讓她對人權的認知更加深入。遏制層層串聯的權力勾結，以維護每個人自身的人性尊嚴受到尊重，這是吉賽爾從業的理念，而每個人的人性尊嚴，同樣也包含了每個女人的人性尊嚴，因此從 1960 年代後期開始，吉賽爾將越來越多的精力用於反抗社會對女性的不公方面。1970 年，吉賽爾與波娃共同發起成立了婦女權利聯盟，為伸張女性生育、墮胎等多項權利而長期戰鬥，她至今一直擔任著理事長一職。在 1971 年發表公開支持墮胎的「三四三宣言」裡，吉賽爾是簽署人中唯一的一位律師。1972 年，她為因強暴受孕而被控違法墮胎的十六歲少女辯護，開庭之初她就明確表示：被控的女人不是來法庭上道歉或是認罪的，也不需要請求法律開恩，我們該審判的正是這個不合理的法條。

　　然而吉賽爾所發出的確認強暴為刑事案件的訴求直到 1980 年才終獲立法確認。到上世紀 1980 年代，在擔任國會議員期間，吉賽爾推動了死刑的廢除，還廢除了同性戀在當時法律上所認定的民事罪。1996 至 1998 年間，更是任職於政府政治委員會兩性平等觀察團。「時代在變，律師有時必須適時地『離法叛道』，回頭反擊既存法條，才能使法律真正臻於保障人權及自由的理想境地。」這就是吉賽爾反抗至今的信條，而女性的身分，使得她對社會不公的體認更加感同身受，因而反抗也更加決絕。

桑德拉・奧康納：婦女解放運動的榮耀與碩果

　　正是民權運動影響下的 1980 年代孕育出了桑德拉・奧康納（Sandra O'Connor）——美國歷史上第一位最高法院女性大法官。

奧康納在任職的二十四年裡對美國社會的發展產生的影響是毋庸置疑的，甚至有人曾說：「我們實際上是生活在奧康納時代的美國。」因為是她，在 1992 年，以關鍵的一票幫助維護了最高法院在 1973 年肯定墮胎合法性的判決，2000 年美國總統大選，也是她的一票，駁回了高爾要求重新計票的請求，最終讓布希入主白宮。

是美國西南部遼闊的原野，生活的艱辛培養了奧康納剛強不屈的性格。1930 年 3 月，桑德拉‧奧康納出生於德州一個偏遠的大牧場。那裡既沒有電，也沒有自來水，離最近的城鎮五十七公里，和他們一家最近的鄰居也都在十九公里以外。

生活在這樣一個孤獨環境中的奧康納，很小的時候就開始廣泛涉獵書籍，並且與牧場上的牛仔們成了好朋友。而這自然而成的牛仔氣質更在日後幫她扭轉了乾坤。

如果沒有父母的那樁法律糾紛，也許奧康納也只是往返於公司和家庭之間的普通白領。可是當二十歲的奧康納即將順利取得史丹佛大學經濟學學位時，牧場的一樁法律糾紛，激起了奧康納對法律的興趣。1950 年大學畢業後，她進入史丹佛大學法學院，並立志做一名律師。

奧康納目標明確，行動迅速，本該念三年的法學院課程她兩年就修完了。1952 年，奧康納從史丹佛法學院畢業，成績在一百零二位學生中名列第三。可是儘管成績優異，又畢業於名校，由於性別關係，竟然沒有一家律師事務所願意雇用她。她花了好幾個月時間終於說服了加利福尼亞聖瑪圖縣一個區法官雇用了自己，可是委曲求全的處境是奧康納最不能接受的。她毅然辭職，決定開設自己的律師事務所，由於沒有專長，又沒有名氣，最開

始的那幾年裡，奧康納的律師工作並不好做。

　　在選擇結婚生子，暫時放棄律師工作期間，奧康納也在積極地思考自己職業生涯何去何從。直接從事律師職業的現實之路已然越走越窄，而奧康納清楚地知道，能改變這一局面唯有從政。她開始積極參加亞利桑那州共和黨的活動。正是由於和州共和黨的關係，奧康納在做了五年家庭主婦後，出任亞利桑那州檢察長助理。

　　在做了四年州檢察長助理之後，奧康納以補缺的形式成為州議會參議員，並最終成為州參議院多數黨領袖。現在，她有機會實現自己最初的夢想了——讓女性活躍在美國法律界。

　　於是在 1974 年，奧康納放棄州參議員職位，競選地方高等法院法官，最終在選舉中艱難勝出。1979 年，奧康納被州長任命為第一位高等法院女法官。在她的倡導下，關於工人報酬、離婚、犯罪認定、不動產等等一系列法律得以修訂或制訂。

　　隨著美國女權運動日益興起，共和黨陷入「性別歧視」的困境。適逢 1981 年，美國聯邦最高法院法官斯圖爾特決定退休，於是時任總統的共和黨領袖雷根想要挑選一名女性大法官。1981 年時的美國，女法官寥寥無幾，而且稍有聲望的女性幾乎都是民主黨人。於是驕陽似火的 7 月，整個白宮都在為提名一名女性大法官而忙碌。雷根的辦公桌上，已經列出了一張長長的名單。在此關鍵時刻，前司法部部長助理、最高法院大法官倫奎斯特，也是奧康納法學院時的同學和多年的同事，鼎力向雷根舉薦支持墮胎合法化的參議員奧康納。同時，生長於中部的雷根總統，狂熱地嚮往西部牛仔生涯，而奧康納與生俱來的狂傲西部牛仔氣質使得在赴白宮接受總統面試時，兩人一見如故，談笑風生。

1981 年，奧康納在國會參議院聽證會上接受議員有關聯邦法院大法官提名的詢問。（圖片出處／達志／ AP Images ）

經過反覆醞釀和慎重考慮，雷根最終決定提名奧康納為最高法院大法官。在宣布提名奧康納時，雷根說道：「毫無疑問，一個總統所能提名的最令人尊重的任命是聯邦法院大法官的人選。……因此，我在此莊嚴地宣布，在所有的司法人員中，任命一位高水準、完全符合要求的女性擔當此職。」

1981 年 9 月 25 日，華盛頓的街頭，人們的目光緊緊地鎖定在電視大銀幕上，而畫面定格在奧康納身上。在美國國會參議院聽證會上，奧康納談吐得體，應對自如。她首先向那些致力於女性解放運動的女性表示感謝，感謝她們的努力和抗爭，使她有被提名擔任此職的可能。她說：「作為第一個女性聯邦法院大法官的提名人，我感到非常榮幸，但我會同過去的和現在的數百萬美國

女性一起分享這份榮耀，是她們的聰明才智和所作所為，給我提供這樣一個為大家服務的機會。」

最終，參議院以九十九票同意、零票反對做出表決，迅速批准了任命。這種「一致決定、全票通過」的情況相當罕見。而桑德拉‧奧康納也作為美國聯邦最高法院第一位女性大法官被載入了史冊。然而直到此時，對女性權益的維護和促進才剛剛開始。

律師事務所女性合夥人：
終於撞破玻璃天花板的那 18%

　　　　在全球範圍內，律師事務所已經成為律政人員存在的主要形式，大型的商業化律師事務所已經被公認為律師業的精英階層，然而在實習女律師比例已經約占 50% 的情況下，律師事務所合夥人中女性的比例卻很少超過 20%，即便是在已有一百二十萬執業律師的美國，女性合夥人也只是占到 18%，一層玻璃天花板橫亙在其中，進而也越加顯得克莉斯汀‧拉加德 (Christine Lagarde) ──這位曾經使國際排名第一的頂尖律師事務所贏利超過十億的女性主席更加彌足珍貴。

　　在成為法國財長之前，拉加德更為人所熟知的身分是貝克‧麥肯思國際律師事務所執行委員會主席。作為有著六十年歷史，國際排名第一的頂尖律師事務所，「貝克‧麥肯思」由來自三十多

個國家的三千三百多名律師組成，在全球設有六十五家辦事處。
1981 年，從法國巴黎政治學院畢業後，拉加德加入貝克‧麥肯思
工作，最初她只是律師事務所裡一介默默無聞的女律師，經過不
懈地努力，她漸漸成為《反托拉斯法》和《勞動法》方面的法律
專家。僅僅六年後，她便從一個普通的職員升為該公司的合夥人，
擔任巴黎辦事處主管。而在這個以男性為主導的行業裡，在這間
由中老年美國白人男性所組成的律師事務所裡，拉加德之所以能
衝破玻璃天花板，取得如此的成就，原因就在於她從不妥協，「做
你自己，除了做你自己，沒有其他成功的祕密。從不模仿男性，
努力工作，誠實做人」。

拉加德領導下的全球頂尖律
師事務所「貝克‧麥肯思」，
營業額曾創下了年增長 50%
的傲人業績。不知此次就任法
國財長，這一輝煌能否再次上
演？（圖片出處／達志／ AP
Images）

正是這份誠實與努力，使得拉加德 1997 年被任命為歐洲總負責人。繼而又在 1999 年 10 月被選為貝克・麥肯思全球執行委員會主席。這是這家成立於 1949 年的律師事務所第一次迎來一位女性主席，而拉加德則用她傲人的業績表明這個主席的頭銜她當之無愧。2001 年，拉加德領導的貝克・麥肯思淨收入突破記錄，達到史無前例的十億美元，而且還在全球範圍取得執業的優異成績與各種嘉獎。至 2001 年底，貝克・麥肯思營業額增長了 50%，總收入增長 22%。同時，事務所的規模也在繼續擴大，其合夥人第一次里程碑式地超過了一千人。

傲人的業績使得在 2002 年 10 月份，貝克・麥肯思以 98% 的絕對支持票通過了將拉加德任期延長一年的決議。從此，拉加德掌舵的貝克・麥肯思巨輪，在國際律師界乘風破浪，不斷超越，拉加德也逐漸蜚聲國際，2002 年，《華爾街日報》歐洲版公布了歐洲商界女強人的排行榜，拉加德名列第五，是律師行業唯一當選的人，美國《富比士》雜誌評出的「2006 年世界女性一百強」中，她的名字亦赫然在列。貝克・麥肯思時期的事業巔峰最終將拉加德推至法國財長這一全新高度。

如今，在律師界取得光輝成就的不只是拉加德了。

瑪莎・巴內特 (Martha Barnett) 身為全美最大律師事務所「霍蘭德・奈特」的合夥人，她也是該事務所聘請的第一位女律師，如今瑪莎已成為美國律師協會第一位女會長；流淌著英國貴族血液的菲奧娜・沙克爾頓 (Fiona Shackleton) 則是全球律師事務所五百強之一、英國皇家多次聘用的律師事務所 "Farrer and Co" 的合夥人，她曾代表查爾斯王子，處理了查爾斯王子與黛安娜的離婚案，並因其出眾的實力，2005 年被提名為皇家中尉，繼續擔任

威廉王子和哈利王子的事務律師。同行都尊敬地稱呼她為「鋼木蘭」。

　　而無論是「鋼木蘭」，還是其他讚譽，這些成功的女性律師向人們所展示的均是女性獨立、自信而又抗爭到底、毫不妥協的一面，身為女人，不僅可以成為自由、公理與正義的代言人，而且可以成為自由選擇職業、有尊嚴的人。

嘉文　雪梅　雅莉

重塑世界

女間諜的蹤跡追尋

　　從古至今，沒有一個職業像「間諜」一樣賦予女性如此之多的神祕色彩，也沒有一個職業能像它一樣最大限度地彰顯女性的膽識和睿智。戰爭時期，一批批來自不同國家、不同背景的女性投身諜海；在和平的今天，她們仍然為公正、平等的信仰繼續戰鬥。有形、無形的戰爭改變了她們的命運，她們卻改寫了歷史。

克里斯蒂娜·科勒（右）與曼迪·米茲·戴維斯（左）是上世紀 1950、1960
年代的著名女間諜。（圖片出處／Corbis）

絕不只是施展美人計

　　直到今天，人們對女間諜的第一印象大概還流於表面：她們依靠在男性面前施展魅力來換取情報。但在有據可查的關於女間諜的資料中，我們看到，使她們得以完成任務的是過人的膽識和機智。就連瑪塔‧哈麗(Mata Hari)這位迷倒了無數男性的「諜報女王」，最終得以成為「世界最著名的十大超級女間諜」，憑藉的還是她那著名的「哈式急智」。

　　在西方間諜學校的教材中，明確提到的「世界上第一個女間諜」是《聖經》中記載的生活於西元前十世紀一個叫娣萊拉的女人，人稱「將女人的性功能融為諜報技能的催化劑」。或許自她開始，關於女間諜與「色情」之間關聯的討論就沒有終止過。對於戰爭中的女性色情諜報，二戰期間英國諜報機構專門負責招募女間諜的西邁爾‧傑普森曾有過這樣一番論述：「空襲摧毀了家庭，剝奪了孩子的生命，所有的自然法都賦予了每個女人守衛的權利，賦予了她們使用一切可能的方法去找到並消滅使用這些炸彈的惡魔的權利，甚至包括使用肉體和武力。色情？當然有了，而且還不少，但是這沒什麼奇怪的。戰爭是人類原始本能的巨大催化劑，首要的是占有領土，然後是繁衍後代。在一定的情況下，色情是很正常的，而且一點也沒有壞處。」

　　瑪塔・哈麗是一戰期間最著名的色情女間諜，是一位先後受雇於德國和法國的雙面間諜。「無數醉倒在她懷裡的男人們可以經受住任何嚴刑拷打的折磨，卻經受不住她魅力的折磨。」但是，讓她享有「諜報女王」美譽的絕不僅僅是嫵媚的美人計，間諜專家們認為，瑪塔・哈麗最重要的諜技是能準確有效地運用急智，這一點在她竊取英國 H-19 坦克設計圖過程中表現得最為突出。此次任務之後，她給後人留下了值得稱頌的「哈式急智」，還有那組簡單卻複雜的數字 "213515"。

　　一戰中，隱藏在聯軍上層的德國間諜得知，有一份英國 H-19型坦克設計圖藏在法軍統帥高級機要官莫爾根將軍家中的密庫裡。這是法軍特意從英軍那裡索要來準備進一步研製的武器，對德軍十分不利。得到這一絕密文件的任務被分派到了為德軍立下數次汗馬功勞的瑪塔身上，他們要求她儘快得到情報。她接到命令後淡然一笑，當即回電：「請靜候佳音。」

　　瑪塔首先籌備了一次家庭舞會，並巧妙託詞請同莫爾根相熟的朋友邀請他前來赴會。在舞會上，她很大方地與莫爾根相識。事後，她多次藉故拜訪他，很快贏得了對方的心。在莫爾根書房裡的一幅古典油畫後面她發現了密庫。看到庫門上一個印有數字0 到 9 的撥盤，她立即斷定那是一個密碼鎖。她藉一切機會在將軍家裡的所有地方翻找密碼，但均告失敗。將實情電告柏林後，她的上司來電：「工作仍有成績，萬勿失望；據可靠消息，該庫密碼為六位數；你務必親自試開，二十四小時內把膠捲送出，不得有誤。」

　　當晚，在瑪塔和莫爾根共進晚餐之時，她悄悄把大量安眠藥倒入了他的酒杯。待將軍酣睡後，她躡手躡腳地進入書房，開始

瑪塔‧哈麗是位集美貌和智慧於一身的「超級間諜」，如果有哪個女間諜被稱為「第二個瑪塔‧哈麗」，她一定倍感驕傲和自豪。

試對密碼。行動前，她曾給一位熟識的數學博士打過電話，博士不假思索地回答她，九個數字組成的六位密碼有 531441 種可能。在將近兩個小時的努力之後，密庫的門依然緊閉。這時，天已微微發亮，聽到女僕在隔壁房間打掃的聲音，瑪塔的第一反應是離開書房，否則萬一被女僕看到，傳到莫爾根那裡，他一定會對自己起疑心。

但時間緊迫不容等待，思索片刻後，瑪塔對自己說：「不，我不能這樣認輸！」想起六十歲的莫爾根曾對自己說過，由於年紀過大導致他的記憶力銳減，雖然小心謹慎的他一定不會將密碼寫到本子上，但必定會將它安置在密庫四周，以便開庫門時輕鬆可見。

她抬眼看到了牆上停在 9 時 35 分 15 秒的掛鐘，此時黎明將近，為什麼鐘錶的時間卻是上午？瑪塔記起莫爾根跟她說過那是只壞鐘，「早已修過幾次，都沒修好」，他說話時臉上的表情似乎有些不自然，她定神一想，9 時 35 分 15 秒，9 不就是 21 嗎？那麼這串數字連接起來正是一組六位數的密碼。興奮的她立即用這串密碼打開了庫門，用微型照相機逐頁拍下了所有文件後，她關上庫門，然後快速走出書房。當她剛拐過走廊時，女僕就從隔壁的房間出來進入了書房。

後來，"213515" 成為世界間諜史上值得一提的傳奇數字，而瑪塔這種臨危不亂的應急智慧，也被命名為「哈式急智」，並作為重要的諜報技巧被編入間諜教科書。

如瑪塔展現給世人的一樣，所謂的女性魅力僅僅是女間諜們竊取情報的第一塊敲門磚，真正讓她們在諜海大展身手的是超凡的膽識、智慧和處變不驚的鎮定，這些特質甚至令不少男性間諜們望塵莫及。

二戰期間，女性在情報戰線上的重要性得以最大限度地發揮。光在法國一地，僅是英國情報機關就至少任用了五十三名女間諜，其中很多人都作為這次戰爭中的重要諜報名人被載入史冊。

近年來，大量招募和任用女間諜成為一種世界風潮。英國的軍情五處和六處就一直在擴大女性工作人員的編制，二十一世紀初，在軍情五處一千九百名工作人員中，女性已占據了大多數；蘇聯的 KGB 早在二十世紀 1980 年代就開始招募更多的女間諜。二十一世紀初，俄羅斯情報部門的女性比以往任何時候都多；美國的中央情報局也不甘落後，二十一世紀初該機構高層情報人員中約 15% 是女性，是五年前的兩倍。同時，中情局還擬定了在今

後若干年選拔、培訓和重點培養相當數量女情報人員的計畫，並
要求局裡女性工作人員的比例必須逐年有所上升。隨著女性諜報
人員的數量逐步增加，她們的工作態度和工作方式必將給諜報世
界帶來更加深遠的影響。

生而為行動和冒險

　　克里斯蒂娜・斯卡貝克 (Krystyna Skarbek) 是波蘭
貴族後裔，在祖國捲入戰爭之初，她就加入了為英國服
務的情報組織。憑藉著天生的愛國熱情和行動力，她為
抵抗納粹德國作出了傑出貢獻。她是那種專為自由而生
的人，這種人天生懷揣著為全人類福祉獻身的博大胸襟。

　　1952 年 6 月上旬的一份英國報紙令讀者震驚。「6 月 15 日晚
上，『聯合城堡郵輪』上一個叫克里斯蒂娜・格蘭維爾（原姓為斯
卡貝克）的女服務員在倫敦一家旅館被革新會的廚房看門人殺死
了。」第二天，關於這位女侍者的訊息迅速成為數家報紙的頭版頭
條，人們對她短暫的人生有了大致的瞭解：她生於波蘭一個貴族
家庭，在二戰期間曾先後在波蘭、匈牙利和法國做過英國間諜。
她也是法國抵抗組織中的女英雄，由於表現突出，曾被授予喬治
勳章、英帝國勳章和法國銀星軍工十字章。
　　在郵輪上接受過克里斯蒂娜服務的乘客中，有一位女士後來
成為了她的傳記《雙面的克里斯蒂娜》的作者，這位女士記得自

克里斯蒂娜是那種纖細的美女，很難想像在她瘦弱的身軀裡蘊藏著那麼大的勇氣和力量。

己在船上初遇克里斯蒂娜時便被她的氣質和優雅舉止所吸引：「即使我們之間的共鳴非常微弱，交流很少，我仍然確信：她不是個普通的侍者。那傲然的臉龐，憂鬱的眼睛，還有精美的雙手都表明這是位很有個性和教養的女子。看得出，她有過一段經歷。」

斯卡貝克家族很早就被載入了波蘭史冊，十幾個世紀以來，這個家族在各行各業均出現了不少領袖性人物。到了克里斯蒂娜的父親耶日伯爵這一代，家族開始走向沒落，雖然他沒有偉大的功績，但他把自己身上遺留下來的波蘭人愛國的熱情全部傳輸給了最心愛的女兒。波蘭歷史記載了數次外來侵略中人民發動的一次又一次的愛國行動。不管代價如何，他們總會誓死捍衛祖國。

在數個世紀的風風雨雨中，沒有任何世俗權力可以摧毀他們對祖國的熱愛。

　　1939 年 9 月 1 日，納粹德國進犯波蘭。彼時，克里斯蒂娜和第二任丈夫喬吉基正在東非，沒有任何猶豫，兩人同時作出了返回歐洲的決定。克里斯蒂娜意志非常堅定，打算利用她的眾多熟人，掌握的多國語言和引以為傲的智慧為國效勞。對於這個決定，她並不覺得有什麼值得誇耀，因為她本來就是波蘭人，是斯卡貝克家族的一員，是一名愛國者。很快，克里斯蒂娜被朋友帶到了英國外交部一位官員羅伯特・范西塔特先生那裡，對於這次會面，英國外交部的記錄如下：「初次接見克里斯蒂娜的軍官的描述對這個聰明美麗且熱情似火的愛國人士非常有利。克里斯蒂娜呈交了一份經過深思熟慮的計畫，提出要進入布達佩斯，她打算在那裡製作傳單來鼓舞波蘭人民的抵抗鬥志。克里斯蒂娜準備取道塔特拉山區的扎科帕內前往波蘭。此外，她打算組織戰俘越獄逃到聯盟國家，還計畫搜集情報。因為滑雪經驗豐富，加上和扎科帕內的嚮導非常熟悉，克里斯蒂娜對這些行動充滿了信心。方案得到了批准。」經過精心的準備之後，12 月 21 日，克里斯蒂娜離開英國前往布達佩斯，以記者的身分開始了間諜工作。之後的四年多時間，她一直在英國作為後盾的情況下為波蘭的抵抗組織做著大量工作。

　　1944 年，克里斯蒂娜正式成為英國首相邱吉爾親自下令組建的「特種行動執委會」的一員，並前往法國執行一系列的任務。在法國，她以「保麗娜・阿爾芒」的化名展開行動，這段時期是她最為輝煌的日子，保麗娜・阿爾芒的名字在法國盡人皆知，她所參與或領導的反法西斯行動受到當地人民的一致擁戴。一年後，

由於同僚的誣陷，克里斯蒂娜在法國的任務被宣布告一段落，她被安排到空軍婦女輔導隊，成為了一名普通女兵。1945 年 5 月 11 日，她帶著軍方發放的一百英鎊退伍金不情願地結束了她所熱愛的間諜生涯。

她的朋友回憶：「她無法調整自己以適應枯燥的日常工作，她生來就是為了行動和冒險的。」退伍後，她曾在一位房產代理商那裡找了份工作，但沒過多長時間，她就認為那並不是自己想要的工作；她也曾在一家印度旅館做過一段時間的接線員，但是電話轉換機讓她神經過敏；她還在一家哈羅德服裝店賣過衣服；她還去過一家賓館當服務員，甚至還做過女裁縫。……但她終究無法適應這些瑣瑣碎碎、過於平庸的工作。

克里斯蒂娜為自己能否再得到她所熱愛的危險工作憂心如焚。為此，她曾親筆寫過一封信，是給波蘭一個抵抗組織領導人帕金斯上校的。她的字體很大，筆跡優雅卓越，她寫道：「我已經提出申請，要在皇家空軍找個職位，但我擔心可能太遲了。如果我需要，您能寫信告訴他們：我是個誠實純潔的波蘭女孩嗎？我想和您保持聯繫，看在上帝的份上，如果名單

安德魯也是一位間諜，他和克里斯蒂娜是天生的一對。生前，他們時常飽受分離之苦；死後，兩人終於合葬在一起。

（她是指服務於英國諜報機構的詳細間諜名單）依然存在，不要把我的名字刪除。請記住，我願意去做任何事情。或許您會發現：趁著德國集中營和監獄裡的囚犯還沒被槍斃，我也許能發揮一點作用，幫助他們逃脫那些地方。我願意去做這些事情，即使每天都要跳飛機我也願意。」

1947 年的某一天，克里斯蒂娜一位任職於《肯斯里報》的記者朋友愛德華・豪把她介紹給了自己的同事兼密友伊恩・弗萊明 (Ian Fleming)——時任《肯斯里報》國際新聞部負責人，一位富有、帥氣的單身漢。後來，他成為克里斯蒂娜的情人，由於克里斯蒂娜對此守口如瓶，他們兩人的關係並不為外人所知。每次約會，他們都會特意選擇在遠離倫敦的某個地方。克里斯蒂娜的一位波蘭女友大概知道她有了新的情人，但並不知道其中的任何細節。隨著克里斯蒂娜當上郵輪的女侍者，他們約會的次數也變得越來越少了。後來經證實，克里斯蒂娜正是通過伊恩又重新當上了間諜，向來討厭做任何家事的她之所以願意做服務於人的侍者，是因為這樣可以接觸到船長、高級船員和船上的所有工作人員，並刺探到渡輪所造訪港口內發生的一切政治事件。本已經歷過無數大風大浪的女間諜，最後卻死在一位愛慕她而不可得的廚房看門人的「屠刀」之下，這位年僅三十七歲女子的真實人生比虛構的傳奇還要奇特。

幸運的是，她的故事、至少是其中的部分被保留了下來。伊恩在 1952 年創作了第一本刻畫詹姆士・龐德中校的小說《皇家夜總會》(Casino Royale)，其中女主角薇絲朋・林德的外貌描寫分明就是克里斯蒂娜的肖像素描：「她頭髮烏黑，脖子後面的頭髮修剪得又短又直，……再加上那光滑漂亮的下顎曲線，襯托出了其臉

部的輪廓。……她膚色淺褐，……雙臂和兩手露在外面，呈現出靜謐的樣子。」

克里斯蒂娜的一生短暫而輝煌。在戰爭的危險之下，她燃燒著旺盛的生命；而在平庸的日常生活中，她的活力卻喪失殆盡。她是出身上層社會、投身戰爭的女性們的一個標誌：是她們在戰火中逝去的閃亮青春的標誌，也是她們處於勇敢無畏、理想化人生階段的標誌。她似乎天生為自由而來，她憎恨任何形式的壓迫，不僅僅是出於愛國的原因，而是她把自己對思想自由、行動自由的渴望帶到了人類的一切領域，以至於任何威脅到他人自由的事情都成了她個人的事情。

雙倍的忠誠意識和愛國精神

戰爭中國家的淪陷、親人的死亡給了她們切膚之痛，她們與戰爭有著密切的私人聯繫。她們有參加戰爭以消滅法西斯國家的欲望，而且非常強烈。她們本是普通女性，卻成為不普通的英雄。

用生命阻止細菌戰

1944 年 3 月的一個深夜，在德國史德格市的一所納粹監獄裡，一位遍體鱗傷、衣衫襤褸卻美麗動人的姑娘正與一位衣冠楚楚的老者擁抱在一起，他們彼此撫摸著、親吻著，久久沒有分開。

美國 1961 年拍攝以女間諜為主角的系列電視劇《復仇者》的拍片現場。
（圖片出處／ Corbis ）

突然，老者的臉變得煞白，胃部感到一陣劇烈的痙攣，極度的痛苦讓他勉強從嘴裡擠出兩個字：「你，你……」已經奄奄一息的姑娘斷斷續續地說：「為了……人類不受……細菌戰的威脅，我，我只能這樣……。」過了一會兒，她用盡全身僅剩的力氣抬起頭，在確認老者已經沒有了呼吸之後，她嘴角揚起了最後一絲微笑，安詳地停止了呼吸。這位二十二歲的妙齡女子，就是用生命阻止了希特勒細菌戰的猶太女子葦芳菲。

　　歷史似乎總是一個個悖論的巧妙組合，百轉千回之後，妄圖滅絕猶太人的希特勒最後的希望卻被一個猶太女子撲滅了。

　　1943 年 8 月，英國軍情五處處長皮特里得到了一份緊急電報：「德國正在加緊研製『無聲』武器。」此時二戰已接近尾聲，德軍在戰場上屢遭慘敗，但希特勒還奢望做最後的掙扎。大約半個月後，皮特里通過潛伏在德軍內部的情報人員得知，所謂「無聲」武器就是細菌彈。它是一種威力驚人的炸彈，只要從飛機上投下一枚，半個倫敦城就會立即到處彌漫細菌。人體一旦沾染，就會皮膚發炎，不久就會擴展到全身，多數人會在八小時之內感到痛癢不堪而一命嗚呼。這種細菌還有高度的傳染性，健康的人只要輕輕一碰患者就會受到感染。它的另一個特點是施用三天後全部效用立即消失，這意味著，德國想占領任何一座城市，只需在該城上空投下幾十枚細菌彈，整個城市就將在半天內變為死城。而三天後，德軍便可如入無人之境長驅直入。

　　為了對付希特勒的細菌戰，軍情五處的軍官們絞盡了腦汁。最終，他們打算從德軍研究細菌彈的內部人員入手。很快地，他們相中了一個名叫謝里薇的女祕書：她獨居，沒有男朋友，城裡也沒有親人，性情冷傲，雖只是一個小職員，但負責管理照片和資料，常有機會與實驗室首腦見面，行動上有各種方便。

　　接下來他們開始物色替代謝里薇的合適人選。在難民營，他們意外發現了一名身材、長相和氣質等各方面酷似謝里薇的少女。她叫葦芳菲，是從德國逃到英國的猶太人。其父是位有名望的猶太學者，在納粹分子逼迫他為德國人服務遭到拒絕之後，他們殺害了他。隨後，葦芳菲隨母親逃到了英國。由於過度思念丈夫，加上貧病交加，不久後，母親也撒手人寰，只剩下了二十一歲的葦芳菲。

　　葦芳菲聽了英國軍官的請求後，立刻答應下來，她發誓要為

父母報仇，更要挽救千千萬萬的無辜人民。她在間諜訓練基地接受了異常艱苦而緊張的訓練，其中包括對細菌學的認識、顯微攝影、資料處理；各種槍械的使用和爆破、跳傘、空手搏擊的技術以及必要的通信技巧等等。兩個月內，她每天只睡四個小時，其餘全部時間都用來學習和訓練。她的教官不無欽佩地說：「這是一個奇蹟。在歷史上，從沒有一個女性能接受這麼集中、艱苦的訓練。而且各門功課均獲優等。」1944 年 2 月的一個晚上，她被空投至德國城市史德格市，在跟謝里薇接觸之後，她獲悉了對方生活的一切細節，並瞭解到負責研製細菌彈的實驗室主任亨內博士十分喜愛謝里薇，色瞇瞇的他總是尋找機會跟她接近。

天亮之後，葦芳菲以謝里薇的身分義無反顧地踏入了虎穴。為了得到關於細菌戰的所有祕密，她多次與亨內博士周旋，並最終獻出了自己的貞操以獲得存有細菌彈研製程式和樣品的藏匿地點，將那裡成功炸毀後，由於時間短暫來不及脫身，她被抓進了監獄。最後，她利用博士去探望她的機會，將口中藏匿的毒藥咬破，在與博士親吻時分了一半給他。葦芳菲用自己的生命將有關細菌彈研製的所有要素都帶入了天堂，從而挽救了無數人的生命。

「絮巴基」的深情

克萊爾‧菲利普斯 (Claire Phillips) 本是一名幸福的美國軍官夫人，由於日本在太平洋戰場的暴行，她先後失去了家園和丈夫。帶著對日本法西斯的刻骨仇恨她成為了一名女間諜，而她的「絮巴基」(Tsubaki) 夜總會，則成了一個源源不斷的情報源。

1941 年冬天，二戰的炮火蔓延到太平洋地區的許多國家。克

萊爾的丈夫、美國軍官約翰正在太平洋戰場的美軍步兵三十一團司令部服役。為躲避美國國內物資極度匱乏的困境，克萊爾帶著女兒黛安娜隨軍來到丈夫身邊，以求溫飽。但好景不常，幾個月後，由於日本軍隊的追擊，美軍部隊暫時撤退到了菲律賓陰暗潮濕的山區。在那裡，士兵及其家屬們過著衣不蔽體、食不果腹的生活。黛安娜也染上了瘧疾，病情一天天加重，克萊爾帶著女兒冒著風險去首都馬尼拉尋找醫生。一個偶然的機會，她遇到了遠房親戚羅克斯法官，他熱情地接待了走投無路的克萊爾母女。其實羅克斯並不是一般的美國僑民，他是美國諜報機關駐馬尼拉情報小組的負責人。在多日的細緻觀察下，他發現克萊爾善良、富有正義感，而且對日本法西斯萌生了刻骨的仇恨。她具備成為間諜的基本條件，因此他建議克萊爾加入諜報組織。

　　從事情報活動的最初，克萊爾在馬尼拉日軍占領軍司令部附近的安娜·費伊小酒吧找了份女服務員的工作。她謊稱自己是一個和菲律賓丈夫離婚的義大利女人，因生活無著落而不得已成為酒吧女服務員。就這樣，在日本人的眼皮子底下，她巧妙地工作了兩個月，也慢慢學會了經營夜總會的訣竅。由於安娜·費伊小酒吧的常客都是些低級士官，能搜集到的情報極少，於是，克萊爾決定開辦一家高級夜總會用來招待日本當局的上層官員和海、陸軍的高級將領，以便獲得更有價值的情報。

　　為了創辦夜總會，她四處籌集資金，甚至把結婚戒指和手錶都做了抵押，加上美國諜報機構的出資，她終於在馬尼拉市中心找到了一幢位置十分理想的小樓，從它的窗戶能看到日軍司令部的活動。克萊爾為這家夜總會取名「絮巴基」，是日語裡山茶花的意思，也象徵著來之不易的成功。1942 年 10 月 15 日，夜總會正

式開張營業。很快，駐菲日軍的上層人物就把那裡當成了每晚必去的場所，在他們眼裡，克萊爾的夜總會就是一個與世隔絕的世外桃源。而日軍的很多作戰計畫與軍事祕密就在他們酩酊大醉之時，源源不斷地進入了克萊爾的耳中。

　　躲避在山上的美軍士兵把克萊爾看成自己的姐妹，很敬佩她堅毅的性格；而菲律賓當地人也很敬重她，愛稱她為「大鱸魚」，取意勇敢、無畏，克萊爾很喜歡這個稱呼，還受它啟發，充分利用有象徵意義的食品名稱傳遞情報，例如：「青菜已經到了採收時候」表示情況很緊急；「青菜需要施肥後再送來」則表示情況不太

世界知名的美國女間諜克萊爾・菲利普斯在機場受到熱烈歡迎，她被視為美國人的驕傲。（圖片出處／Corbis）

重要等等。

　　絮巴基的買賣越來越熱絡，收入頗豐，克萊爾因此又給自己安排了另一個重要任務，每月給山裡的部隊送些急需的醫療器械和藥物。遇到緊急或意外的情況，她就請當地山民代為傳送這些物品。

　　就在她全心經營夜總會、不斷搜集情報之時，她的丈夫在執行任務過程中被日軍抓獲，受盡百般折磨後，最終死在卡巴納多監獄。丈夫的慘死讓克萊爾內心十分痛苦，更加深了她對法西斯的憎恨。此後，她想盡方法幫助關在卡巴納多監獄裡的美國軍人。當時，監獄裡流行壞血病，傷員急需維生素 C，克萊爾知道後，買通獄卒，大量地給監獄裡的傷員送去橘子汁和水果，還親自寫下鼓勵他們生存下去的字條，希望他們堅持到戰爭結束。

　　克萊爾的行動逐漸引起了日本人的注意，1944 年 5 月，她被抓進了監獄。他們給她施以酷刑——灌辣椒水、用菸頭燒她的身體，坐老虎凳，但她始終沒有吐露過半個字。三個月後，她以間諜罪被判處死刑。幸運的是，當時的二戰主戰場已經分出了勝負，太平洋諸島也已被美軍收復。日本人忙著倉皇逃跑，早已顧不上監獄裡的囚犯了，克萊爾和其他犯人一同逃了出來。監獄裡的非人折磨，使她身體極度虛弱，雙腳潰爛。但這都不重要，因為她已經重獲自由，可以回到祖國，與女兒和親人團聚了。

　　戰後，人們給予這位勇敢、堅毅的女士諸多榮譽，讚揚她為太平洋戰爭所做的一切。每問及感想，她總是深情地說：「我永遠無法忘記馬尼拉街頭那個絮巴基夜總會。」

為公正甘願叛國

　　她是美國目前逮捕的為古巴從事間諜活動的級別最高的官員。為了正義和公平，她不惜背叛祖國。

　　2001 年 9 月 21 日上午，也就是美國九一一恐怖襲擊事件發生後的第十天，一群全副武裝的不速之客闖進了戒備森嚴的華盛頓博林空軍基地，直奔美國國防情報局古巴事務科科長辦公室。

　　「我們是 FBI，你被捕了！」領頭的聯邦調查局特務衝著正埋頭工作的古巴事務科科長安娜・比倫・門特斯 (Ana Belen Montes) 晃了晃手中的搜查證和逮捕令。略感意外的美軍資深女科長並沒有驚慌失措，而是慢慢摘下眼鏡輕輕擦拭了幾下後又重新戴上，然後從容地跟著兩名人高馬大的特務走出了辦公室。

　　安娜堪稱後冷戰時代的頭號女間諜。十七年來，她竊取了大量的美軍軍事機密和美國的反恐怖絕密情報並傳遞給了古巴。她成功揭穿了幾名前往古巴以承包工程作偽裝的美國間諜，使一名深藏在古巴首都哈瓦那多年的美國老特務暴露了身分。她還向古巴提供了大量有關美國海軍對古巴戰爭預算案的情報。在她的協助下，古巴方面破壞了美國對古巴的祕密「特別行動計畫」，據說此計畫只有極少數高層人士知道。更重要的是，安娜給美國國會撰寫關於古巴的報告，影響了美國對古巴的政策。

　　1998 年，安娜陪同美國參議員外交關係委員會的兩名參議員

訪問古巴，隨後參與起草了由美國軍情局、中央情報局、國家安全局、國務院情報與研究局等重要情報部門共同炮製的《古巴對美國安全威脅》聯合報告。該報告聲稱，「儘管冷戰已經結束，但古巴對美國的『非常規威脅』和『情報威脅』仍相當嚴重。古巴現有的科研設施足以支持生化戰的初級研究……。」對於這些觀點，安娜大潑冷水，力陳古巴對美國的威脅，特別是生化威脅根本就沒有說的這麼嚴重。

2002 年 3 月 19 日，華盛頓一間法院開庭審理了安娜間諜案。在法庭上，聯邦檢察官指控她向古巴提供情報，並洩露了四名美國情報人員的身分。安娜雖然對此供認不諱，但她顯然有這樣做的充足理由：「我認為我國政府對古巴的封鎖政策是殘酷和不公平的，對鄰國是十分不友好的，我覺得我有義務幫助這個島國抵制我國政府將我們的價值觀和政治制度強加給它。」她繼續陳述道，「用提供機密情報來幫助古巴反抗來自美國的政治和經濟制裁的行為也許是不正確的，但我只能說我認為我的所作所為是針對極不公正的美國政府的。」

地區法官理卡多・歐比納在判決中說，安娜必須為她的叛國行為付出代價，她作為國防情報局的一名高級情報分析員，其行為傷害了自己的同胞和國家，因此必須受到懲罰。將近七個月後的 10 月 15 日，安娜被法庭判處二十五年有期徒刑，判決書中還申明她在獲釋後需要接受五年的緩刑，並在法院監督下完成五百個小時的社區服務。這意味著她的餘生將在失去自由的情況下度過。

但安娜對這一判決結果不以為意，她最後說：「我最大的願望是想看到美國與古巴能友好相處，我希望我的所作所為能觸動我

們的政府，放棄對古巴的敵意，以寬容、相互尊重和相互理解的
精神與古巴政府合作。」

安娜是地地道道的美國人，1957 年 2 月 28 日出生在美軍駐
德國的軍事基地，父親是一位職業軍官。長大後她回國讀書，1979
年畢業於維吉尼亞大學。幾年後，經過激烈的競爭，她考入了國
防部軍事情報局，擔任情報分析員。後來，她又前往約翰·霍普
金斯大學高級國際研究學院深造，並獲得了碩士學位。可以說，
她是美國政府一路精心培植的優秀情報人員。

從 1992 年開始，安娜專門從事古巴情報分析，並成為這方面
的專家。之後，她升任古巴事務科科長，負責向美軍南方司令部
的高級軍官、國會議員和情報部門高官彙報有關古巴的情報，並
且向美國政府最高決策層提供有關古巴問題的各種分析、報告。
軍情局一名負責人說：「安娜百分之百瞭解古巴的現狀，知曉我們
在古巴所搞的 90% 的間諜活動。她簡直就是皇冠上的鑽石。」安
娜是美國目前逮捕為古巴從事間諜活動級別最高的官員。

出身軍人世家的安娜是如何成為古巴的超級女間諜，美國的
反間諜機構至今都沒有弄清楚。安娜事件發生後，美國曾藉此案
再次給古巴施壓，並把它與布希總統在國情咨文中的所謂「邪惡
軸心說」掛起鉤來，企圖在全世界面前譴責古巴。但心知肚明的
各國政府都把美國這種毫無事實根據的猜測看做別有用心的陷
害。很多國防問題分析專家更進一步指出，任何國家、任何時候
存在間諜活動都是正常的，在指責古巴在美進行間諜活動的同時，
美國不也在對古巴大肆進行間諜活動嗎? 更何況自 1960 年以來，
美國便沒有間斷過對古巴領導人卡斯楚進行的暗殺活動。

在和平時代，像安娜一樣為了正義事業而進行間諜活動的女

性不在少數，和戰爭時期的女間諜們相比，她們同樣勇敢、機智，同樣背負著為和平、公正犧牲的決心。或許不一樣的，只是她們多了更加先進的科技手段協助自己完成任務。

時至今日，很多女諜報人員的活動尚未解密，在嚴密保管的各國間諜檔案資料中，發黃的是那些記錄事實的紙張，鮮活的是她們為世界帶來的每一步改變。

漢　北

賈桂琳是如何造就的？

　　她並非美豔過人，兩隻眼睛分得很開，平板的身材沒什麼可圈可點之處。她過去曾想當一名模特兒，和一個標準的美國紳士結婚，但這只是不成熟的假設，她那半瓶水的上流社會出身和愛面子的父母早早就暗示她：「社會地位和榮譽比什麼都來得重要。」

　　她聰明、幽默、老練，富有層次的談吐、卓越不群的氣質和勇敢堅定的意志為她掃除一切障礙，先後征服了美國最有地位的男人和富可敵國的希臘船王。更重要的是，她以獨到的眼光和穿著方式將時尚帶進白宮，給美國流行時尚吹進前所未有的優雅之風。

　　賈桂琳・甘迺迪・歐納西斯 (Jacqueline Kennedy Onassis)，她的名字閃耀在權力和財富之巔，成為永恆的傳奇。

1961 年，賈桂琳出訪法國，在午宴時穿著卡西尼為她設計的黃色洋裝，A 字線條、圓鈕釦、寬邊縫線、小圓帽，配以珍珠項鍊和耳環，典型的賈姬風格。

一個 Tomboy 的精彩演出

　　賈桂琳曾戲稱自己為 "Tomboy"，美國俗語裡假小子的意思，事實上她從小就是如此，她對男人和時裝的品味從來不隨波逐流，爭強好勝的背後是雄雄燃燒的野心。

　　賈桂琳的全名是賈桂琳・李・布維爾 (Jacqueline Lee Bouvier)，小名叫賈姬 (Jackie)。她的品味是天生的，十歲時她自己做主，剪了一頭類似捲毛獅子狗的短髮，據說這種短髮是當時最流行的，從此她再沒留過長髮。她不屑於當什麼乖乖女，一歲時就被母親放到馬背上，四歲時開始像個大人似的照顧妹妹，她知道妹妹比自己長得好看，從不讓她的光芒蓋過自己。她喜歡騎馬，享受那種征服角逐的感覺。

　　這一切都是她那酗酒、好賭、玩女人的花花公子父親約翰・弗農・布維爾 (John Vernou Bouvier) 和出身上流社會、追求富足生活的母親珍妮特・李・布維爾 (Janet Lee Bouvier) 那樁倒霉婚姻帶給她的。她的父親是愛爾蘭裔的華爾街經紀（但她的家族並不願承認自己的愛爾蘭血統，她的祖父早年在自費出版的自傳《我們的祖先》中稱自己是法國貴族後裔，事實上他家過去是開五金店的），後來開了證券公司有了錢後聲名大振。母親性格保守，是典型上流社會女子，從小上貴族學校，她忍受不了丈夫的縱欲和

花錢無度。父母離婚後，賈姬變得非常孤僻，父親照樣約會漂亮女人，母親則沉浸於尋找有錢男人的計畫中，她成功了，嫁給了拖兒帶女的大富翁休迪，賈姬開始適應莊園生活，並學著和一大家子「兄弟姐妹」和諧共處。

過上有錢人的生活，賈姬不得不學習當淑女，雖然她兩歲時就因父母的名聲見諸報端，說她「十六年後將會進入交際場，成為紅人」，太過頑劣的賈姬成為大富翁休迪的繼女，她就必須像模像樣，成為上流社會貴族小姐中的一員。在莎拉·波特小姐創辦的貴族學校法明頓中學，和所有貴族女孩一樣，賈姬接受全方位的禮儀訓練，學跳芭蕾舞和交際舞。在那裡，她發現自己的長腿和長脖子有著非同一般的魅力，她學會寫詩、畫畫，並醉心於古典浪漫主義文學作品，貴族學校讓她認識到自己的專長，假如她放棄雄心，她或許將來會成為一名作家。

但她並不按理出牌，她是個雙重性格的人，從小就喜歡玩皇后、公主的遊戲，每回都要扮演皇后，戴上假皇冠，她的表情極其認真，但她常常違反校規，抽菸、化妝、穿著不像學生的時裝，行為古怪誇張，甚至會把一大盤蘋果倒在一位她看不順眼的老師的裙子上。在這種惡劣的表現下，她的成績卻始終保持在 A 等，她總是在完成功課後，去捉弄別的同學。她曾在理想志願中寫道：「決不當家庭主婦。」她的穿衣風格一直拒絕煩瑣，這和男孩性格有很大的關係，她討厭過於裝飾，又喜歡富有女孩氣息的小配件。

1947 年，十八歲的賈姬既出人意外又順理成章地當上「社交皇后」，那是在美國傳統上流社會成人禮的晚會上，她挽著繼父的手，穿著白色的紗質長裙，既羞澀又脫俗，妙趣橫生的言辭引起人們的高度興趣，有人稱讚她的禮服漂亮，她會輕輕一笑說：「是

在跳蚤市場買的，才五十塊錢。」她機智有風度，有種超凡的能力，報紙評論說她太迷人了，迷人到找不到合適的詞來形容。

　　這次當選激發了她的社交欲望，隨後她以一篇純屬瞎掰的搞笑文章在《時裝》雜誌舉辦的第十六屆「巴黎徵文大賽」中得到頭獎，她在文章中說：「鄙人身高五英尺七英寸，棕色頭髮，方正臉龐，兩隻不幸的眼睛相距甚遠。……當我走出家門的時候，頗有一種潦倒的巴黎人的味道，母親常常追出門來提醒我，左腳的襪子開了線，外套上的釦子要掉了，我知道這是『不能寬恕的罪過』。」她的大學先在著名的女子學院瓦瑟學院 (Vassar College) 就

1940 年代賈姬和父親、外公的合影。

讀，大二結束時她突然對巴黎產生了興趣，於是遊學一年，回國後瓦瑟學院由於她擅自離校不願接收她，因此賈姬的大學文憑最終是在華盛頓大學獲得的。法國之行讓她開始崇尚法國的時尚，她迷上 Givenchy、Dior、Chanel 的高級時裝，為以後引領美國時尚打下基礎。

賈姬開始與上流社會的男孩約會，但她深知自己不會嫁給那些人，這其中包括閃電戀愛訂婚又迅速退婚的赫斯蒂爾德。1951年冬天，大學畢業的她經人介紹來到《華盛頓先驅時報》工作，在一個媒體晚宴中偶然結識了風流公子約翰·甘迺迪並墜入愛河，賈姬知道自己只是他眾多祕密情人之一，她喜歡與從事大事業的人交往，在她眼裡，人品比如紅日上升的事業更重要。

征服甘迺迪，賈姬的人生舞臺從這齣戲真正開始了，她從一間陳舊的報館一直走到世界的中心，伴隨她的是風雲際會的政治風波和那些穿戴不盡的華貴戲裝。

用時尚與政治對抗

對甘迺迪家族來說，賈姬的到來無疑是約翰·甘迺迪贏得更多選票的保證；對於美國來說，賈姬的出現使整個國家都充滿上揚的朝氣，她的每個動作、每次裝扮都引發追隨者的瘋狂效仿；對於賈姬自己來說，她只是在強大的高壓下玩一場危險遊戲。

Ann Lowe 無奈的選擇

　　1942 年的聖誕節，少女賈桂琳擁有了第一件成人禮服，那是件泡泡袖的藍色長裙，她穿著它參加了學校舉辦的聖誕晚會，但一雙不相稱的金色舞鞋使她難堪，穿上它，賈姬的腳面顯得更大了，賈姬覺得滑稽極了，從那以後，她再也沒有配錯過衣服，她對衣服和配飾的每個細節都要求苛刻。但諷刺的是，1953 年她與甘迺迪大婚之際，賈姬無權自己選擇第一件結婚禮服，那件由出生阿爾巴馬的黑人設計師 Ann Lowe 設計的白色婚紗實在是太過

賈姬很不情願地穿著 Ann Lowe 設計的婚紗，開始了輝煌的人生。

古典，從上到下都是累贅的花邊。和未來總統結婚真不是件鬧著玩的事兒，她討厭那條裙子可又充滿無奈，那是一場緊張的政治遊戲，她必須適應，只有在沉重的束縛下應付自如，才能順利抵達第一夫人的站臺。

　　自從結識約翰·甘迺迪，賈姬對報館的工作就心猿意馬，她膽大心細，既能控制自己的欲望，又不失時機成為甘迺迪生活上的助理，幫他選購衣服、給他送上熱騰騰的午飯、為他提公文包。但這些遠遠不夠，甘迺迪骨子裡是個花花大少，他喜歡豐乳肥臀的性感女人，賈姬不屬於這個類型，她只能以智取勝，記者的最大優勢就是觀察力和分析力敏銳，知識面寬，談吐有深度，她的教養和出身也註定了她和那些小演員、小祕書截然不同。在還沒有私人設計師之前，賈姬用有限的收入將自己打扮得簡潔得體，從不穿錯衣服，並且永遠和周圍的環境相稱是她信手拈來的強項。她讓甘迺迪覺得自己很有錢，帶甘迺迪去繼父的莊園玩，事實上她從繼父那裡並沒有得到什麼財產。

　　「社交皇后」、《時裝》雜誌徵文大獎得主和從小就讀貴族學校的「法國貴族後裔」的頭銜早已令賈姬聲名在外。這個既會修飾自己又懂得處世的年輕女孩的頭腦絕不在大她十二歲的約翰·甘迺迪之下，她借助記者身分採訪甘迺迪，試圖瞭解他的性格和思維方式。她會不打招呼就飛去英國參加伊麗莎白二世的加冕禮，並在發回華盛頓的報導中表現出英國之行的愉快收穫。單身的甘迺迪必須有個伴侶才能保持自己在政壇的形象，對美國人來說，國家不能交到一位沒有穩定家庭的人手裡，賈姬的時機簡直是太好不過了，比起甘迺迪那些胸大無腦的情人，賈姬是最佳人選，她流利的法語、西班牙語和義大利語使她從容應付不同語種的群眾

聚會，她燦爛無比的笑容和機智幽默的談吐在公眾面前大受歡迎。

　　1953 年 9 月 12 日，賈姬的輝煌人生從那件並不美妙的婚紗開始了，Ann Lowe 做這件禮服時也碰到了倒霉事，自來水管爆裂沖壞了她的店，包括那件成型的禮服得全部重做，事成之後，她並沒有因製作這件禮服而大紅大紫，Vera Wang 後來之所以一舉成名就是因為推翻了 Ann Lowe 式的奶油蛋糕風格，將美國新娘的形象變得簡潔明快。選擇 Ann Lowe 製作禮服是賈姬母親的主意，甘迺迪也認為穿上這件禮服後賈姬看上去是出身於一個古老而偉大家族的後代。賈姬戴的頭紗是外婆和母親結婚時戴過的，她知道今後的日子不能自由選擇衣服的式樣，只能在一個方方正正的格子裡行事，她開始考慮自己的風格問題，這是事關賈姬自己，也是事關美國未來第一夫人形象的問題，更是美國在世界面前顯露卓越地位的頭等大事。

　　賈姬小心翼翼地適應甘迺迪家族，這是個龐大而團結的家族，從中產生一位總統是整個家族為之奮鬥的事業。而她的配合，使甘迺迪的公眾形象活躍起來，她很在意穿著上的事情，在工人群聚的地方不能表現得太高貴，在民主黨基金勸募會上她穿了件青春逼人的緊身上衣和超短裙，被人們稱作活力的象徵，這使甘迺迪充滿鼓動的演講更加精彩，甘迺迪夫婦成為一個全新的象徵，他們代表著朝氣蓬勃的新希望。

白宮時尚的政治棋子奧列格・卡西尼

　　所有愛漂亮的女人對衣服都如癡如狂，賈姬只是她們中的一分子，她並不是想做時尚的倡導者，她只是為了想讓人們記住她、

賈姬選擇了甘迺迪，早已做好時刻暴露在公眾視線中的準備。（圖片出處／Alamy）

愛戴她。進入白宮以後，賈姬對衣服花費的大手筆漸漸顯露出來，她每季的治裝費是三萬多美元。對這位酷愛歐洲品牌的美國第一夫人來說，為她定製服裝的設計師必須是美國國籍，為了不讓公眾輿論說她是位崇尚歐洲貨的敗金女，這位時年剛三十二歲的第一夫人得找一個私人設計師，於是擁有美國國籍、在法國出生的俄羅斯裔設計師奧列格・卡西尼 (Oleg Cassini) 粉墨登場了。

　　卡西尼出生於 1913 年，曾經是法國品牌 Jean Patou 的當家設計師，1936 年來到美國，為好萊塢影星設計時裝，摩洛哥王妃葛莉絲・凱麗是他最重要的客戶之一，他為她設計了結婚禮服和許多參加晚宴的小禮服。他曾經和好萊塢女演員 Gene Tierney 結過

婚，是社交圈的紅人。卡西尼和甘迺迪家族結交多年，1953 年賈姬嫁給甘迺迪之後，他陸陸續續見過賈姬幾面，但賈姬似乎並沒有太過重用他，直到甘迺迪大選成功，他才接到賈姬的邀請，為她設計衣服。

　　他投其所好地用當時法國最流行的大輪廓為她勾畫草圖，並選用了賈姬所喜愛的鮮亮色彩，比如粉色、檸檬黃和銀白色，飽和度高又不至於太耀眼，顯出年輕的活潑氣息，賈姬很快愛上了他的設計。對於不能大筆購買 Givenchy 等法國設計師品牌作品的賈姬，卡西尼完全可以做出她想要的衣服，她對這位模仿能力極強的設計師的要求是：每件衣服必須原創完成，並且有新鮮獨到的亮點。當然她並不排斥翻版別人的作品，1962 年情人節，當賈姬在電視裡向觀眾介紹白宮時，她穿的紅色衣服許多人誤以為是 Dior 的作品，實際上那是卡西尼翻抄的。他為賈姬擔當專屬設計師的事轟動了美國時尚界，在賈姬以前，衣著隨便的美國人是不知道優雅和時尚的，有了賈姬和他，美國人真正感受到時尚的魅力，賈姬每次出現在公眾面前的裝扮都是當天報紙的頭條新聞，那些時尚雜誌期待她的每場新亮相，這下他們可有得寫了。卡西尼為賈姬創造了全新的 "Camelot" 形象：簡明扼要的線條、花苞輪廓、方方的貼袋和富於童真的高圓領，增加了賈姬的親和力，賈姬的外套常常有一兩顆大大的圓鈕作為唯一裝飾，看上去既實用又新鮮，充滿天真趣味，配合賈姬散發著陽光氣息的笑容，彷彿一下子能掃除所有人心中的不愉快。

　　在賈姬短短三年的白宮生涯中，卡西尼的名字和她緊緊聯繫在一起。卡西尼在回憶錄《奇妙的一千天》(*A Thousand Days of Magic*) 中說：「白宮有了神奇的賈桂琳，因此人們記住了我，是歷

史給了我這樣的機會為她創造美，我便成為這場夢幻的一部分。」
賈姬常常用寫信的方法告訴他該做什麼樣的衣服，她心思縝密，
非常有條理地寫明需要參加什麼活動，穿什麼顏色合適，甚至服
裝的式樣要求都寫在信中，有時她也會和卡西尼商量，看看什麼
樣的新造型更加合適，卡西尼會飛快畫好草圖等她確認，之後飛
快地將衣服製作出來。當公眾對那些衣服的反應異常熱烈時，賈
姬會興奮地來信說：「親愛的卡西尼，我簡直愛死你和你做的衣服
了！實在是太完美了！」巴黎著名時裝評論家 Hebe Dorsey 撰文說：
「賈桂琳風格改變了現有的時尚，打破了美國固有的清教徒似的
穿衣風格，她告訴女性如何正確佩戴首飾、什麼樣的髮型是入時
的、什麼才是真正的優雅生活。」

霓裳外交政策

　　賈姬開始了華麗精彩的霓裳外交政策，頻繁地出國訪問使她
成為世界中心的焦點，她也將自己的名字永遠留在現代時裝史上。

　　1961 年 1 月，卡西尼為賈姬設計了總統宣誓典禮上穿的衣
服，那是一款羊毛中袖風衣式外套，因為時值隆冬，雪下得很厚，
卡西尼特地為她加了黑貂皮手籠和領圍，襯裡是絲質的，卡西尼
選用了明亮的淡黃色，既莊重又富於時尚趣味，配上一頂後來被
媒體取名為「賈姬式」的小圓帽，立即在美國刮起一陣「賈姬旋
風」。甚至戶外風大，賈姬怕風吹跑帽子不得不用手按住帽頂，按
出一個壓痕，都被製帽商效仿，做出一批頂部有凹痕的帽子。

　　賈姬是美國有史以來最會利用電視媒體做宣傳的第一夫人，
她的美麗形象通過電視傳播到世界各個角落。Jet-set 風格是因賈

1961年5月13日,賈姬和祕魯大使費爾南多・貝克米爾 (Fernando Berckemeyer) 在為拉丁美洲外交官舉行的招待會上, 她穿著卡西尼設計的縫滿銀色亮片的禮服。

姬而生的, 她愛坐噴射機, 並且參與了「空軍一號」的內外觀設計。不管總統乘坐哪架飛機, 美國特勤處和軍方都用一個特殊的代號「空軍一號」來稱呼它, 電視媒體常常播出甘迺迪飛機降落的鏡頭。在賈姬的建議下, 甘迺迪決定將「空軍一號」重新設計裝飾, 機身是柔和的藍白色, 機艙內部舒適不失豪華, 和賈姬外訪時簡潔鮮明的穿衣風格完全一致。

　　1961年5月, 賈姬隨甘迺迪出訪加拿大, 她怕加拿大人民不歡迎她, 為這次出訪的衣服想了很久, 卡西尼為她設計出一套紅色的洋裝, 依然是賈姬風格鮮明的高圓領、七分袖、直身裙和小圓帽, 但那種紅色, 是加拿大皇家侍衛軍制服的紅色, 整個形象

1961 年 5 月，賈姬出訪加拿大，她的洋裝選
用了加拿大皇家侍衛軍制服的紅色，這次出
訪大獲成功。（圖片出處／Getty）

華貴尊嚴，充滿了力量。這次出訪大獲成功，當她和加拿大皇家
侍衛軍一起緩緩走過的時候，人們情緒沸騰激昂，甘迺迪真正感
覺到賈姬在外交活動中的重要性，他需要她在身邊，作為親善大
使增加他在人民心目中的分量。接下來賈姬訪問了法國，穿著卡
西尼設計的粉紅晚禮服參加了愛麗舍宮的國宴，她流利的法語發
音令人驚嘆，戴高樂總統對她所掌握的法國文化知識、大度優雅
的舉止和迷人的穿著讚嘆不已，當她微笑著對他說「我的外祖父
是法國人」時，戴高樂總統高興極了。

1961 年，賈姬出訪法國，和戴高樂總統談笑風生。

　　1962 年，在印度新德里，人們尊稱她為「權力皇后」。她穿著黃色絲質短裙坐在大象上的樣子親切可人；她走訪巴基斯坦時，會在粉色洋裝上搭配一塊漂亮的蕾絲當頭巾，力求與當地環境和諧統一；她訪問羅馬，去梵蒂岡與教皇約翰・保羅二十三世會面時，穿著真絲加羊絨的黑色長袍。她無可挑剔的形象深深贏得了人們的愛戴，就連甘迺迪都醋意大發，打電話暗示她少「拋頭露面」。

　　1963 年 11 月 22 日，美國南部的達拉斯城，賈姬穿著她心愛的 Chanel 粉紅洋裝和甘迺迪一起坐著敞篷汽車行進在總統連任競選演說的路上，在這條路上，兩枚子彈結束了甘迺迪的性命，也結束了賈姬的白宮生涯，甘迺迪的腦漿和鮮血迸射在她身上，直到九十九小時之後，新總統林登・貝恩斯・詹森 (Lyndon

1962 年，賈姬出訪新德里，卡西尼為她設計了淡水蜜桃色 V 領小禮服，搭配她的招牌珍珠項鍊和白色長手套，既簡潔又高貴。（圖片出處／Getty）

Baines Johnson) 就職典禮上，她依然穿著那套粉紅色洋裝不肯換下來，臉色蒼白、神情黯然，但舉止依然鎮定，全世界都看見了一個堅強的第一夫人在危難時刻的非凡勇氣。

幾天後，她頭上蒙著黑紗、穿著黑色裙裝帶著兩個孩子和甘迺迪的遺體告別，在棺木前，她把手上的結婚戒指摘下來，放進棺材，第一夫人的生活結束了。

後來的日子裡，她沒怎麼穿過卡西尼為她設計的服裝，但他們始終保持聯繫，賈姬想忘了過去的一切，離開了華盛頓來到紐約。

黃金海盜之旅

　　1968 年，對美國人來說有個特別不好的消息，賈姬愛上了希臘船王歐納西斯，並且在羅伯特·甘迺迪（約翰·甘迺迪的弟弟）遇刺後四個多月嫁給了他。賈姬終於有機會穿上自己選擇的婚紗，她穿的是范倫鐵諾(Valentino Garavani) 為她定製的白色禮服。

　　低迷的時期直到一年後才漸漸過去，賈姬遇到了范倫鐵諾，他們對時尚有相同的看法，都不喜歡太過張揚，追求一種優雅到極至的美，他們常在一起商量設計，在賈姬位於紐約第五大道1040 號的公寓，范倫鐵諾為賈姬定製了六套黑白色調的服裝，那時賈姬還在服喪期。1967 年，賈姬隨羅伯特·甘迺迪出訪柬埔寨，所有的服飾都由范倫鐵諾一手包辦，不再是美國第一夫人的賈姬，終於可以自由選擇歐洲設計師了。

　　美國人不接受她嫁給一個六十八歲的海盜，那個年老的財主娶走了美國人心目中神聖的國母！他們一個為了財富，一個為了聲望。三十九歲的賈姬捲入輿論的漩渦中，她只能沉默。而事實上，嫁給船王後的生活和從前完全不同了，賈姬試圖忘記白宮時期所有的一切，她後來告訴卡西尼：「歐納西斯是個非常自我的人，但又令人著迷。」對於經過劫難的賈姬來說，還有什麼比奢華刺激的生活更能使她重新找到生活的快樂呢？她和船王結婚前簽的協

1973 年，賈姬和歐納西斯在一起之後，她的穿著風格較之從前更隨意、更張揚了，流露出首富妻子的豪奢。(圖片出處／Alamy)

議上清楚地寫著：歐納西斯付給賈姬三百萬美元；給每個孩子一百萬美元信託基金每年的利息，直到他們二十一歲；如果兩人離婚或歐納西斯死後，賈姬每年將得到二十萬美元的生活費。

　　賈姬開始追求奢華的裝扮，歐納西斯也花大錢買鑽石、紅寶石和黃金的珍品送給她，賈姬在白宮時代只戴過設計簡約的珍珠和鑽石，現在，她可以戴著碩大的紅寶石和多層珍珠黃金項鍊外出參加活動了。婚後一年間，賈姬就花掉了歐納西斯幾百萬美元，有一次還讓歐納西斯為她支付一口氣購買的兩百雙鞋的帳單。賈

姬的揮霍無度令船王惱火，賈姬和歐納西斯的兒子亞歷山大的關
係一直很僵，歐納西斯甚至動過和賈姬離婚，和老情人、歌唱家
瑪麗亞・卡拉斯 (Maria Callas) 重修於好的念頭。1973 年，亞歷山
大飛機失事身亡，歐納西斯修改了遺囑，他的女兒成了主要財產
繼承人，兩年後，歐納西斯因病去世，賈姬並不在身邊，她當時
在紐約參加自己的活動，她最後只得到二千六百萬美元遺產。

美國民眾始終關心著賈姬的生活，他們無奈地稱她賈桂琳・
甘迺迪・歐納西斯，這個充滿權力和財富的名字像座里程碑，標
示出賈姬兩段截然不同的非凡人生。

1975 年以後，人們再也沒看到裝扮華麗的賈姬，她收起了那
些光鮮亮麗的服裝，改穿長褲和喀什米爾羊毛衫，先後在紐約的
維金出版社 (Viking Press) 和雙日出版社 (Doubleday) 擔任一名圖
書編輯，從助理編輯做起。和二十多年前一樣，賈姬又成為傳媒
界的一分子，只是心態完全不同了，她不再是當年那個成天想著
結交上流社會男人的小女孩，也不再是總統夫人、首富妻子，而
是一個沉穩、平靜的職業女性。

人們常看見她穿著風衣戴著墨鏡和珠寶商馬瑞斯・坦伯斯曼
(Maurice Tempelsman) 在中央公園裡散步，這個睿智的猶太老人
是賈姬晚年的精神寄託，他是她的財務顧問、朋友、伴遊、情人，
對愛情她已經不再要求太多，他忠於婚姻不可能離婚，賈姬也不
要求他什麼，只要心有所託就夠了。夏天的時候，她穿著 T 恤和
麻質長褲和孫子、孫女一起享受戶外陽光，她依然被人們稱做「戶
外美人」，即使成為祖母，也那麼高貴有風度。

1994 年，六十五歲的賈姬在過了幾年深居簡出的隱退生活後
安然辭世，她鋪滿黃金和權貴的人生道路以最簡單的方式終結，

就像一場黃金海盜之旅，驚險刺激、璀璨動人。

賈桂琳的六大啟示

　　賈姬獨特的風格成為美國時尚的典範，所有的時尚雜誌一遍遍回憶她，向她的穿衣方式致敬，但這恰恰是她最不希望的。從賈桂琳·李·布維爾到成為賈桂琳·甘迺迪·歐納西斯，並非一蹴而就，她是一點點成就的。

　　與生俱來的冒險精神。賈姬的骨子裡遺傳了父母虛榮愛面子的基因，家庭分裂又使她從小過於早熟，她與生俱來有種不怕死的冒險精神，反叛不拘、特立獨行。賈姬馬術高明，有一次她不慎從馬上摔了個倒栽蔥，第二天全國的報紙都刊載了當時的照片，賈姬覺得很丟面子，甘迺迪打趣地說：「第一夫人從馬上摔下來，難道這不是最大的新聞嗎？」

　　知道自己要什麼，然後不顧一切積極爭取。她少女時代的目標就是嫁個有錢人，結識甘迺迪後，更是將她天才的社交手腕發揮到極致。賈姬改變了甘迺迪的光棍生活，她學習烹調，參加各種政治集會，為了配合甘迺迪，自己也學著打高爾夫球，她的運動天賦在當第一夫人時沒有盡情發揮，嫁給歐納西斯後則完全展露出來，記者拍到她滑雪、打高爾夫、穿著比基尼玩遊艇的各種照片。

　　擁有自己獨特的風格和老練的處事方式。甘迺迪的情人眾多，

最有名的要數瑪麗蓮·夢露。為了牢牢穩固住第一夫人的地位，她以不變應萬變，始終堅持自己的穿衣風格，和所有外事活動相得益彰，引起公眾的喝彩。她對夢露的宣戰採取不予理睬的沉默態度，當夢露穿著一萬二千美金訂製的幾近全裸的晚禮服在麥迪遜廣場上為總統生日晚會傾情放歌時，她帶著孩子們去維吉尼亞度週末了。她曾在接聽夢露宣戰電話時對她說：「我可以和甘迺迪離婚，你搬到白宮來，但你得做好進入白宮的準備，不然你對我說的那些話我就當沒聽見。」

劍走偏鋒，在不擅長的領域裡從容應對。進入白宮之後，面對屬於第一夫人的清規戒律賈姬理都不理，她很快找到適合自己的方式。她不喜歡政治，很長時間內保持不介入的態度，她用良好的文筆和絕佳的口才暗中幫助甘迺迪起草文稿，頻繁去國外訪問，用賈姬式的獨特形象，贏得民眾的喜愛和追隨。甘迺迪政府留下的東西完全是它的風格和魅力，而這種風格主要是賈姬的成就。在甘迺迪政府結束以後，賈姬卻把美、高雅和慈愛帶進美國人的生活。

富有卓越見識，做意義深遠的事。她在白宮的日子裡，大修了白宮，將白宮藏品花大精力收集整理，使白宮成為一座博物館，策劃並寫成了《白宮：一部歷史指南》一書，還和哥倫比亞廣播電視臺一起製作了環遊白宮的紀錄片，第一次將白宮的內部結構展露在美國人民面前。她還有一個令人讚賞的偉大舉措，就是擴充白宮圖書館。賈姬對國家的貢獻從來沒有被完全認識，她的成績不是在有目共睹的公務上，而是在不為人知的領域。

在適合的時機，找到心靈依託。經歷慘痛之後的賈姬嫁給船王並非偶然，她真正需要一個有實權和財富的人，權力把她吸引

到甘迺迪身邊，財富令她投入歐納西斯的懷抱，兩樣她都得到了。歐納西斯死後，她只繼承二千六百萬美元的遺產，從此開始職業女性的生涯，洗盡鉛華，穿上 T 恤和麻質長褲，重新過一種回歸自然的樸素生活。在適當的時機，找到心靈依託，這是一種人生態度。

陳夢涵

龐德女郎
永不凋謝的花兒

　　隨著 2008 年 11 月第二十二部 007 系列電影《量子危機》(*Quantum of Solace*) 的全球上映，詹姆士・龐德的形象已經在銀幕上徜徉了四十六年。與此同時，前後六任龐德還迎來送往著一個個搖曳多姿的嬌豔女子。她們曾被視為花瓶，卻不經意間成為潮流時尚的親歷者；她們也試圖改變，而每一次改變都與時代風向緊密相連。盛名之下的她們，或悄然隱退定格永恆，或另闢蹊徑花開新枝，但絕不擔心不會有人憶起和提及。她們屬於一個獨特的團體，一個因持續上演的銀幕傳奇所聯結在一起的團體——龐德女郎。

007 系列電影《黃金眼》(*Goldeneye*) 劇照（圖片出處／ Alamy）

風雲際會龐德女郎

在每一集 007 電影的片頭，都會有若干玲瓏的女性剪影在字幕躍動間若隱若現。那些充滿挑逗意味的身體溝壑，幻化朦朧的迷人面孔，早已成為龐德片的標誌，和那句著名的 "shaken, not stirred" 一樣，每每在給人以懷舊快慰的同時，又不斷地注入新鮮旨趣。龐德女郎們逢集不落、一如既往，不是前赴後繼地對這個時時標榜英式花花公子處世哲學的風流間諜投桃報李，便是八仙過海似的在將龐德迷得魂不守舍之際暗度陳倉。除卻展示性感，她們矢志做的事情無外乎成為龐德的麻煩、為龐德製造麻煩，或幫助龐德解決麻煩。

1960 年代——加勒比海中走出的性感尤物

二戰後的西方世界，保守主義甚囂塵上。美蘇兩大軍事力量各自將對方視為潛在的假想敵，形成一種一觸即發的時政格局。受之影響，在種族關係、性別態度等方面，也與戰前一度瀰漫的自由主義氣息不可同日而語。龐德這個原產於英倫，卻在美利堅的包裝下橫行世界的超級間諜，便成為西方自由主義精神的銀幕代言。而龐德女郎也以其曼妙和性感悄然填充著人們日益緊繃的疲憊神經。

　　有人形容早期的龐德女郎彷彿普羅旺斯的應季魚湯，每一集更換新面孔，本質卻無大的區別。不論置身於敵我陣營，無非是在龐德周旋諜海之餘插科打諢，在泳池邊、歌舞場等一切盡可能穿得少的場合裡扮作性感小貓。但性感不是罪，1962 年，當烏蘇拉・安德絲 (Ursula Andress) 身著白色比基尼、腰挎獵刀自蔚藍的加勒比海中款款走出，以一種健康性感的姿態躍然於冷戰的鐵幕之上，其力量不亞於一顆原子彈。

　　上世紀 1950 年代和 1960 年代前期的美國銀幕上，充斥著種種受過良好教育、安享家庭生活的「幸福主婦」。主流文化早已對二戰前所鼓吹的新女性及其成就棄若敝屣，女性的生活被日益框定在狹小的家庭圈子中，她們甚至被否定了在工作場合的基本平等，並被假定為熱衷於家務的生物。學校灌輸給女子的是要嚴守著裝規範，並使家庭經濟學成為強制性課程。在這樣的環境下，龐德女郎儘管仍舊圍繞著絕對的男性中心打轉，但她們起碼可以和龐德一樣周遊世界、追逐更廣闊的天地。於是，龐德女郎的性感不僅可以看做一種女性張揚自我性別特質的手段，也在某種程度上成為洞開保守時代氛圍的一方利器。況且，那些令人印象最為深刻的龐德女郎們，除了性感，也還多少有著些頗為男性所側目的個性。

　　烏蘇拉・安德絲後來曾回憶說：「毫無疑問，我當時是一種新女性，代表了一種新形態。如果說瑪麗蓮・夢露是一種豐腴性感的女性象徵，我則是運動型的女性，有活力、堅強、果斷。」在這部 007 系列的開山之作《第七號情報員》(*Dr. No*, 1962) 中，安德絲即使在大多數時間裡需要龐德的保護，卻因其震撼式的登場贏得了某種強勢的印象分。在亡命的歷程中，她不僅會教龐德用海

霍納・布萊克曼是一位至今仍
備受推崇的龐德女郎。（圖片出
處／Alamy）

水塗遍全身以防蚊蟲叮咬，也會在身處險境之際幽他一默：「很高
興你的手也出汗。」

　　龐德女郎在 1960 年代的另一個精彩亮相屬於《金手指》
(*Goldfinger*, 1964) 中的霍納・布萊克曼 (Honor Blackman)，一位
至今仍源源不斷收到龐德女郎崇拜者來信的美麗女性。當她在龐
德從眩暈中睜開雙眼之際以一種不容揣測的語氣說出 "My name
is Pussy Galore" 時，便分明流露出些許向那句著名臺詞 "Bond,
James Bond" 挑釁的意味。Pussy 在片中是金手指的私人機師——
一種大多為男性所把持的職業。她儘管在最後關頭突然倒戈投向
龐德的懷抱，卻以其幹練的作風牢牢地牽引著觀眾的視線，使女
人們看到了某種與男性平起平坐的可能性。

1970 年代──比性感更誘惑

　　1970 年代的女性開始更加主動地爭取自己的權利、掌握自己的人生，再加上女權主義推波助瀾，早先那些龐德女郎用以突圍刻板家庭的性感也遭到批判。在女權主義者眼中，龐德輕佻地拍拍泳裝女性的屁股卻能換回她們似怨似嗔的舉動著實喪失立場，而龐德將女性推倒在床上，女性卻在欲拒還迎中喪失抵抗的做法更屬大逆不道。《金剛鑽》(*Diamonds Are Forever*, 1971) 中的吉爾‧聖‧約翰 (Jill St. John) 是這個時期的第一位龐德女郎，她是龐德女郎這行列中的第一位美國演員。其所飾演的蒂梵妮小姐體態豐潤、氣質高貴，喜歡更換髮色，而且在大部分時間裡都處於

吉爾‧聖‧約翰是龐德女郎行列中第一個美國演員。（圖片出處／Alamy）

一種衣不蔽體的狀態。那身猶如紫羅蘭般的比基尼泳裝被認為是可與安德絲的經典造型相媲美的裝扮。而當面對激進女權分子的指責時，吉爾卻不以為然，她說：「龐德女郎是超乎平凡的，本來就不代表真實的女性，她們幾乎是一種夢想般的象徵，是一種娛樂，而並非女性自覺的社會聲明。」

《生死關頭》(*Live and Let Die*, 1973) 中，出現了第一位真正的黑人龐德女郎。儘管在前集史恩・康納萊 (Sean Connery) 回爐的《金剛鑽》中，也曾出現一位名為 Thumper 的黑女郎，但除了頗為搞笑地令龐德吃了一回皮肉苦之外，與龐德的個人情感基本無涉。而《生死關頭》中的蘿絲・卡佛 (Rosie Carver) 卻是當集中僅次於珍・西摩爾 (Jane Seymour) 的二號龐德女郎。其飾演者格洛麗亞・亨德里 (Gloria Hendry) 身具非洲、印第安、中國、愛爾蘭等多國血統，膚色黝黑，惹得初來乍到的羅傑・摩爾 (Roger Moore) 意亂神迷、主動出擊。當白人男子坐擁黑美人並投以深情一吻的時候，不啻於給刻板的種族主義者當頭棒喝，時代的進步顯而易見。

這一時期最令女性顏面增光的龐德女郎出自於 1970 年代的最後一部 007 電影《太空城》(*Moonraker*, 1979)。當龐德知曉他所找尋的妙算博士 (Dr. Holly Goodhead) 正是眼前這位妙齡女子時，眼神中所流露出的一絲驚訝和興奮是頗值玩味的。風水輪流轉，那時候，女性的性感和魅力一夜之間變為某種不妥當的事兒，所有的女性都在焚燒她們的胸罩、擠對她們的伴侶。在戲劇界浸淫多年、後來選擇在休士頓大學教書以度餘生的路易絲・查爾斯 (Lois Chiles) 為這一角色賦予了難得的知性美。正如她後來回憶的那樣：這一角色使龐德女郎具有了比性感更具誘惑力的女性氣質，

她強勢到可以做龐德會做的一切事情：開槍、駕駛飛機、拯救世界和平，唯獨不願在男性面前賣弄風騷，「在影片中大部分時間都穿著太空衣，能性感到什麼程度呢？」說歸說，在全世界影迷的內心深處，至今依然留存著片尾那場太空失重狀態下的床戲，他們雖然被「再帶我環遊世界一次」(Take me around the world one more time) 的性語暗示撩撥得心癢，仍然不忘挑出失重狀態下的頭髮為什麼不飄起來的 Bug。

1980 年代以後──龐德女郎的多元氣象

　　1980 年代的龐德鍾情有著純真笑容的美式甜姐，從《最高機密》(*For Your Eyes Only*, 1981) 中的前滑冰選手琳妮‧霍莉‧約翰森 (Lynn-Holly Johnson) 到《雷霆殺機》(*A View to a Kill*, 1985) 中天使一般的坦亞‧羅伯茨 (Tanya Roberts)，從《黎明生機》(*The Living Daylights*, 1987) 中拎著大提琴的瑪瑞亞‧達波 (Maryam d'Abo) 到《殺人執照》(*Licence to Kill*, 1989) 中開槍都忍不住閉眼的卡莉‧洛爾 (Carey Lowell)，無一例外都是金髮、湛藍的眼睛，清純可人，與前輩們性感誘惑的銀幕形象大相逕庭。有分析家稱，這似乎與現實社會中的愛滋恐懼遙相呼應。

　　歷經了版權風波和演員難產，皮爾斯‧布洛斯南 (Pierce Brosnan) 藉《黃金眼》(*Goldeneye*, 1995) 重新殺回暌違六載的龐德世界，也帶來了龐德女郎的多元氣象。此時冷戰已成過去，龐德的假想敵也開始變更為威脅世界安全的恐怖分子、惡欲膨脹的傳媒大亨以及癡心妄想的能源鉅子。《黃金眼》中的娜塔莉亞 (Natalya Simonova) 應該算得上有史以來龐德最得力的助手，波蘭

裔的伊莎貝拉 (Izabella Scorupco) 飾演的這一角色在出眾的外表之餘，還具備極高的專業素養（能夠修改主控程序），同時更能居安思危，行事分外謹慎。她並不是戰鬥型的龐德女郎，但是行動敏捷、槍法不俗，更不是頭腦莽撞的傻大姐。她勇往直前、無所畏懼，那個時代女性所能具備的優勢幾乎集於一身，龐德不喜歡才怪!

　　世紀之交的龐德女郎最大的變化是摒棄了先前在模特兒、選美小姐以及二、三線女演員中搜羅倩影的習慣性做法，頻頻向更高的層級發起衝擊。楊紫瓊儘管當時在西方世界知名度有限，卻業已奠定亞洲頭號女性動作明星的地位，她僅在《明日帝國》(*Tomorrow Never Dies*, 1997) 中小露身手，便由此一躍進入國際明星的行列。楊紫瓊帶給龐德女郎的不僅是有如迅雷般的身手，也是東方式的含蓄溫情和獨立特質。正如有人所評論的那樣：從楊紫瓊出現在 007 片場的那一刻起，龐德終於棋逢對手。而在香港回歸中國的當年奉上這樣一部 007 電影、全力打造一位華裔面孔的龐德女郎，也潛在地順應了西方世界對未來中國的強勢想像。

　　享有更高知名度的蘇菲・瑪索 (Sophie Marceau) 和荷莉・貝瑞 (Halle Berry) 也相繼加入龐德女郎的陣營。前者是 1980、1990 年代最耀眼的法國女星之一，後者則剛剛捧得奧斯卡影后的桂冠。當瑪索飾演的石油大亨獨生女伊蕾莎 (Elektra King) 口口聲聲地宣稱「你明白嗎? 沒人能拒絕我!」，當貝瑞飾演的特務 Giacinta Johnson 向前輩致敬似的以泳裝姿態從海面浮出，善良與邪惡、性感與純真等種種詞彙都似乎被她們耀眼的星光所掩蓋。至此，歷時四十載的龐德女郎也似乎迎來了一個盤點的時刻，據說在《縱橫天下》(*The World Is Not Enough*, 2000) 中，製片方還曾設想讓

健在的龐德女郎以某種形式在片中來個集體亮相，其中包括烏蘇拉‧安德絲、黛安娜‧里格 (Diana Rigg)、卡洛爾‧巴蓋 (Carole Bouquet)、芳姬‧詹森 (Famke Janssen) 和芭芭拉‧貝芝 (Barbara Bach) 等人，但這一令無數影迷翹首以盼的想法最終未能實現。

龐德女郎群芳譜

　　縱然四十六年，龐德女郎換了一波又一波，每個導演也希望以她們的千番面貌、萬種風情帶給觀眾眼花撩亂的視覺感官，但唯一不變的就是銀幕上的龐德女郎永遠不會老去，如同永不凋謝的花兒。

出水芙蓉：烏蘇拉‧安德絲

　　烏蘇拉‧安德絲在龐德女郎中的崇高地位已是毋庸置疑。在史上歷次最受歡迎的龐德女郎評選中，第一部 007 電影《第七號情報員》中的安德絲幾乎都能無可爭辯地拔得頭籌，一切都源於：她的亮相實在是太精彩了！

　　就在《第七號情報員》開拍的兩週前，影片女主角哈妮‧賴德 (Honey Ryder) 的人選還遲遲未定。心急火燎的製片人偶然看到一張演員約翰‧德里克的妻子烏蘇拉‧安德絲的照片，便一口斷定那是他們所要的女主角，未經會面便已決定由她出演。誰料安德絲本人獲悉這一角色時並不感興趣，加上碰巧來訪的寇克‧

道格拉斯 (Kirk Douglas) 一邊閱讀劇本一邊笑個不停，無形中令
安德絲更加不安，後來在別人的勸說下她才轉了念頭，「如果我演
出了這部電影，至少電影不好不會是我一個人的錯」。就是這一不
經意的決定，拉開了龐德女郎綿延數十年的精彩帷幕。

赤裸金花：雪莉・伊頓

在 1964 年的《金手指》中，雪莉・伊頓 (Shirley Eaton) 僅僅
是一個出場不足五分鐘的小角色。她飾演的 Jill Masterson 是反派
金手指的女友，因為沒能抵擋住龐德的柔情攻勢，害金手指先輸

赤裸金花：雪莉・伊頓（圖片出處／Alamy）

牌局又輸人，而被金手指用燦爛的金漆塗遍全身窒息而亡。儘管短命，為達到光輝燦爛的銀幕效果，雪莉・伊頓的化妝過程持續了兩個小時，而拍攝結束後的後續過程更是麻煩，服裝師和化妝師一齊動手幫她擦洗尚且不成，還需借助土耳其蒸氣浴，讓剩餘的金漆隨著汗水一道排掉。

更大的驚豔發生在《金手指》當年在法國的首映會上。由於先期披露的赤裸金花照片實在太具蠱惑性，引得超過六十名法國女子不惜以身相試。當史恩・康納萊親自駕駛著阿斯頓・馬丁DB5 駛過香榭麗舍大道之際，這六十名全身塗成金色的女郎突然出現，其中一位還逕直坐到了康納萊的車裡，搞得康納萊剎那迷惑：這是怎麼一回事？

暗夜百合：珍・西摩爾

就五官的精緻而論，1973 年《生死關頭》中的珍・西摩爾堪稱歷屆龐德女郎中的翹楚。她所詮釋的索麗塔 (Solitaire) 是一位塔羅牌大師，具有先知先驗的超凡神力，但只有守身如玉才可保存這種預知力。藉此，索麗塔受控於一個加勒比海島國的總理——篤信神祕主義的康奈格博士 (Dr. Kananga)，後者恰恰成為龐德的敵人。面對如此一朵時時處處散發著神祕幽香的暗夜百合，龐德又怎肯善罷甘休。於是，龐德略施伎倆，美人上鉤。美人芳心已許，卻神力盡失……。

珍・西摩爾因龐德女郎而成名，且是少有能夠逃脫「龐德女郎魔咒」未被定型的女演員之一，儘管她此後的發展更多集中於電視螢光幕。上世紀 1980 年代，因為一部電影《似曾相識》和電

視劇《荒野女醫情》，西摩爾在中國贏得無數影迷，是那個年月裡
雜誌封面和掛曆裡曝光率最高的外國女影星。

梅開二度：穆德・亞當斯

在 1974 年的《金槍客》(*The Man with the Golden Gun*) 和 1983
年的《八爪女》(*Octopussy*) 中，穆德・亞當斯 (Maud Adams) 先後
兩次出任戲分吃重的龐德女郎。《金槍客》裡，她飾演金槍客的女
友 Andrea Anders，曾在香港的賭場裡用中華牌香菸盒幫金槍客傳
遞特製子彈，青春逼人好生亮眼。而在時隔九年後的《八爪女》
裡，亞當斯搖身一變，成為新德里附近小島上一個以八爪魚為標
誌的女兒國統治者，開辦飯店、經營航運和巡迴馬戲團，當然還
有走私珠寶。此時的她韶華稍遜，卻更增添了幾分成熟風韻。

除卻亞當斯，還有不止一名女演員在龐德系列電影中梅開二
度。比如曾被稱作「龐德女郎第一人」的尤妮絲・蓋森 (Eunice
Gayson)，而且她還是唯一在兩部 007 電影中飾演同一角色的龐德
女郎。蓋森在《第七號情報員》開頭的牌桌上第一次登場，出場
的時間比史恩・康納萊還早一分鐘，隨即便頗為主動地投懷送抱。
這一關係一直延續到次集《第七號情報員續集》(*From Russia with
Love*) 中，當新的龐德女郎還未出現之際，由她負責和我們閒不住
的龐德先生打情罵俏。

東瀛雙姝：若林映子、濱美枝

1967 年的《雷霆谷》(*You Only Live Twice*) 一下子捧出了兩位

日裔龐德女郎。第一個亮相的是若林映子，她演出的 Aki 是日本情報部門為龐德特意安排的女同伴，面貌平平，也沒有什麼獨特技能，無非接個頭、領個路之類，卻在忍者訓練營與龐德共寢之際中了敵人的毒液一命嗚呼，好端端做了龐德替死鬼。但由於出場在先，歷來被稱作第一位亞裔龐德女郎。

繼而登場的是濱美枝，據稱是第一個登上 Playboy 的亞洲人，還被譽為日本的碧姬・芭杜。出於劇情需要，她在片中與龐德煞有介事地舉辦了一場婚事。參演這一角色時，濱美枝只有二十四歲。年齡不大，陣勢卻頗足。先是在倫敦接受英語培訓時不大用功面臨被撤換的危險，濱美枝竟以自殺要挾；後來又以胃痙攣為藉口拒絕拍攝游泳的戲分，無奈之下，製片方只得請出史恩・康納萊的妻子黛安・塞蘭托 (Diane Cilento) 戴上黑色假髮充作濱美枝的替身。

黑色異香：格雷斯・瓊斯

格雷斯・瓊斯 (Grace Jones) 有著所有龐德女郎中最強健的體魄和最兇悍的表情。這個出生於牙買加的模特兒兼歌手在 1985 年的《雷霆殺機》中飾演大反派佐倫 (Max Zorin) 的私人保鏢，對主子忠心耿耿，對對手水火不容。可就是這樣一個面目可憎的人，臨末了得知自己被佐倫拋棄後，對龐德施以援手，隨即慷慨赴死，竟令人欷歔了一番。

瓊斯參演電影不多，在出任龐德女郎之前還與阿諾・史瓦辛格 (Arnold Schwarzenegger) 合作過《王者之劍》(Conan the Barbarian)。較之在電影界的成就，她在時尚界反倒更為受寵，

1980年代後期在巴黎的時尚界引領一時風氣，尤其受到同性戀者的強烈追捧。

華裔面孔：周采芹、元秋、楊紫瓊

多數人都將楊紫瓊視為華裔龐德女郎中第一人，就戲分吃重程度而言毫無疑義，但論及加入這一陣營的早晚卻不是第一。早在1967年的第五部007電影《雷霆谷》中，便有一位嬌媚的華裔女子已同龐德先生親密過招。戲分不多，卻在劇情的轉折點上，協助結束了龐德的「第一命」——設計假死。她是周采芹 (Tsai Chin)，京劇大師周信芳的女兒，當年曾在倫敦的戲劇舞臺上紅極一時。在她跨越半個多世紀的影戲生涯中，還曾演出過《春光乍洩》(*Blowup*)、《喜福會》(*The Joy Luck Club*)、《藝伎回憶錄》(*Memoirs of a Geisha*) 等著名影片。甚至在007電影《皇家夜總會》中還軋了一角色——那位在賭場上眼神犀利的亞裔貴婦吳夫人。

2004年周星馳的《功夫》大紅，其中那個滿頭髮捲、口叼香菸、身著睡袍、擅長獅吼的「包租婆」元秋也借勢翻身。有好事者立刻慧眼淘金，從三十年前的一部龐德電影《金槍客》中發現了她的身影。不過，稱她在其中裸露上身、激情演出的消息當屬誤傳。元秋在《金槍客》中被安排了兩場戲，通通著白色學生裝，一處是和一姐妹搭車坐在龐德身後笑意盈盈；另一處是在龐德被困空手道場時現身相救，俐落的動作和架勢確實可見七小福的功底不凡。

新生蓓蕾：
伊娃・格林、歐嘉・柯瑞蘭寇、潔瑪・阿特登

　　2003 年，大師貝托魯奇的一部異色之作《巴黎初體驗》(*The Dreamers*) 發掘出一個令全世界登徒子們為之屏息的伊娃・格林 (Eva Green)，也由此在三年之後將之推向龐德女郎之列。《皇家夜總會》的故事發生在龐德剛剛榮升為第七號情報員伊始，於是伊娃・格林所飾演的薇絲朋 (Vesper Lynd) 也被視為對龐德影響重大的關鍵女性。丹尼爾・克雷格 (Daniel Craig) 在一片爭議聲中將龐德演繹出前所未有的真性情，而伊娃・格林也將這個美麗與個

2008 年最新出爐的龐德女郎：歐嘉・柯瑞蘭寇（左）、潔瑪・阿特登（右）。（圖片出處／Alamy）

性兼備的龐德女郎詮釋出令人感傷的悲情意味。據說，薇絲朋的名字出自原著作者伊恩‧弗萊明早年在情報部門做事時，一名愛慕他的女同事的代號。顯然，創作者在這「龐德生命中的第一個女人」身上融入了個人往事，可見寄情之深。

在最新上映的 No. 22 號龐德電影《量子危機》中，出身烏克蘭的女星兼模特兒歐嘉‧柯瑞蘭寇 (Olga Kurylenko) 和英國新生代演員潔瑪‧阿特登 (Gemma Arterton) 成為幸運兒，分別演出兩位龐德女郎。新生的蓓蕾可否綻放，唯有拭目以待。

當年，星探在莫斯科的地鐵上發現了歐嘉，驚為天人，立刻簽約帶至時尚之都——巴黎，很快就有機會登臨大銀幕，因為在《巴黎我愛你》和《殺手47》的驚豔表現而被選為《量子危機》的頭號龐德女郎。阿特登也是從一千五百名試鏡者中突出重圍的，她飾演的龐德女郎最終被全身塗滿黑油窒息而死。很顯然，這是向《金手指》中「赤裸金花」經典場景的致敬之舉。

屹立時尚之巔

半個世紀以來，龐德女郎的一身行頭，引得無數時尚品牌爭相競技、多位時裝大師費盡心機。金縷玉衣、華衫美服，每當新一集電影上映，龐德女郎便又一次屹立於潮流之巔。

上個世紀中葉，當伊恩‧弗萊明開始在牙買加的海岸別墅裡

揮就龐德系列小說之時，絕未曾料想那個波譎雲詭的諜海世界會
與時尚界發生如此深廣的聯繫。弗萊明描畫龐德的裝扮時，尚且
可以給予較為詳盡的筆墨，如一身倫敦 Savile Row 量身定做的高
檔西裝云云。而一到那些令人眼花繚亂的龐德女郎身上，弗萊明
這位前間諜似乎便有些詞窮，敘述她們的身材和膚色遠比形容她
們穿什麼衣服更費心思，通常以「帶著輕微日曬的蜜糖色皮膚」
這類稍嫌曖昧的詞句一筆帶過，其餘的，盡靠讀者自行想像了。
但是當小說轉嫁銀幕，想像訴諸感官，龐德女郎穿什麼便無可迴
避。半個世紀以來，龐德女郎的一身行頭，引得無數時尚品牌爭
相競技、多位時裝大師費盡心機。

比基尼，當然是比基尼

　　除了比基尼還有什麼裝扮與龐德女郎更相匹配？烏蘇拉・安
德絲立起了一根標竿，藉比基尼創造了一種完全女人味的象徵，
殊不知那只是由安德絲本人和影片的服裝師一同草就的款式。在
2001 年 2 月間倫敦舉辦的一場 007 電影道具拍賣會上，當年安德
絲所穿過的那件白色比基尼泳衣竟然拍得了 4.1125 萬英鎊的高
價；四十年後的荷莉・貝瑞選擇了一件橙色比基尼向前輩致敬，
同樣不多的布料已經造價不菲，因為它出自著名的 La Perla 品牌。
　　由於比基尼，《皇家夜總會》中卡特里娜・穆里諾（Caterina
Murino）的風采才沒有被伊娃・格林完全掩蓋。這位前義大利小
姐在巴哈馬海灘上身著一件嫩綠色的 La Perla 比基尼，在遠處龐
德咄咄逼人的目光下優雅地躍下馬背，她的比基尼上身是鑲著金
屬飾物的繡花貼身抹胸，下面是薄紗迷你帶子裹著玉腿和翹臀，

並不十分暴露，但半遮的效果更能鼓蕩心扉。

少不了的華服晚裝

龐德女郎一身身耀眼的裝扮引得龐德一次次拜倒在她們裙下，其中不乏當紅設計師的精心之作。金縷玉衣、華衫美服，每當新一集電影上映，龐德女郎便又一次屹立於潮流之巔。

1970年代的珍‧西摩爾，在《生死關頭》裡穿了一件義大利式的高腰白裙，看似不食人間煙火的仙女，領口卻開得極低，極盡性感和嫵媚。1990年代後的龐德女郎們更是從頭到腳一身名師傑作，Versace 和 Ocimar Versolato 的晚裝、Gucci 和 Prada 的成衣、Jimmy Choo 和 Gina 的高跟鞋之類頂級裝束屢見不鮮。2002年的《誰與爭鋒》(*Die Another Day*) 也不例外，荷莉‧貝瑞的一襲紫色鑲水鑽性感晚裝裙屬 Versace Haute Couture 特別設計，佐以 Tiffany 的 Lucida 系列鑽飾，當真可以稱得上是一場奢華品牌秀。

《皇家夜總會》裡的兩位龐德女郎未曾碰面，卻各自藉著一身華麗晚裝爭奇鬥豔一番暗戰，卡特里娜‧穆里諾飾演的索蘭戈 (Solange) 穿了件 Jenny Peckham 的珊瑚緞紋裝；伊娃‧格林飾演的薇絲朋則著 Robert Cavalli 紫紅色絲綢裝，在鑲滿鑽石的領口襯托下越發楚楚動人。在劇情中，這件 Cavalli 晚裝是龐德送給薇絲朋的禮物，為此美工部門還特意在酒店大堂開了一家 Cavalli 專賣店，以確保鏡頭掠過時不露破綻。

知性套裝的魅力

1970 年代之前的龐德女郎服飾，基本上都出自專門的電影服裝師之手。隨著時尚資訊的日益發達，007 電影也開始邀請時尚界的大牌設計師直接參與。1971 年的《金剛鑽》中，吉爾·聖·約翰曾穿了一件象牙白的三件式套裝褲，與當時潮流中堅聖羅蘭 (Yves Saint Laurent) 的名作 Le Smoking 褲裝互相呼應；到了 1979 年的《太空城》裡，路易絲·查爾斯幾乎所有的戲服都已是巴黎名師紀梵希 (Hubert de Givenchy) 量身打造的了，尤其是那套黑色緊身衫褲搭配上飄逸的蝙蝠袖雪紡，再繫一條寬窄適宜的黑色皮帶，既古典又摩登，與路易絲的知性氣質相得益彰。

在《誰與爭鋒》中短暫亮相的瑪丹娜以一件超凡的緊身擊劍服成功吸引目光。瑪丹娜在片中飾演一位擊劍教練，這件服裝採用鱷魚皮質地，由 Jeremy Scoot 特別設計，搭配 Yves Saint Laurent 的緊俏長靴，將已不再年輕的瑪丹娜包裹得有型有款。

高　山

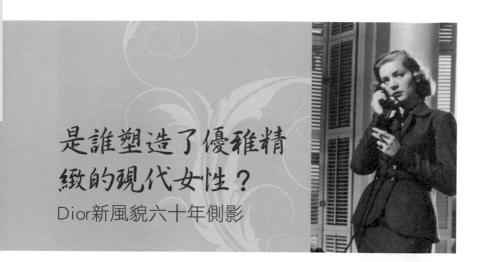

是誰塑造了優雅精緻的現代女性？

Dior新風貌六十年側影

　　2009 年 7 月，法國巴黎 Christian Dior 總部，新一季 Dior 秋冬高級定製盛大開幕。束腰夾克、緊身內衣、鈴蘭裙形，Dior 首席時裝設計師約翰・加里亞諾再次強調了品牌創始人克里斯汀・迪奧的 New Look（新風貌）風格。由 1946 年 Christian Dior 高級定製時裝屋成立並於次年推出此款造型設計開始，光影流轉間，已是風華六十餘年。優雅、華麗、精益求精的設計理念，使得 New Look 引領了一場又一場的時尚風潮，並逐漸沉澱而為優雅女性的代名詞。

　　那張開啟 New Look 的黑白照片，如今已經成為每一本服裝相關書籍裡必談的經典：她站在塞納河畔人行步道邊緣，戴著手套的雙手擺出優雅的 Pose，身後看不見盡頭的石板路，昭示著 Dior 作為優雅品牌引領時尚的漫漫長路……。

1947 年春夏花冠系列中的沙漏形套裝傘裙，正是這套服裝開啟了「新風貌」。

上帝之金灑落人間

　　Dior 在法語中包含了兩層意思：Dieu（上帝），or（金子），所以 Dior 品牌一直被稱為上帝與金子的組合。自克里斯汀‧迪奧（Christian Dior）創立品牌開始，這把上帝之金便藉由它在高級定製、成衣、皮具與配飾、高級珠寶、美容等各個領域的風靡而灑滿人間。而這一切的開端，在 New Look。

　　Dior 的歷史就是一部引領時尚的歷史。它以其獨樹一幟的優雅設計在時尚史上展現著女性的魅力。自從它誕生的那一刻開始，便為時尚界書寫了無數不可磨滅的神話：Dior 在公司成立僅僅三年之際就已經占據巴黎時裝界 75% 的出口銷量；在由 Dior 公司贊助的塞尚畫展開幕式上，法國前總統夫人伯德納黛‧希拉克將一款 Dior 最新手提包贈予黛安娜王妃。九十五道精細工序的高級定製設計立刻贏得王妃的青睞，之後她更是訂購了這款手提包的所有版本。在黛安娜本人的同意下，隔年，該手提包以她的名字命名為 "Lady Dior"，"it bag" 現象由此湧現；Dior 推出的男裝系列 Dior Homme 主導瘦削形象與搖滾氛圍，帶動了男裝市場的時髦紀元，連 Chanel 的設計師 Karl Lagerfeld 也努力甩掉贅肉，就為了穿上 Dior Homme；現任 Dior 高級珠寶設計師、出身於普羅旺斯伯爵家族的 Victoire de Castellane 推出 Belladone Island 系

克里斯汀·迪奧在工作
室用長木棍指示新系列
的設計圖。

列。遠溯至文藝復興時期的珠寶寓意、從未有人涉足的夢幻島嶼
背景，使得十七件作品上市僅兩個月，就在巴黎橘園美術館銷售
一空，創下高檔珠寶行業的銷售紀錄。

　　這一系列奇蹟的起始時間是在 1946 年，尤其是 1947 年 2 月
12 日，籍籍無名的克里斯汀·迪奧舉辦的第一場個人時裝發表會
上。那一天之前，迪奧父親破產、母親病逝、弟弟因精神疾病入
院、妹妹曾遭德國納粹放逐，他本人更是窮困潦倒，多次求職無

克里斯汀‧迪奧測量裙子離地
的高度。（圖片出處／Corbis）

果，甚至得了肺結核；而那一天之後，全世界牽掛的只有他以及
他帶給女性的 New Look——柔和圓潤的肩位、豐盈的上圍、纖細
的腰身、墊高的臀部配搭修長寬鬆的圓形裙，New Look 一反戰時
單調簡陋的著裝風格，展現的是女性公主式的華美和精湛輪廓。
克里斯汀‧迪奧一夜成名，八天之內接到一千二百多條裙裝的訂
單，蒙田大道 30 號的迪奧時裝屋被迫二十四小時營業以便顧客選
購服裝，同年迪奧獲得時尚界的奧斯卡——馬庫斯獎，各大時尚
雜誌編輯開始養成一種習慣，那就是將雜誌的封面保留至上市前
的最後一刻，目的是為了等待 Dior 的最新時裝照片。

　　迪奧與 New Look，在二戰的廢墟上，喚醒了法國式的優雅傳
統，樹立了上世紀整個 1950 年代內斂高尚的時裝品味，其影響延
續至今。

　　或許瞭解了戰時服飾原材料的短缺，也就能理解為何在觀看這場「無名之輩」的時裝展時，時任美國 *Bazaar* 雜誌記者的卡梅爾·斯諾會脫口而出："It's such a New Look!"

　　僅僅是在兩三年前，巴黎的天空還陰暗低沉。由於戰時物資短缺，時尚類雜誌已經處於被迫停刊狀態。理髮師們遇到了同樣的問題，在理髮沙龍裡，經常會看到兩名男子在地下室的自行車上猛蹬著踏板，以便發電保持吹風機的運轉，這樣的場面並不奇怪，因為理髮店經常遭遇電力短缺。紡織面料同樣成為稀缺品，政府對時裝店的服裝數量嚴格管制，不能多於七十五套，並且每一類服裝只能使用規定數量的面料。甚至專門成立了「戰時生產委員會」來控制人們追求新時裝的欲望。如此的情況下，時裝開始越來越精簡，越來越庸俗。戰爭迫使女性只能穿著笨重的軟木高跟鞋，腿上畫著假長襪線，短裙（因為沒有多餘布料）上有開衩（為了更方便蹬自行車踏板），上身是拙劣的平裁夾克，帽子由各種沒有其他用處的剩布做成，薄紗和緞帶驚人混搭，頭巾呈瀑布狀落下，遠遠望去就像一個巨大的坐墊。至於高級禮服，那是歷盡千辛萬苦才能找到一塊布料的戰利品。

　　1945 年後的法國，戰爭的陰雲已經消散，然而街頭依然陰冷，服飾照樣簡陋，世界似乎還沒有從這場廝殺的創傷中恢復過來。灰暗、冷漠與百無聊賴。那時的克里斯汀·迪奧同樣充滿彷徨與疑惑。他已年過四十，周圍的朋友均已事業有成，他知道是時候該輪到自己好好發揮了。只是要創建自己的時裝店，這個不諳世事的天才設計師有些驚恐。因為這意味著自己舒適的小世界將爆裂成碎片，他不得不面對自己完全陌生的店面事務，而投資人的意願同樣難以捉摸。迪奧猶豫再三，直到那一次，他踩到了一顆

星星——一顆從輪軸蓋上掉下的鍍金星星。他認真地將這顆寶貝揣入囊中，不禁高呼「這真是上天的啟示」，按了按口袋，迪奧已然下定了決心……。

克里斯汀・迪奧拯救了巴黎

對許多人而言，1947 年的那場發表會，意味著時尚之都巴黎的重生。New Look 系列，開啟的是一個黃金十年，那是一個高級時裝全面影響社會、公爵夫人爭相應聘 Dior 時裝屋店員的十年，是「流行帝王」克里斯汀・迪奧重拾兒時夢想，並最終將這些夢幻凝固而為優雅標準的永恆十年。

「你必須創建自己的時裝店」

沒有人會知道，為了 1947 年的那場個人時裝展，克里斯汀・迪奧等待了多長時間。因為父母的反對，一舉成名前的迪奧尋尋覓覓了二十年。

1947 年 2 月的那天晚上，離開個人時裝展後，迪奧的耳旁仍然迴響著掌聲。他回頭望著時裝屋外亮閃閃的自己的名字。「如果我可憐的母親還在世的話，」他哭泣著，「我根本就不敢做這些事。」

迪奧 1905 年出生在法國諾曼第附近的海濱度假城市格朗維爾。舅舅是內閣部長，父親靠做化肥生意成為一名富有商人，母

1947 年秋冬花冠系列的「迪奧拉瑪」裙裝。

親秉持著上流社會優雅而富於智慧的女性品格，協助丈夫精心經營著家庭財產。

　　孩提時代的迪奧，就對植物和花草有著特殊的愛好，而且迷戀畫畫，尤其喜歡畢卡索、馬諦斯等大師的作品。每當諾曼第嘉年華會開始，小迪奧就會自己化上妝，穿好帶天使翅膀的衣服，並且親自動手在衣服上鑲上貝殼作點綴。隨父母遷到巴黎後，迪奧與母親的關係日漸親密。他與母親一樣擁有精湛的審美品味，鍾情於優雅的事物，迪奧還常常陪母親試穿、購買新的衣服。在迪奧的奶奶看來，他那張精緻的面龐後隱藏著一種與眾不同的精神與氣質。而這正是長期的藝術薰陶下天然而成的靈動之氣。

　　然而迪奧的父母卻不以為意，他們一致認為擁有顯赫家庭出身的孩子，應該從事一份體面而正經的工作。迪奧的母親一直期望兒子有朝一日能成為外交官。所以，當迪奧高中畢業，提出想進入藝術學院深造時，遭到了父母的斷然拒絕。他只有屈從父母的意志，進入了巴黎政治學院。

　　然而學校裡的迪奧仍然將大部分精力花在了自己的興趣與愛好上，由於過分沉迷於繪畫，巴黎政治學院不得不給出嚴重警告。外交官的夢想已經越來越遠，拗不過迪奧的興趣和決心，父親出資幫他開了一家畫廊。可是，母親的態度依然強硬，出身貴族的她已經做好了誓死捍衛迪奧家族榮譽的準備，她將建築師、女裝設計師、小店店主、畫廊老闆和雜貨老闆視為同一類人，認為畫廊和雜貨店沒什麼兩樣，「我決不允許迪奧的姓氏出現在店鋪招牌上！」

　　母親的決絕使得畫廊最終只得以合夥人的名字命名，然而這句話的影響卻一直延續到了二十年後。在時裝界摸爬打滾十多年，

終於由一名畫紙樣的臨時工成長為裁縫師的迪奧，面對眾多好友「創建以自己名字命名的時裝屋」的勸誡時，對於已經過世的母親的那句話依然心有餘悸。他求助於自己的算命師，世界時裝史上，這個決定性的時刻居然是由算命師來奏響的。「你必須接受這個提議，」她命令道，「你必須創建你自己的克里斯汀·迪奧時裝屋，無論情況如何。今後，任何事，任何人都不會再給你這樣的機會了！」

巴黎在這一刻重生！

1947 年 2 月 12 日，是一個陰冷的黎明。除了幾個行色匆匆的路人和一些偶爾經過的汽車，整個街道空空蕩蕩。晨間的收音機裡播放著日常食品供應量從三百五十克下降到二百克的訊息。氣溫，如同市民的情緒，驟然降到零度以下。

然而寒冷的天氣並沒有阻止一群人前進的步伐，上午 10 點空蕩蕩的街頭，這群人就構成了一道獨特的風景。因為在蒙田大道 30 號入口處灰色的遮篷下，他們為了取暖都在跺腳頓足——一百多人的隊伍似乎在等待一個特殊時刻。女士們穿著貂皮大衣，男士們全都西裝革履，他們站立在人行道上互相攀談，並且隨著等候的隊伍緩慢地向前移動。其中一些女士逐漸變得焦躁不安，因為她們沒有等待的習慣，且她們的時間非常寶貴。而所有這一切都只是為了看幾條裙子！

此時的蒙田大道 30 號時裝屋裡，站在沙龍樓梯上的克里斯汀·迪奧同樣焦躁不安。排練已經開始，迪奧感到自己的手腳在一節一節地變涼。要知道就在服裝展馬上要舉行的四天前，巴黎

1955 年秋冬系列推出的前一天晚上，克里斯汀・迪奧正在檢查展示服裝。瑪格麗特・卡勒在他的左側，米查・布里卡爾在他的右側。

的車間工人開始罷工。店裡的女裁縫們被衝進來的工人硬拽去上街遊行，面對一堆堆未縫製完的衣物，迪奧只得請求朋友前來救援。而迪奧又對服裝的剪裁和縫製要求很嚴，必須保證它們「與女性身體的曲線相吻合，輪廓線的風采展露無遺」。即便是經驗豐富的女裁縫師們也必須重新學習一整套早已被人遺忘的技能。一位車間負責人因為受不了反反覆覆修改的工作壓力而精神崩潰，

當場被替換下來。可是迪奧仍然一絲不苟地檢查每一件衣服，有時他對著掛在衣架上一件樣式呆板的衣服大發雷霆，說那件衣服的腰部位置缺乏一種變化，於是便叫人找來一把小錘子。他不斷地使勁捶著，試圖把它捶出完美的曲線。

然而，在這一刻，所有的緊張與壓力都只能卸去。遠遠望著沙龍門廊上的巨型花束，從時裝屋創立開始，每週都有一公升以上的純正香水噴灑於四處，今天的香氛夠濃郁嗎？克里斯汀·迪奧知道，裁決自己的那一刻就要來臨。

人群落座的嘈雜，互相寒暄的問候，頃刻之間，沙龍裡突然安靜下來。人們關注著從門道延伸出的伸展臺，第一個模特兒出現了。她穿著第一套女士禮服走向伸展臺，因為嚇得發抖，回轉身體時她出現了失誤而含著眼淚走回了後場。可是這無關緊要，因為所有觀眾都只被她穿著的帶褶皺的裙子所吸引，裙褶隨著轉身的弧度而完美展開，觀眾們目瞪口呆。一套又一套禮服出現在展臺，「愛」、「款款柔情」、「花冠」、「快樂」，四組裙裝、九十套禮服列隊展出，裙角輕揚，八十公尺長布料加工而成的裙裝，緊縮的腰圍，帽簷向上翻翹的禮帽和手套，穿在模特兒們的身上猶如層層綻放的花瓣，觀眾們瞪大了雙眼，終於找回了女性天然的身材之美。一些坐在觀眾席上的女士們開始為自己當時身上穿著的短裙和平裁夾克而懊惱不安。十八世紀宮廷時代的公主式華美被重新喚起，經過漫長的等待，時尚之都巴黎終於在這一刻重生！

那一天，蒙田大道上的人們宣洩了壓抑數月的激情。一群情緒激昂的婦女瘋狂地擁入這棟房子，求助迪奧馬上令她們煥然一新。可憐的銷售人員茫然不知該從哪裡開始幫助她們。很多顧客都想要試穿相同的尺寸——"The Bar Jacket" 套裝。那象牙色山東

綢做成的夾克，腰部配有波浪形褶皺緊緊包裹住身體，與侯爵夫人的禮服非常相似。而搭配的深褶黑色羊毛短裙，走路時短裙的褶皺向外展開，更顯貴族氣質。數不清的客人要求訂購這套禮服。幾週之內，倫敦—巴黎航線上的女性乘客明顯多於男性。一位英國貴婦發現自己帶的錢不夠買 Dior 的衣服時，便毫不猶豫地賣掉自己身穿的麝鹿皮衣，以便購買一套女裝。

「同樣的衣服不能買三件！」

浪漫、優雅的 New Look 成為推動全球渴望變革的催化劑，人們忘記了食不果腹的飢餓、破舊的住宅以及單調乏味的生活，他們迫切希望藉助 Dior 走向正常、浪漫、健康和快樂。

New Look 宣洩了人們心底的激情，一位客人花了一百萬法郎終於買到了一件 Dior 時裝，穿在身上跳了一個通宵。一些客人一年訂購三百多套衣服。就連迪奧也很驚訝這些人是怎麼能夠買下所有這些衣服的。當一位女店員自豪地說她給了一位美國顧客三件有腰帶的衣服時，迪奧馬上要求她給那位顧客打電話取消其中的兩件，他怒氣沖沖地說：「這很荒唐。你不能那樣做。同樣的衣服不能買三件。」

事實上，在一些地方，對 New Look 的追捧已經上升到了狂暴的衝突。在法國勒比克街發生了一件駭人聽聞的事情。一群身著破舊衣服的貧民婦女看到一群女士穿著全新的 Dior 裙裝時，感到非常憤怒。她們攔住了優雅女士們並且撕扯她們的緊身胸衣，直到那些新衣服被扯成了碎布條，而且淑女們已經半裸著站在大街上，貧民婦女才罷休。這就是長裙與短裙的摩擦，蒙田大道與

溫莎公爵夫人殿下穿著 1948
年秋冬羽翼系列的拉合爾羊絨
禮服。

跳蚤市場的摩擦。可是這場摩擦最終以蒙田大道的獲勝而告終。
迪奧的設計風格被證明同樣滿足了大眾市場的想像。大量的仿製
品開始出現，一夜之間，巴黎街頭各行各業的女性都穿上了迪奧
設計的「花冠」裙裝。

　　在失業人口達兩百萬，買布匹需要憑票配給的英國，高級政
府官員堅決反對 New Look。貿易部長幾乎咆哮著喊道：「什麼
New Look！」國王喬治六世一直堅決告誡兩個女兒伊麗莎白和瑪
格麗特要遵守限額，然而即將登基的女王和她的妹妹對 New Look

克里斯汀·迪奧與英國的瑪格麗特公主在蒙田大道的時裝
屋裡。

都很入迷。1947 年秋天，正在倫敦舉辦服裝發表會的迪奧吃驚地
收到一封來自法國大使館的短信，向他傳達了一個非常特別的要
求：為英國的王太后舉辦一次私人服裝展示。於是，迪奧帶著他
的衣服和模特兒悄無聲息地從便門離開旅館，前往法國大使家中。
在那裡，英國王太后、瑪格麗特公主、肯特公爵夫人等全都在等
待這場祕密的時裝表演。四年之後，即 1951 年，迪奧公開為瑪格
麗特公主的二十一歲生日舞會設計了禮服——New Look 的地位
由此升格為「應女王之約」。

　　下至平民百姓，上至王室貴族，都被 Dior 徹底征服。當時的

溫莎公爵夫人、阿根廷總統夫人伊娃‧貝隆、好萊塢影星英格麗‧褒曼等都是 Dior 的忠實擁護者。上流的中產階級更是以當 Dior 時裝屋的店員為榮。伯爵夫人、大使夫人都很希望到迪奧的店裡工作。安德麗‧德‧維爾莫蘭（維爾莫蘭家族的歷史可追溯到聖女貞德時代）、圖克海姆男爵夫人以及法國駐美國大使伯奈特夫人等，她們全都在迪奧的店裡當過店員。同時，由於 New Look 需要應用大量的布料和特殊材質的內衣，它的流行也連帶地興盛了內衣與布料市場的蓬勃發展。克里斯汀‧迪奧對於戰後工業經濟的復興同樣功不可沒。

「你這個惡魔為什麼要藏起女人的腿？」

時裝的每一次轉型都伴隨著公眾的憤慨。New Look 同樣引發了爭論，尤其是在美國，Dior 的裙子落下一英寸或兩英寸，都會引起軒然大波，其情形猶如華爾街股票市場大跌。美國人無論如何也不能明白，曾經為選舉權、駕車權、工作權抗爭過的美國婦女，為什麼會突然之間願意倒退五十年，去穿這種復古而又用料過多的衣服。

可事實是，最不遺餘力宣傳 New Look 的就是美國雜誌，*Bazaar* 在迪奧的個人時裝展開幕時，幾乎把所有版面都留給了克里斯汀‧迪奧的 New Look。1947 年 9 月，迪奧還專門啟程前往美國，去領取馬庫斯獎。第一次看到美國的摩天大樓時，迪奧充滿了孩子般的好奇。而過海關時，負責檢查證件的警官抬頭看了一眼迪奧，問道：「嗯，你是一位設計師？你怎麼看待裙子的長度？」

迪奧目瞪口呆，而這只不過是所有等待他的抗議的前奏。在

克里斯汀‧迪奧登上《時代》雜誌
封面。1957 年 3 月 4 日。

德州，三千名婦女組織起了一場真正的反抗，她們井然有序地跟
在迪奧後面不停大聲抗議。第一個展開行動的是路易斯‧赫恩女
士。在乘坐公共汽車時，她有過一次不幸的經歷。新買的長裙被
公共汽車的自動門夾住，結果她被拖著跑了整個街區，公共汽車
才停下來。作為 New Look 的第一個受害者，她發誓決不就此罷
休，立即鼓動了 1265 名婦女共同簽署了一份反迪奧的請願書。她
們自稱「膝蓋為止俱樂部」成員，很快便盛名遠揚。甚至連丈夫
們也加入了這場運動。他們的理由更加務實，他們憤怒地說，如
果妻子追隨這樣浪費大量布料的新時尚，他們將不得不為此支付
高額帳單。男人們建立了名為「破產丈夫聯盟」的組織，聲稱擁
有會員三萬人之多。

　　在人們的抗議聲中，"New Look" 成了社會爭論的焦點，屢屢

洛琳·白考兒在電影《願嫁金龜婿》中穿著一套 Dior 套裝。

出現在各大報紙的頭條。連一向以嚴肅新聞著稱的《華爾街日報》也為此專門做了一次調查，結果表明，大多數人還是支持這一新潮流的。

於是，每一次新的展季快要來臨之際，美國人心中的那種懸念又升了起來，全世界都伸長了脖子，等待著這位時裝界的「帝王」發出最新指示。裙子的底邊將提高還是放低？露出腳踝還是小腿肚？Dior 裙子的底邊成了常議常新的公眾話題。

1953 年迪奧把裙子底邊提高到離地四十公分，舉世一片譁然。好萊塢的製片商們堅決擁護，由於迪奧的時裝經常出現在電影裡，製片商們很是為女演員的服飾造型感到頭痛，因為剛剛完成一半的服裝就有可能已經被 Dior 公司的新產品推翻，被判定徹底過時了。而提高裙子底邊，無疑使得服飾造型更加靈活可行。可是反對者就聯合起來呼籲大家不要買最新的 Dior 時裝。報紙的頭版頭條又出現了醒目標題：「裙子底邊大論戰」、「裸露的小腿肚之戰」等等。從 1948 年開始，迪奧很長時間成了美國新聞界的寵兒，他的名字一個月就要被提到一千二百到一千四百次。1957 年，克里斯汀‧迪奧與他標誌性的剪刀一起登上《時代》週刊封面，可是，也就是在這一年的 10 月，迪奧心臟病突發逝世。

十年光陰，十萬套服裝被售出，消耗一千英里的刺繡布料，一萬六千張設計圖……。「我總是力求完美，只有我不曾妥協，我才能對自己滿意。」克里斯汀‧迪奧以此為標準，毫不保留地把自己奉獻給那些被他稱之為「當今王后」的女人們，「她們是我們的光榮，我們的繆斯，我們為之戰鬥的人。她們是我們真正的『巴黎人』!」

然而，巴黎，已經不再有迪奧。

六十年，優雅流轉一瞬間

　　有一些人，世界就在他們的指尖上。一筆勾勒、幾
抹速寫，幻化成的就是女性至愛的霓裳。作為 Dior 品牌
的核心，高級時裝在一代又一代服飾魔法師的手上優雅
流轉了六十餘年，在克里斯汀‧迪奧之後，伊夫‧聖‧
羅蘭、馬克‧博昂、吉安科羅‧費雷乃至前任首席時裝
設計師約翰‧加里亞諾 (John Galliano)，他們都秉持著
Dior「用最佳的傳統剪裁服務於最優雅的女性客戶」的
設計理念，發揚和延伸著 New Look 的優雅風格。

　　能否設計出猶如 New Look 般優雅風格的高級時裝，已經成
為每一位新任 Dior 首席時裝設計師的必備大考。

　　在迪奧先生過世後，年僅二十一歲的天才設計師聖羅蘭被欽
點為首席設計師。他於 1958 年推出的 T 形線條設計造型，改革了
身形設計，既保持了 Dior 的優雅魅力，又加入了時代的清新氣息，
成為了上世紀 1960 年代的領軍者。1961 年上任的馬克‧博昂以
修長風尚 Slim Look 接下了伊麗莎白‧泰勒十二條裙子的訂單，
並得到了賈桂琳‧甘迺迪、葛莉絲‧凱麗、蘇菲亞‧羅蘭等一幫
名媛巨星的青睞。

　　1989 年，媒體完全被吉安科羅‧費雷演繹的義大利式 New
Look 所吸引。他巧妙融合了剪裁與顏色，使穿著展現出更佳的身

曾任 Dior 首席設計師的約翰‧加里亞諾（圖片
出處／Reuters）

形輪廓。1996 年，在時尚界以標新立異出名的約翰‧加里亞諾出
任 Dior 的首席設計師。第二年他就在紐約大都會藝術館舉行的
Dior 五十週年慶典上，讓黛安娜王妃身穿具有明顯 New Look 風
格的海軍藍蕾絲和縐綢條紋衫向設計大師克里斯汀‧迪奧表達敬
意。

迪奧的 New Look 一直給予設計師源源不斷的靈感，「真是令

人難以置信，迪奧先生出生至今已有一百年了。然而，無論是對 Dior 公司，還是對我而言，迪奧先生的影子無所不在，彷彿從未曾遠離我們。有時我會從迪奧先生那裡尋求他的建議⋯⋯。」2005 年 1 月在克里斯汀・迪奧誕辰一百週年之際，約翰・加里亞諾特別撰文寫道。

在 Dior 2009 秋冬高級定製時裝展上，加里亞諾用那些齊臀的短上衣、窈窕的寬腰帶、強調臀部的巴斯克裙、立體裁剪的鈴蘭型半裙、大圓襬晚禮服⋯⋯，一遍又一遍地強調著 Dior "New Look" 的靈魂。而那些精緻的蕾絲、內衣外穿的款式，無處不在地體現著嬌媚的性感。

不止於此，Dior 的高級成衣也傳承了品牌一貫的優雅華麗：急速收起的腰身凸顯出與胸部的曲線對比，長及小腿的裙子採用黑色毛料點以細緻的褶皺，再加上修飾精巧的肩線，成為時尚人士的摯愛。2009 年的 Dior 高級成衣系列，加里亞諾將百年前設計師 Paul Poiret 的那種風靡巴黎的東方風格注入本季新品之中，從波斯細密畫和富有東方風情的奢華風中汲取靈感，以全新的方式演繹 Dior 成衣的流行時尚：雞尾酒夾克搭配充滿東方魅力的綢緞和金銀絲線長褲，更顯女性嫵媚線條；做工精緻的褶皺禮服在金屬和寶石配飾的襯托下猶如珠寶一般流光溢彩。這位設計鬼才將這種紮染織物的方式、旗袍的扣法、佩斯利渦紋漩花圖案和具有東方特色的蛤蟆褲與 Dior 的標誌性設計完美混合，將 New Look 懾人的魅力帶到生活之中去，他的大膽創作使 Dior 重新煥發魔力，加里亞諾嫻熟地將熱情、優雅和異域風格結合在一起，呈現了新千年 Dior 女郎的 New Look 形象。

Dior，女人最值得信賴的夥伴

　　Dior 品牌以其六十餘年的品質牢固地樹立了讓女
性猶如花朵般優雅綻放的形象。對於女性而言，它要比
任何一位心理醫生都好得多，因為 Dior 讓女人感覺到了
愛與被愛。

　　2008 年 11 月 15 日至 2009 年 1 月 15 日期間，一場名為「迪
奧與中國藝術家」的大型展覽在北京尤倫斯當代藝術中心
(UCCA) 舉辦。展覽除了展示迪奧先生和約翰・加里亞諾為 Dior
設計的高級定製服裝之外，還展示了參加此次活動的中國藝術家
受託創作的藝術作品──展覽為這些作品指定一個特定的主題，
藝術家們圍繞這一主題進行自由的發揮創作，以展現自己心中的
迪奧形象。

　　參加了此次展覽的中國藝術家葉錦添深化了花園的主題，他
的花園裡生長著一地的裙子，都是迪奧先生和加里亞諾的作品：
繡著珍珠和藍石的 "Palmyre"，羅紗繡銀的 "Soirée brillante"（閃
耀的晚會）；還有迪奧以及加里亞諾的褶皺藝術。這是對那總是被
比作花朵的女性美的讚頌。迪奧先生那著名的 New Look 不是就
有一組設計叫做「花冠」嗎!

　　從巴黎到北京，Dior 及 New Look 六十餘年的魅力牢固地樹
立了讓女性猶如花朵般優雅綻放的形象。當黛安娜挽著 Dior 手提

包的時間比挽著查爾斯王子的時間都長，當美國前國務卿萊斯踏著 Dior 高跟鞋登頂政壇高峰，當曾經狂放不羈的卡拉・布魯尼搖身一變，穿著 Dior 重塑其法國第一夫人的優雅形象，誰又有理由不相信，Dior 是女性最值得信賴的夥伴。

　　衣服的確擁有記憶，時尚望向藝術，它看到了自己。如果某些品牌得到不朽的名聲，那是因為它們保持了品質，這種品質從來不因為時間和時尚而失去光彩，無論主題是服裝、配飾還是香

卡拉・布魯尼鍾情 Dior（圖
片出處／Reuters）

奧斯卡影后瑪麗詠‧柯蒂亞拍攝 Lady Dior
廣告（圖片出處／Dior）

水，品質從來沒有離開過 Dior，它在每一個環節、每一個細節中
都小心翼翼、精心呵護著女性。

　　鈴蘭——迪奧先生最愛的花卉，花語是幸福再來，他特別使
用了鈴蘭的小樹枝作為每個系列的特色裝飾。在上世紀 1950 年代
迪奧的設計中到處可以見到這種清新小花的影子，模特兒的領口、
腰間或胸前口袋都巧妙地綴以幾枝清雅的鈴蘭花枝，寓意能帶來
無盡的好運。直到今天，這朵精美的小花圖案在 Dior 的產品中仍
然俯拾皆是，於 Prêt-à-Porter 時裝系列、家居亞麻布及其他物品上
都可以看見它的影蹤。Dior 在一處處細節中祝願著顧客幸福再來。

黛安娜王妃手持 Dior 手提包，懷抱小孩的照片，更是將 Lady Dior 的內涵提升至一個全新的深度。（圖片出處／Reuters）

　　藤格紋可謂 Dior 最著名的品牌標誌，不論是因黛安娜王妃命名的 Lady Dior 手提包，還是紀念蒙田大道 30 號 Dior 總店的 Le Trente 手提包，或是 Dior 唇膏的外包裝，甚至最新 Dior Phone 的外殼，都採用了這一圖案。品牌創始人克里斯汀・迪奧製作這一圖案的靈感來自於一張源自 neo-Louis 十六世紀椅子的椅背，這張椅子曾被用來招待出席 1947 年首次時裝發表會的嘉賓，作為一種歷史見證，它至今在位於蒙田大道 30 號的 Dior 總店中展出。而藉由各種產品和細節的展現，藤格紋牽動著六十年的歷史，在顧客心目中溫暖伸延。

　　還有蝴蝶結、玫瑰花以及那顆給迪奧先生帶來無盡好運的幸運星，這些不可改變、富於魅力、且易於辨識的品牌元素，被運用於包括服裝、珠寶、皮包、鞋履甚至店鋪裝飾之所有的 Dior 產品中，成為 Dior 定義時尚潮流的密碼，也成就了 Dior 至今仍屹立於時尚的金字塔頂尖並最終成為經典的永恆傳說。

　　「女人一生最大的心願就是有人愛她」，對於女性而言，Dior 從各個細節、各個層面精心呵護著克里斯汀・迪奧心目中的「王后」，它要比任何一位心理醫生都好得多，因為 Dior 讓女人感覺到了愛與被愛。

　　也許這也就解釋了為何所有女人都愛名牌，所有優雅精緻的現代女性都選擇 Dior。

劉梁　雪梅

美國海報女郎
一種戰時審美主義

　　海報女郎應運而生，成為海外士兵最大的慰藉。無論是展現豪乳的色情照片，還是雜誌夾頁女郎照片，都可以免費郵寄海外給前線士兵打氣。1942 年到 1945 年的短短四年間，美國人一共郵寄了六百萬份 *ESQUIRE* 雜誌夾頁女郎圖片。這些照片由 Alberto Vargas 掌鏡，使用了高超的照片修整技術，使女郎看起來漂亮完美，全部以衣不遮體、胸部高聳、雙腿修長而聞名。另一個官方認可、為前線提供海報女郎的是 *YANK* 雜誌。它是專門為美軍士兵創辦的刊物，一期只賣五美分。美國大兵在 *YANK* 雜誌裡可以閱讀將軍的戰爭動員報告，也可以撕下當期的夾頁女郎，在夜幕降臨時滿足自己的性幻想。*YANK* 的海報女郎和 *ESQUIRE* 不太一樣，她們多數活潑開朗，像鄰家女孩，比較受年輕士兵的歡迎。

麗塔・海華絲 (Rita Hayworth) 憑藉豐滿的胸和修長的雙腿成為二戰時期
最著名的軍中女神。（圖片出處／Alamy）

女郎一號：蘋果和魚雷一般的胸部

　　在這張二十世紀 1940 年代風格的海報上，女郎有著盡可能膨脹暴露的上半身和盡可能纖細的下半身。這位擁有蘋果和魚雷一般雄偉胸部的女性形象，正是美國二戰時期海外士兵的心上人和救世主。

　　熱門肥皂劇《六人行》裡面有很多穿幫情節叫人津津樂道，其中最不容易被發現的可能就是那張叫「情人的復仇」的性感女郎海報。在這張二十世紀 1940 年代風格的海報上，女郎有著盡可能膨脹暴露的上半身和盡可能纖細的下半身。她髮型蓬鬆完美，目光熱辣，手握寒光匕首一把，讓每個單身漢心猿意馬又不寒而慄。在錢德勒單身時期，她待在喬伊的臥室牆上；等到錢德勒和莫妮卡結婚之後，她又跑到了新婚公寓的廚房裡；最後，她在瑞秋的臥室門上安了家。也許這並不是穿幫，只不過因為大家都喜歡這種風格的女郎——因為，每一次她在螢光幕上出現，主人公們都湊巧地在討論性話題。

　　這位擁有蘋果和魚雷一般雄偉胸部的女性形象，正是美國二戰時期海外士兵的心上人和救世主。美國戰時海報女郎和兔女郎一樣，是美國最負盛名的男性欲望消費品，而且二戰的勝利是美國夢的巔峰。在今天，這些暴露的女人很多時候意味著奮鬥和光榮的記憶，她們之於年輕的美國，就像青春期男孩兒的第一個女

孩那麼重要，所以她們的影響一直持續到二十一世紀的肥皂劇裡也就不足為奇了。

美麗的二戰吉祥物

　　我們知道，如果在開會時實在無聊，最好開開政治或者色情玩笑，肯定鬆弛神經。世界上最盛產政治和色情玩笑的當然是軍營。1941 年珍珠港事件以後，美國總統羅斯福簽署新的兵役法案，進行全民戰爭動員，投入到龐大的二戰戰場上。整個二戰期間，在徵兵局登記的十八至六十五歲男子共有三千一百萬人，其中一千萬人入伍作戰，是戰前入伍人數的三十倍，占全國人口總數的5%。這樣龐大的單身男子群體，如何解決性需求問題？這叫美國軍方頭痛。要知道，利比多 (libido) 的釋放和荷爾蒙的分泌問題將直接影響到部隊的戰鬥力。除了軍方電臺裡以莉莉‧瑪蓮為主角的流行歌曲以外，顯然需要更加直觀的視覺刺激，以忘卻死亡的恐懼、思鄉病和獲得想像的性快感。

　　海報女郎應運而生，成為海外士兵最大的慰藉。無論是展現豪乳的色情照片，還是雜誌夾頁女郎照片，都可以免費郵寄海外給前線士兵打氣。1942 年到 1945 年的短短四年間，美國人一共郵寄了六百萬份 *ESQUIRE* 雜誌夾頁女郎圖片。這些照片由Alberto Vargas 掌鏡，使用了高超的照片修整技術，使女郎看起來漂亮完美，全部以衣不遮體、胸部高聳、雙腿修長而聞名。有些女郎身著軍服，被當做空軍、陸軍、海軍和陸戰隊的吉祥物。美國大兵將她們的照片貼在床頭，每天一睜眼看到的不是血腥殺戮而是長腿豐胸。也有人將它折疊隨身攜帶，一起倒在諾曼第海灘

士兵把美女海報刷在飛機上，帶著她們去和敵軍拼命。

上。這些女郎永遠曲線畢露，她們身著無肩帶或露背晚禮服，展現洋娃娃般的性感，讓男人期待戰爭結束後返鄉，也會有一雙這樣的美腿和豐乳等待著他們。另一個官方認可、為前線提供海報女郎的是 *YANK* 雜誌。它是專門為美軍士兵創辦的刊物，一期只賣五美分。美國大兵在 *YANK* 雜誌裡可以閱讀將軍的戰爭動員，也可以撕下當期的夾頁女郎，在夜幕降臨時滿足自己的性幻想。*YANK* 的海報女郎和 *ESQUIRE* 不太一樣，她們多數活潑開朗，像鄰家女孩，比較受年輕士兵的歡迎。

今天，英國的研究人員發現，如果每天觀看美人，平均壽命

可以多活五年。不知道那些時刻被死亡所威脅的男人們是否出於延年益壽的目的觀看海報女郎，但是，整個二戰期間，美軍是盟軍中傷亡人數最少的。

乳房造就和平

　　海報女郎又叫 Pin-up Girl、Sweater Girl，她的常用道具是前面提到的露胸禮服以及緊身毛衣。這些都是為了突出身為一名海報女郎最引以為榮的部分——乳房，而且顯然越大越好。作家史坦貝克在談到海報女郎時曾經說：「如果外太空生命來到地球，它會認為乳房才是地球人的生殖器官。」

　　1945 年，美國軍隊攝影師 Ralph Steiner 被派到好萊塢去拍攝一系列的海報女郎照片。他發現好萊塢的化妝師習慣加大女星胸部，以達到炫人的效果。他說：「女化妝師對女星毛衣下的胸部尺寸並不滿意，先是塞進一對直徑兩寸的襯墊，然後她向後退兩步，仔細端詳女星，又塞進兩片襯墊，問我們：夠大嗎？我們清清喉嚨，支吾了兩下，女化妝師便逕自為我們做了決定：管他的，這是為了戰場上的男孩兒。又為女星兩邊的乳房各塞了兩片襯墊。」

　　二戰前後的美國人的確有戀乳房癖。除了海報，他們還把這美麗的女性器官印在戰鬥機的鼻翼上，搭配的文字寫著「輕佻小姐」(Miss Behaving) 或者「做愛小姐」(Miss Laid)。想像這些帶著裸胸美女的筒狀物呼嘯著直插雲霄，這肯定在佛洛伊德那裡大有說法。最起碼，她們讓飛行員體驗了掌握性力量和摧毀力的尖峰時刻。

　　有趣的是，在中國戰爭的某些場合也出現過乳房。二十世紀

珍・羅素 (Jane Russell) 和她那著名的胸像

1990 年代中期曾經有一部電影叫《金沙水拍》，這可能是迄今為止唯一一部因為乳房問題而引起爭議的電影。影片講到紅軍長征過金沙江，當地苗族百姓不讓他們通過，就派了一個年輕姑娘，在渡口脫了上衣抱住小戰士。最後問題怎麼解決的不知道，不過在我們這裡乳房是阻礙革命勝利的，在美國人那裡則恰恰相反。

對於戰爭中的性問題，有的國家暴力侵犯，有的國家強制性迴避，美國人則對乳房表現出深深的眷戀。對於海報女郎的迷戀也許幫助美軍在海外避免了很多性犯罪和戰爭遺腹子。由於戰爭

這樣一個特殊場合，乳房也不再僅僅是母性哺乳的器官或者是色情象徵，而代表了和平時期的正常生活和一種樸素的生命力，這使得士兵們願意相信——戰爭終將結束，和平總會到來。

美國人的乳房情結一直持續到今天。一家拍賣網在網上推出了瑪丹娜早年出道時穿過的黑色蕾絲性感內衣，當天便有高達五千人次的網友造訪。標價一千二百美元的胸罩最後以一萬三千八百美元成交，是起拍價格的十倍之多，這不過是因為，這個胸罩記錄了瑪丹娜二十年前的「汗漬與粉底印」。

好萊塢和二十世紀 1940 年代的美國夢

整個戰爭期間，最出名的海報女郎是 *ESQUIRE* 的麗塔‧海華絲和 *YANK* 的珍‧羅素。前者身著露胸長禮服和後者穿著緊身毛衣的形象已經成為美國時尚歷史上的經典 Image。麗塔‧海華絲的形象經常出現在有弦樂隊的舞池，珍‧羅素則躺在西部馬廄的草垛上。麗塔‧海華絲比較中產階級趣味，珍‧羅素則是窮人的夢露。

麗塔‧海華絲的形象是更加典型和受歡迎的。她的照片曾經被美國大兵放在第一顆原子彈上，投放到比基尼島。在《刺激1995》中，男主角就是靠她的性感海報做掩護，才熬過二十年毫無生機的牢獄生活。這一切使麗塔‧海華絲更加具有一種象徵的意味：她甜蜜而危險、淺薄又寬容，寧可為了剎那的快樂而付出巨大的代價。這簡直是美國精神的寫照。

像麗塔‧海華絲這樣危險妖豔的女子是好萊塢的特產。早在大蕭條時期就有先驅梅‧蕙絲 (Mae West)，她是那個年代的超級

麗塔‧海華絲身著的無肩露胸禮服，是海報女郎的標準工作服。

波霸。梅・蕙絲的言論就和她的銀幕形象一樣放縱反叛，極盡搔首弄姿之能事——「兩惡相權，我取其新」、「我基本上躲著誘惑走，除非實在抵擋不住」、「女孩得經過很多練習，才能吻得像初吻一樣」、「是你褲袋裡藏了支槍，還是一見到我就很喜歡?」這位驚世駭俗的女人很長壽，一直活到 1980 年。她的遺言是：「好在我年紀輕輕就失了名節，然後再沒什麼好惦記的。」照這麼看來，瑪丹娜至少也能再了無牽掛地活上五十年。在東方他們可能是淫婦，但是在美國，她們就是生命力的象徵。

麗塔・海華絲最出名的影片是 1946 年的 *Gilda*。她扮演的舞女 Gilda 身穿海報女郎的標準工作服（露胸長禮服）在聚光燈下瘋狂扭動，嗓音慵懶，因為憂傷的愛情而把男人玩弄於股掌之間。這種帶有一絲憂鬱的玩世不恭在二十世紀 1940 年代的美國十分普遍。影片的最後，女主角終於得到了金錢和愛情，這樣的 Happy Ending 充滿戰後獨有的樂觀精神。這是美國人迄今懷念不已的黃金年代。緊接下來的時間裡，韓戰、麥卡錫主義的社會恐怖、好萊塢黑名單，這一切使戰後的和平安詳顯得更加短暫可貴。

在為某樣事物下定義時，我們喜歡使用形式化語言，講究政治正確。比如吃飯，叫做準確調動手部肌肉群，運用槓桿原理獲取食物。比如說謊，叫做信息與行為不對稱。我們不妨稱海報女郎為「憑藉富於可視性的女性第二性徵，間接改變戰爭結果和人類歷史的女人」。在一本叫做《亞當的咒語》的書中，牛津大學教授塞克斯（這個名字殊為可疑）聲稱，男性獨有的 Y 染色體無法自行修復變異，十二萬五千年後男人將面臨滅絕。這麼看來，海報女郎真是一份有前途的職業，起碼十二萬五千年以內，她們不會失業。

女郎二號：我是你老婆

　　除了男性喜愛的性感女郎，我們也必須談談那些忠貞不貳、勤儉持家的好女人。在二戰時的美國，她們是以另一種形象出現的海報女郎。準確地說，應該叫婦女才是。

　　這個標題好比劈雷，把沉浸在上一段文章性感狂歡氣氛中的讀者驚醒。除了男性喜愛的性感女郎，我們也必須談談那些忠貞不貳、勤儉持家的好女人。在二戰時的美國，她們是以另一種形象出現的海報女郎。準確地說，應該叫婦女才是。因為她們身上毫無「女郎」二字所應有的風塵和挑逗意味。

1941 年，珍珠港唯一的女人

　　1941 年 12 月 7 日清晨，夏威夷的一座公寓裡，海軍軍官妻子伊夫琳收拾妥當，準備和平常一樣出門，幫著檀香山紅十字會運送病號和新兵。還沒走到大門口，就遇到了慌張的房東。房東告訴她，珍珠港遭到襲擊了。

　　多年以後，伊夫琳這樣描述她當天看到的恐怖景象：「炸彈在驅逐艦的艦首爆炸了，由於炸彈的衝擊力，我的車來回顛簸著穿過碼頭。……一些軍艦著了火，油在水面上熊熊燃燒，有些人正

1944 年 1 月，在皮卡地里圓環旁邊的彩虹之角咖啡館，一美國兵得到女服務生的注視。這個咖啡館是為美國軍人聚會而開設的。

試圖從水裡游上來。」最恐怖的還不是這個——伊夫琳的丈夫哈爾就在那些戰艦上，生死未卜。伊夫琳一直沒有得到關於丈夫的隻言片語。在此期間，她靠幫助醫院運送傷員和接待捐血者來打發時間和恐懼。三個星期之後，她才得到通知，哈爾平安無事，只是太忙，沒有時間上岸，甚至沒有時間打電話。

　　幾個月以後，政府決定疏散珍珠港所有的家屬。為了留下來，伊夫琳必須找到一份戰時工作。最後，經人介紹，伊夫琳在檀香山郵局負責郵件審查工作。一週工作六天，每天審查一百三十多封郵件，並清除其中任何對敵人有用的敏感材料。在 1941 年的珍珠港，她可能是唯一的女人。伊夫琳是非常幸運的。因為這份戰時工作，她不僅掙到了所需要的生活費，而且在三個月後見到了

哈爾。他們在戰爭中活了下來，並且在那以後又一起生活了許多年。

　　有數以百萬計的婦女在戰時做出了貢獻，伊夫琳只不過是其中的一位。二戰期間，一共有五百萬婦女從事民用生產，包括砌磚工人、鉚工、細木工這些婦女從未接觸過的行業。女工占勞動力的比率從戰前的 27% 上升到了 36.5%。從 1939 年到 1944 年，工廠女工人數增加了一倍。另外，有二十萬穿軍裝的婦女在軍隊中擔任速記員、文書、技術員、密碼員，許多人被派往海外，使更多的男人有機會上前線。

「我自豪……我的丈夫需要我發揮自己的作用」

　　盧梭曾經說：「如果婦女辭退奶媽，自己為孩子哺乳，那麼社會改革一定能夠成功。」二戰期間，婦女不再靠男人的薪水養家，而是自己掙錢。這是戰爭意外造就的成功的社會變革。這是美國歷史上第一次大規模的婦女就業浪潮，成為上世紀 1970 年代婦女解放運動的先聲。

　　最初，戰時人力委員會並不鼓勵婦女工作，而是強調她們對於家庭的責任。但是許多戰時組織卻印發了大量的海報，鼓勵女性填補勞動力空缺，從事戰時需要的新工作。「所有年齡在十八歲以上、身體健康、沒有十四歲以下子女的婦女，都應該準備從事戰時工作。」這些海報的女主角就是生活在人們周圍的普通女性。她們穿著翻領襯衫，表情溫和或者強硬，但是絕沒有雜誌海報女郎那樣的輕佻。如果說後者意味著男人的美好幻想，前者則是男人必須面對的殘酷現實——老婆就是這樣。當丈夫們在前線揣著

二戰美國海報「我們能行」

性感女郎的照片衝鋒陷陣的時候，他們的妻子則穿著工作服（這是真正的藍色粗布工作服），拎著午飯便當去工廠，或者穿著長褲戴上手套坐在辦公室打字。這樣一個三人組合因為戰爭的特殊氛圍，而具備了一種歷史的幽默感。

這些海報所傳達的是樂觀的愛國情緒。比如在一份海報中，一位婦女表示：「我找了一份每天八小時的工作，同時儘量照顧好家庭。……我的丈夫為我自豪，……我從未如此幸福過，我感到自己是在真正幫助戰爭儘快結束。」那些有丈夫或者心上人的婦女希望自己的工作能夠縮短戰爭，能夠對她們在外作戰的男人產生直接的影響。她們相信海報上說的：「思念不會讓他更快回家，……找一份戰時工作吧。……把他留下的工作承擔起來！」

還有一些海報反映出了戰時兒童護理的問題。就業量增加最多的就是孩子年幼的已婚婦女。越來越多的鑰匙兒童使戰爭中的美國人更加焦慮不安。在一款海報上，金髮女孩問穿著工作服的母親：「媽媽，你什麼時候才會留在家裡呀？」母親說：「等到歡呼雀躍的那一天，媽媽就會留在家裡，做她最喜歡的工作——為你，也為你回家的爸爸料理一切。」贏了不算，輸了再來，這位母親的回答顯然帶有戰爭宣傳所特有的革命樂觀主義精神。

Dulcie Gray 和她的丈夫 Michael Denison，二戰時期深得人心的銀幕模範夫妻。（圖片出處／Alamy）

戰時新娘和陸軍婦女隊

　　1942 年結婚的一位新娘在五十年後回憶道：「如果不在戰時，或許我們不會如此倉促地結婚。」當源源不斷的士兵告別心上人或者休假回家時，大約發生了一百多萬起婚事，超出了戰前預測的

結婚率。戰爭年代的婦女或許是出於一種對一無所有的恐慌才匆匆忙忙成為新娘的。1944 年，美國已婚婦女達到二百五十萬，超過了 1940 年。1943 年至少有二百萬新娘，大約每一千人就有十四人結婚。而一戰期間每一千人才有十一人結婚。其中，大約一百萬美國士兵在亞洲迎娶了「戰爭新娘」。1951 年 2 月 10 日，美國駐東京領事館接待了最後一對戰時異國聯姻夫婦。這是根據《七一七公法》結婚的最後一對夫婦。這一法規撮合了一千三百多名美國士兵和日本的「蝴蝶夫人」。這些新娘中，有 75% 最後來到了美國。這些新娘都被一律描繪成「漂亮、能幹或迷人」的模樣。在《玻利瓦爾商業週刊》1943 年 7 月 2 日的一篇專欄文章中說：「儘管有這樣那樣的起伏和波折，結婚仍然是非常好的習俗；儘管有這樣那樣的缺點和瑕疵，結婚還是比單身享樂更可取。」這些戰時新娘很快成為戰時老婆，按照海報上所號召的那樣，投入各種各樣的戰時工作當中。

作為一名戰時新娘，帕特的工作是比較特殊的。結婚不到半年，她就應募參加了陸軍婦女隊。這是 1942 年 5 月羅斯福總統批准成立的一個陸軍婦女輔助隊。這個組織的婦女負責一系列對男性更有威脅的工作：情報官、翻譯、雷達專家、醫療技師、控制塔操作員、炮手和攝影師。儘管她們全都被禁止參加實戰，但是這些婦女的確在危險地區服務，有些人再也沒有能夠回來。

在帕特寫給丈夫的信中，可以看到她們訓練的辛苦和對親人的思念：「我們只能睡到早上 6 點半；8 點開飯；然後訓練，一直到吃午飯；下午 3 點聽報告，一直到吃晚飯；接下來才是自由活動。……昨天晚上，我夢見你不再愛我了，我好難過，……要是你現在就在我身邊那該多好啊，我們就可以一起過日子了，我將

《真善美》中的家庭女教師形象，是二戰中女性的典
範。（圖片出處／Alamy）

多麼幸福啊！……當然了，我明白你對陸軍婦女隊的想法。但親
愛的，請永遠記住，你妻子始終是你妻子。不管有沒有陸軍婦女
隊，她都愛你，而且只愛你一個。」

　　在帕特身上有趣地反映出二十世紀 1940 年代美國女性身上
的矛盾特質：一方面相信愛情、忠於婚姻，維護著傳統的價值觀
和女性角色；另一方面，又充滿家庭婦女所沒有的決心、意志和
戰鬥力，這一點更像是一個現代職業婦女。二戰正是美國婦女社
會角色的一個轉型時期。從秦香蓮的苦惱到花木蘭的麻煩，中國
現在的女白領經常念叨的東西，半個世紀之前的美國女人已經經
歷過了。只不過一直到現在，這個問題也沒有答案。

　　比較兩種海報女郎形象是一件好玩的事情。最直觀的做法是看看麗塔・海華絲和葛麗亞・嘉遜。後者也是戰時最走紅的好萊塢女明星，只不過她的走紅方式和麗塔正好相反，靠的是線條硬朗的蒼白臉頰、套裝裡緊緊束起的胸部以及影片中的母性形象。如果麗塔・海華絲是美國大眾情人，葛麗亞・嘉遜就是美國母親，她們似乎是一個人的兩面──蕩婦和聖女。這就是自《聖經》的夏娃以來，男人對於女人的全部期許：上得廳堂，下得廚房，進得臥房。這些海報並不過時，起碼它們反映出的男人的貪婪仍舊在繼續。

荷　葉

追尋羅馬帝國的興亡盛衰……

羅馬人的故事

塩野七生／著

羅馬人的故事 XI
—— 結局的開始

告別了賢君的世紀，帝國的光環褪色了嗎？
羅馬陷入長期的軍事危機，
嚴守邊境的軍事領袖成為皇位角逐者。
羅馬帝國將走上不同的道路，
結局似乎已在道路的盡頭。

羅馬人的故事 XII
—— 迷途帝國

這是一個不需要「全人」的時代，
只要有軍隊，人人都可能成為羅馬的主人。
面對社會動亂、人心不安，基督教成為一盞明燈。
它將是一劑強心針？或是加速羅馬的瓦解？

羅馬人的故事 XIII
—— 最後一搏

從「雙頭政治」到「四頭政治」，
為帝國維持了短暫的和平。
羅馬帝國該如何面對日漸壯大的基督教，
消滅它？忽略它？或是接受它？

羅馬人的故事 XIV
—— 基督的勝利

君士坦丁大帝身後的羅馬帝國，
蠻族入侵已不是惡夢，而是即在眼前。
基督教的光芒成為羅馬人唯一的希望，
帝國的末日，是基督教的大獲全勝！

羅馬人的故事 XV
—— 羅馬世界的終曲

再燦爛奪目的太陽，也有日落之時……
東西羅馬的分裂，宣告帝國即將進入尾聲，
為什麼結束？沒人說得清楚。
羅馬帝國就這麼轟轟烈烈的出現，平平淡淡的結束，
留給我們一抹惆悵，以及等待希望的西方世界……